ハヨンガ

ハーイ、おこづかいデートしない？

チョン・ミギョン 著

大島史子 訳　李美淑 監修　北原みのり 解説

ajuma books

ハーイ、
おこづかい《ヨンドン》デート《マンナム》
しない《ガヌン》？

하용가

ハヨンガ

ハーイ、
おこづかいデートしない？

ハヨンガ
チョン・ミギョン著

コリントスでは、男の弱みを見た女は、いつもそのつけを払わされるのです。

『メディア―さまざまな声』（クリスタ・ヴォルフ著　保坂一夫訳、同学社）

おことわり

「メドゥーサ」をはじめ本作に登場する
女性オンラインコミュニティの名前はすべて仮名であり、
登場人物とコミュニティ内のニックネームも架空です。

装丁
松田行正＋梶原結実

DTP
NOAH

校正
鷗来堂

編集
小田明美

第1章

招待

1

風のない十月の、週末の夜だった。首都圏の新都市・チョルジュ最大の繁華街にふさわしく、ムホ駅交差点はありとあらゆるもので溢れかえっていた。巨大な建物、白や黒の自動車、色とりどりの服を着た人々、さまざまな騒音ときらびやかな街路、そこから当然発生し続ける膨大な量のゴミ。通りは危険な熱気を吐き出しながら夜を迎えている。それだけでも十分なのに、どこからか飛んで来たカラスの群れの鳴き声と、この真っ黒な鳥が斑点のように残して行ったフンまでがくらくらするような情景に加わった。

カラスの群れはある日突然やって来た。数え切れないほどの個体が巨大な群れを成し、都心のこの小さな公園に居を定めた。群れは公園に植えられた数十本の松を占領したかと思うと、近隣の街路樹やビルの屋上庭園、電線にまで活動範囲を拡げていった。街がカラスの群れに占領された後も、あたりが暗くなれば相変わらず飲んで騒ぎたい人々が集まって来る。風のない夜のムホ駅交差点は、すっぱいにおいをさせた酔っぱらいの吐瀉物《としゃ》の上にカラスの黒い羽毛とフンを、あるいはフンの上に吐瀉物を重ね、深い夜へと向かっていった。

とことん盛り上がった夜の熱気は、午前〇時を過ぎると勝手に冷めていく。酒の席にいた人々は明日の用事や家族の心配を言い訳に抜け出して、別の秘密めいた場所へと向かう。欲望の残影は、ゴミと一緒に通りを転げ回っていた。

2

午前一時をちょうどすぎたころ、若い男女が「セイント」という居酒屋を出て、大通りとは反対側へ歩き出した。どこからか突然バサバサと羽音が聞こえると、三、四羽のカラスがカアカアと鋭い声で鳴きながら、二人の頭上をぐるぐる回っていた。男がカラスを見上げると、ねばっこいものがポトッ、と額に落ちて来た。男は手で額をぬぐった。畜生、まさしくクソッタレだな。それから自分が持っていた女のトートバッグからティッシュを出して額と手をふき、そこらに投げ捨てた。道のあちこちにへばりついたフンだかゲロだかわからないものを踏まないように気を遣い、しょっちゅう座り込みそうになる女を引き起こしながら歩く男は、いかにも大変そうだった。

二〇メートルあまり歩いたろうか、男がこぎれいな五階建ての建物をちらりと見上げ、女を引き入れた。建物の入り口には「グッモーニンホテル」と書かれた立て看板の明かりがついている。ほとんど閉じたような薄目で看板を見た女が歩みを止めた。女は自分を抱いていた男の腕を振りほどいた。その反動で女の体がふらつく。あわてた男がまた女の体をつかまえた。男と女の間にしばし小競り合いが起こったが、すぐ静かになった。女は酔っていたようで自分の体を支えられない状態だったが、さらに酔いが回ったのか、もうすっかり男に体を預けた。カラスどもがまたカアッ、と鳴き騒いだ。

男が女を連れて建物に入ると、「案内デスク」の窓が開いた。窓越しに黒いズボンをはいた下半身が見える。窓は普通の人の腰のあたりの高さにあって、かがめばどうにか顔が見えるほど低くて小さいうえに、不透明ガラスになっていた。互いの顔を見ずに用件を済ませるためなのは間違いない。男は「二部屋頼む」と言った。「二部屋ですか？」と聞き返す声に続いて、そんなしょうもない質問を取り消すかのように「一一万ウォンです」と乾いた声が二つの鍵と一緒に窓を渡って来た。男は肩にかけていた女のトートバッグをあさって財布を出した。万ウォン札が三枚と一〇〇〇ウォン札が二枚だけ。男は財布のポケットに入っているものをざっと見て、ＢＣと書かれた紫色のカードを抜き取ると窓越しに手渡した。ティリリッ、という電子音とともにカードが戻ってきた。

男は女を抱えてエレベーターに乗った。女の体は次第に重くなっていく。男と女は四階で降り、赤紫色のカーペットが敷かれた薄暗い廊下をゆっくり歩いて行った。男はあちこち見回して４０９号室を探しあてた。手に持った鍵でドアを開ける。部屋に入ると明かりをつけ、女をベッドに寝かせた。それからふー、と大きく息をつくと首と肩をボキボキ鳴らし、ベッドの向かいにある窓を開けた。気の抜けたビールのにおいなのか真っ黒な鳥のフンのにおいなのか、とにかくいやなにおいがむっと押し寄せて来た。男は顔をしかめて窓を閉めると、４０９号室を出て４１０号室に入っていった。靴を脱がずに明かりをつけ、ドアを軽く開けて、閉まらないようドアストッパーを下ろした。

男は再び４０９号室に入ってきた。女は重たい寝息を立てて眠っている。女の眉間に浅く刻まれたシワをしばらく眺めてから、女が着ている濃いグレーのカーディガンのボタンを一つずつつはずしていった。カーディガンの下に着ていた白いシャツのボタンもはずした。女がうん、とうなって壁側に寝返る。服を脱がせるのに都合のいい姿勢になった。女の腕を持ち上げカーディガンとシャツの片袖を脱がせ、背後に回してもう片方の腕から抜き取った。女の体の甘いにおいがビールのすっぱいにおいと混ざる。男は女がはいているジーンズのジッパーを降ろし、足首まで引っ張った。きつくフィットしたスキニージーンズで容易ではなかったが、根気よく脱がせた。女はもうパンツとブラジャーだけの姿になった。

男は壁を向いて横たわる女の体を注意深く動かし、まっすぐ仰向けに寝かせた。ポケットからスマホを出してカメラアプリを開き、ベッドの上の女に向ける。女の全身が写るよう構図を取り、連続で二枚撮った。撮ったばかりの写真をのぞき込み、再び女に近づく。女の長い髪を枕の上に扇のように広げ、右手を耳の横に置いて脱毛した腋《わき》が見えるようにした。女のパンツを少し降ろして、陰部の毛を三、四本はみ出させるのも忘れない。パンツの縁の白いレースはバラ模様だった。再びスマホで構図を取り、連続で三枚撮った。満足げな表情で写真をのぞき込む。写真編集アプリで女の顔にモザイク処理をした。始めるとするか。男は言った。

準備はすんだ。さあ、招待の時間だ。

3

カカオトークの通知音に、ジスはノートパソコンから目を離しスマホを手にした。親友のヒジュンだ。いつの間にか午前一時をとっくに過ぎている。

——緊急。http://gallary.soranet.com/listphotoid=＊＊＊＊

——こんな夜中に何？

——リンク踏んでみ。地獄の門が開くから。

——今仕事してんの。来週大事な発表があって。

——仕事は明日でも明後日でもできる。でもこれは今すぐ見なきゃダメ。

——BTSが何かやらかした？

——そのほうがマシ。

ジスはヒジュンが送ってきたリンク先に飛んだ。知らないサイトの掲示板に上げられた投稿のようだ。

——うっわめんどくさ。これ見てどうしろって？

——いいからちゃんと見るの。

——仕事がクソみたいにたまってんだよ。昨日もチーム長に叱られたんだから。

——叱られて叱られて叱られまくるのが人生じゃん。

——今すぐ見なきゃなんないのかって聞いてんの！

——そう、いますぐ！　ライト・ナウ！

せっかちなうえ、常にはっきり要求を伝えてくるヒジュンではあるが、ここまで強引となると明らかに何か事情があるのだろう。ジスは一枚の写真とともに投稿された文章と、その下につらなる途方もない数のコメントを読み始めた。地獄の門が開く、というヒジュンの言葉は本当だった。

ギャラリー　〉彼女掲示板
タイトル：［招待客募集］チョルジュ市ムホ駅交差点にて、酔いつぶれ女を犯してくださる勇者様募集します
作成者：これは実話だ
作成日：2015.10.24.01:29

酒を飲んでモーテルの部屋で伸びてらっしゃるこのお方、僕の彼女です。
酒に弱くて焼酎二杯で伸びちゃうくせに、今日はなんと四杯も飲みました。
レモン焼酎って甘〜い！　とか言ってチビチビやってたら完全につぶれましたｗｗｗ
お酒おごって、バッグ買って、旅行連れてって……言われたことは全部真心込めてやってやったのに

別のやつとヤリ歩いてると判明しました。

雑巾《ぞうきん》〔訳注・男によって性的に使い古された女、という意味の女性嫌悪表現〕の中の雑巾、大雑巾女。今日は心ゆくまでおしおきしてやってください。

痛快に撃ちこんでくださる勇者様、きっかり三名ご招待します。

お近くの方優先します。

勃起力みなぎるコメントをつけてくださった方に、こちらの位置をメッセで送ります。

4

男は女の体から降りて服を着た。４１０号室で順番を待っている招待客に女を差し出す時間だ。ＩＤは「何にでも乗る騎士」。では少々立ち寄りますかな、というコメントを思いだしてニヤリと笑った。男は箱からティッシュを数枚抜き、女の体についた精液をぬぐい取った。このくらいの後始末は招待主の礼儀だろう、と。シャワーを浴びたかったがあまり時間がなかった。女はまだ目覚める気配がなかったが、この後三人が順番を待っていることを考えると、自分はここで引き上げたほうがよさそうだ。

焼酎四杯といえばこの女には致命的な量だと、男はもちろん知っていた。はじめからレモン焼酎を飲ませたのが正解だった。女はまるでレモンジュースかのように飲んでいた。クイクイと続けざまに四杯飲むと、そのままテーブルに顔から突っ伏した。甘い果実酒をなぜナンパ酒と呼ぶのかわかったような気がする。人生の苦味を避け甘い味ばかり求める女たちが、その報いを受ける場面にぴったりじゃないか。「作業」は思ったより簡単だった。ためらいも感じず、危険もなかった。

女は死体のように横たわっている。自分の体に男が乗っても無感覚だ。酒に弱くて助かったし、酔いつぶれてくれて助かったたし、招待客の顔を記憶できないのも助かることこの上ない。だけど、と男はつぶやいた。相手の顔を覚えられなくても、凌辱されたことは記憶しておいてもらいたいな。男は女のバッグをあさってリップスティックを探し出した。爽やかなオレンジ色だ。男は女のへその上に字を書いた。これは実話だ。女が息をするたびに腹の上の文字が盛り上がっては沈んでいった。文字に焦点を当て、写真をさらに数枚撮った。それから410号室で待っている「何にでも乗る騎士」にメッセージを送信した。

——五分後にお入りください。楽しい時間を〜!

ベッドから起き上がる前に、男は一度女の顔をなでた。そして窓を開けた。糞のにおいが押し寄せ、カアッ、とカラスの鳴き声がした。男はドアが完全に閉まらないようストッパーを下ろし、部屋を出た。

5

勃起力みなぎるコメントをつけてくださった方に、こちらの位置をメッセで送ります。
――あああ残念！　何でよりによって俺がチョルジュにいないときに！
――大当たりじゃん今夜！　いいねポチッといたよ！
――うわ~チョルジュにもこんなクールな方がいらっしゃるとは。
今日は地方にいるんで、次回ぜひご一緒にＷＷ
――ムホ駅近くの新市街地、歩いて十分の距離にいますが。では少々立ち寄りますかな。
よろしいですか？
――はいどうぞ、手段を選ばずやっちゃってけっこうです。肛門掘ってもいいですよ。殺しさえしなければＷＷ
――そんな……雑巾こらしめるのは僕の特技なのに！　今江原道《カンウォンド》で。めちゃくちゃ悔しいです~
――うらやましい~。僕はシコシコやってる最中です。楽しんでください！
――うわ~~、こんな棚ボタが？　僕ムホ駅交差点の近くです。
死ぬ気で走って行きます!!!!
――メッセ送りました~。次の招待客さんのために、膣外射精マナーよろしくＷＷ
――ひょっとして観戦者とかご入用でしょうか？　今日すでに三回も抜いちゃってるんで見

学だけしようかな~と。
——よいものはわかちあわなきゃでしょ。メッセ送りました~
地に足がついていないような感覚だった。薄暗い無重力の宇宙空間を漂うように、ジスの体はしきりに上のほうへ、ふわりと浮かび上がろうとする。いすの上に尻を置き、吸って吐いてを繰り返す普通のことが、全力をつくして取り組まなければならない難しい課題のようだ。襲いかかる眠気に耐えて、朦朧《もうろう》とした状態で投稿を読む。はじめは何のことだかよくつかめなかった。酔いつぶれ、雑巾、招待、棚ボタ、シコシコ、膣外射精、観戦者……。単語を組み合わせ投稿記事の意味がはっきりした瞬間、ジスの口から悲鳴が出た。まったく現実味のない話だった。事実だと、実話だと、実際起こっていることだと信じられなかった。二〇一五年の大韓民国で、ジスが暮らすチョルジュ市で繰り広げられていることだとは、信じられなかった。
つまり、浮気した彼女に酒を飲ませて気を失わせ、モーテルに連れ込んで彼女をレイプする男たちを招待する、ということだ。「招待」という言葉がこんなに恐怖に満ちた言葉だったとは。殺意を覚える言葉だったとは。酒に酔った彼女をモーテルに連れ込むまでなら、胸クソ悪いがそんなこともあるだろう。けれどパンツとブラジャー姿で寝入っている彼女の写真を掲示板に上げ、見ず知らずの男たちを招待する? 自分の彼女をレイプしてくれ? 肛門を掘ってもいいから殺しはするな? 本当にどうなってるんだ。そしてその下にコメントをつけている者たちは誰なんだ。ある者は棚ボタだと喜びながら走って向かい、別の者は彼女におしおきしてくれという作成者をクールだと言っている。今回参加できない悔しさと次回は一緒にやりたいという期待を残して熱狂的に反応する、彼らはいったい何者だ？　コメントからはわからなかった。会員情報をチェックしたところで正体はわからないだろう。ただ投稿とコメントを見てわかることが一つあった。これが初めてではない……。

ジスは何か大きくにぶいもので頭を強打されたように呆然となった。マウスの上の指から始まり、全身が震えてきた。すぐにでもムホ駅交差点に走って行って、こんなことが実際に起こっているのか確認したかった。夜食に食べたラーメンがのどまで上がってくるのを感じながら、ヒジュンにカカオトークを送った。

——これマジ？　こんなことあり得る？

——マジだし実話だしリアル。

——どこで知ったの？

——メドゥーサのカカオトークグループに上がってた。コメント見る限り自作じゃなさそう。

——どうする？　ムホ駅交差点に行くべき？

——行ってどうすんの。たくさんのモーテルを全部捜す？

——そのくらいしないと。だってこれレイプじゃん。それも集団レイプ！

——とにかく電話して。ムホ警察署に。

——警察署？

――そう。何と言われようとかけ続ける。今は警察を動かすしかない。
その間にもコメントはつらなり続けた。ムホ駅交差点へ向かっているという者も増えていた。リアルタイムのコメント反応はますます熱気を帯び、確かに自作自演には見えない。そして、作成者の二度目の投稿記事と写真が上がった。写真の中の女の腹にじかに、「これは実話だ」という文字が書かれていた。

招待客一名様、今部屋に入りました。あと二名様チャンスありますよ～

ジスは女の写真を見て思わず声を上げた。起きろこのバカ！　そうやって倒れてる場合じゃないだろ！　世界中の男たちがあんたの体に襲いかかろうとしてんのに、あんただけ気づかなくてどうすんの！　今何が起こってるか、あんただけ知らなくてどうすんだっての、このバカ！　女のパンツの外にはみ出した毛が一本、かすかに揺れたようだった。

6

ムホ警察署の電話が休む間もなく鳴っていた。午前二時、夜間勤務をしていた四人の警察官は続けざまにかかってくる電話への対応に追われた。かけてくる者たちはみんな同じ話をした。ムホ駅交差点付近のモーテルで酒に酔った女性が集団レイプの被害にあっている。インターネットサイトのアドレスを知らせてきて、確認してみろと言うのも同様だった。国内最大のアダルトサイトとして知られているものだ。ヘビーアップローダーが児童ポルノや性暴力動画を常時上げている要注意サイト、ということくらい警察官たちも知っていた。性売買業者とも結びついており、性売買取り締まりのためサイバー捜査隊が定期的にモニタリングしていた。

しかたなく一人の警察官がアクセスし「これは実話だ」というIDで作成された投稿を確認した。犯罪の共謀に該当するが自作の可能性も大きい。オンラインで生産されるコンテンツの相当数は表現を盛って見る者を惑わしていると、警察官たちは捜査経験から知っていた。しかもこのサイトはニセの個人情報でも簡単に会員登録できるところだ。写真を撮影し記事を投稿した者が誰なのかわからず、写真に撮られた女性の顔もモザイク処理されて個人特定ができない。場所を特定できる情報もすべてとりのぞかれている。個人特定もできず場所もわからないままでは捜査に着手できなかった。決定的に「まだ起きていない」事件に対して、うかつに公権力を投入することはできない。警察としてもこの程度が精いっぱいの返答だった。

それでも電話はずっと鳴り続け、かけてきた者たちは頑として諦めなかった。明らかにレイプを共謀したものだ、犯罪の共謀は処罰できるのではないのか、と詰め寄った。大声で一悶着し、電話を切るころになると彼らは半泣きで叫んだ。どうして何もせずにいられるんです、頼むから、一度でいいからムホ駅のモーテルを巡察してくださいってば！　警察官たちは答えた。ムホ駅交差点近くの、あのたくさんのモーテルのたくさんの部屋をいちいち確認するのは不可能な上に、警察がすることじゃありません。言われなくても電話がひっきりなしにかかってきてるし、私たちも注視してはいますよ。まあ、その女性の方が通報するまで、何というか、どのみち待ってみるほかは……。

三十年以上勤務しているがこんなことは初めてだと、ごま塩頭の警察官がぶつぶつ言った。週末となれば暴行や器物損壊を通報する電話が鳴るものだが、こんな通報は初めてだった。自作であれば幸いだが、本当だったとしてもネット上で暴れ回る大群をつかまえぶち込むための武器を、警察官たちは特に持ち合わせていなかった。電話は午前三時ごろ急に来なくなった。一人の警察官がサイトにアクセスした。「本日の招待は締め切りました」という三度目の投稿が上げられていた。

7

タイトル：本日の招待は締め切りました
作成者：これは実話だ
作成日：2015.10.24.02:58

たくさんの方がコメントくださったのに招待しきれず申しわけありませんでした。
近いうちにもっと景気のいいイベント開催しますね～

招待客のみなさんが記念写真を上げてくださったんですね。
何にでも乗る騎士さん、うまく肛門掘れましたか？
感想アップしてくださったら次回の予約承りますｗｗｗ

招待は終わった。熱狂も終わった。地獄の夜はこうして明けていった。ヒジュンは永遠に来ないと思われた朝を迎えた。午前一時三十分から三時まで、ムホ警察署に七回電話した。招待客募集へのすさまじい怒りに比べれば取るに足らないほど小さな行動だが、そうでもしなければ怒りの出口がない。最初の電話を受けた警察官はあきらかに困惑していた。彼もサイトにアクセスし投稿を確認したと言っていた。しかし捜査に突入するのは難しい、待ってみるほかないと。つまり女性が三、四回レイプされてから直接通報して初めて事件が成立するということだ。あくまで冷静に、決して興奮するまい、というヒジュンの決心が揺れた瞬間だった。ヒジュンは言った。一度でいいからムホ駅のモーテルを訪ねてください、それができないならモーテル周辺の道路でサイレンでも鳴らして巡回してください、そのくらい難しくないじゃないですか！　声が震えてきた。警察官はだんまりだった。

電話を切ると怒りはさらに熱く燃え上がった。会員登録ずみのオンラインコミュニティに入り、招待客募集投稿のアドレスとムホ警察署の電話番号を書いてアップした。その夜起きていた者たちがヒジュンの投稿にコメントをつけ始めたが、みんなヒジュンと同様の失望と挫折感、怒りを吐き出すばかりだ。ムホ駅交差点の女を救うため、ヒジュンにできることはなかった。それを確かめた夜、ヒジュンはヘル・コリアのもっとも秘められた地獄、女たちに向かってどす黒い口を開けている「招待」という名の生き地獄を見た。

畜生ども。

ヒジュンは浴室に入りシャワーの蛇口をひねった。頭の上にシャワーの湯がやわらかく降りそそいだ。湯をあびながら、ヒジュンは自分が口にできる限りの罵詈雑言を吐いた。女の体に書かれたコーラルオレンジのリップスティックの色が、しきりと目の前にちらついた。招待客たちが来てから、女の体にハンドルネームを書いた写真が続けざまに上げられてきた。「これは実話だ」、「何にでも乗る騎士」、「チンコの家は全部俺の」、「大雑巾掃除」。奇抜である必要も、上品である必要もまったくない、ただ浮かんだまま何の考えもなくつけた名前は、酒に酔って眠りこけた女の体を眺める男たちの無意識をそのままに見せつけていた。紳士道とロマンチックな愛の象徴である「騎士」は、どんな女でもかまわず「乗る」つもりだ。二〇一五年ヘル・コリアの騎士は愛と名誉のためでなく、排泄のために突進している。何人もの男を食いものにして性的快感を楽しむ女をこらしめなければならない、という男たちの使命感が「大雑巾掃除」というIDを作り出す。そして「チンコの家」。新村《シンチョン》の女子大に通う友人が言うには、近隣の男子学生たちが女子大の学生を自分たちのための「チンコの家」、「精液受け」と呼んでいるそうだ。男の性器が休むところ、快楽を得るところ、ペニスを挿入され精液を受けることが唯一の存在理由であるその場所、女性の体。

変態野郎ども！

レイプ魔たちのニックネームがあちこちに刻まれた女の体は、マネキンのように固まっていた。体温も生きた気配も感じられず、胸と性器だけが残ったマネキン。女が目を覚まし、自分の体を見たときに押し寄せる感情を、ヒジュンは実感した。前夜自分に何が起きたのか悟ってからの、地獄より恐ろしい一分一秒が襲いかかる。どうして人間に対してあんなことが、れっきとした生きている人間にあんなことができるんだ。あんなことをされてこの先どう生きろって言うんだ……。いっそ何も記憶することなく朝を迎えられるようにしてやればいい。夢見が悪くて体が少しこわばっているけれど、自分の体から他人のにおいがして自分の体液ではない液体がねばねばとついているけれど、ただ飲みすぎたせいだろう、さっぱり覚えてないやと、何もなかったようにやりすごさせてやればいい。緋文字まで刻んでどういうつもりだ、畜生どもが！　ヒジュンはののしりながら号泣した。鏡の向こうの、地獄を見てしまった者の真っ赤な目を見つめて祈った。どうかあの女性が生きて朝を迎えられるように。死にたいほど苦しくても生きられるように。生きぬいて、自分自身を憎まず、世の中を憎むように。

第2章

視線

8

まもなく電車が到着いたします。乗客の皆様には今一歩うしろにお下がりくださいますようお願いいたします。

地下鉄のアナウンスはそう言うが、乗客たちは一歩下がるどころかぐっと線路に近づいた。ホームドアが開き、ジスは押し流されて電車に乗った。バッグを死守すべく胸に抱き、一時間二十分を耐えぬくためイヤホンをつけた。避けられるものなら本当に避けたいのが月曜朝の通勤電車だ。この時間地下鉄に乗るたびにジスは思った。こんなに多くの人々がこんなにせまい空間で、お互いの体を邪魔に思いながら、どうして一、二時間を耐え切れるのだろうか。キムチのにおいがする隣の人を憎み、比較的広い面積を占有している肥満体の人をうらみ、ラッシュ時間に地下鉄に乗ったという理由で腰の曲がった老人がきらいになる、こんな時間をどうやって耐えぬいているのだろうか。一時間二十分地下鉄で苦しめられ、オフィスに着いてみればはち切れんばかりだった生きる意欲はどこへやら、自分がただ命令に従うだけの存在になり下がったことに気づくのだ。ジスはこれが何かの陰謀ではと疑わずにいられなかった。地下鉄は単なる交通手段ではなく、人々を従順にさせるための巨大な意志消去装置なのではないか。原始的感覚を学習させ、もっとも近くにいる他人を憎悪させる、嫌悪再生産マシンではないか、という。

首都圏最大のオフィス街に出勤するため、チョルジュ市に住むジスは遅くとも朝六時半には地下鉄に乗る。出勤時間は八時半で、二十分程度遅く出発しても余裕があったが、出勤時間のピークをさけて少し早く出ればその分ラッシュにもまれずにすんだ。ジスはイヤホンでBTSの〈チョロ〉を聴きながら、心の中では今日のプレゼンテーションをシミュレートし始めた。

大企業MJコミュニケーションズのマーケティング本部第二チームインターン、トン・ジスは今日、カン・ピルジュチーム長以下社員二名、インターン四名の前で、キム・タック製パン所が来春発売するオレンジチーズタルトのマーケティング企画案を発表する。新製品のタルト一つにしては大規模な件だ。キム・タック製パン所はあんパンを作る昔ながらのパン屋から若い感覚のバゲット会社にイメージ転換しようとしていて、その第一歩が今回発売されるオレンジチーズタルトだった。既存ブランドのイメージを変えるマーケティングは時間と金のかかる作業であり、ロゴやシンボル、スローガン、パッケージなど、後に続くであろう契約の可能性も考慮しなければならない。今回オレンジチーズタルトのマーケティングが成功すれば、大規模な契約が残らずMJコミュニケーションズのものになるはずだ。それだけに会社としても力を注がないわけにはいかず、担当チームのメンバーだけでなくインターン社員までアイデアを出すようにと宿題が出されたのだった。

先週からインターンが一人ずつ順番にプレゼンを行っていた。製品のネーミングからマーケティングコンセプト、オンラインイベントと予算打ち立てまで、インターン自身がプロジェクト担当者になったつもりで企画せよ、とカン・ピルジュチーム長は言った。つまり上司の助けは期待するなという意味だ。「インターン業務能力向上プログラム」と銘打っていたが、ジスを含むインターン五名とも、このプレゼンが実質的な入社面接だと理解していた。同じ商品に対して各自異なる企画案を披露するだけに比較されるのも当然で、業務能力把握の場であるだけに発表者を標的とした攻撃的な質問も飛ぶわけだ。

ジスも覚悟していたものの、先だって発表したキム・ミンスとイ・シヒョンに投げられた論評と質問が予想よりはるかに鋭く、おおいに緊張させられた。上司よりもインターンが一層挑発的に質問していた。質問能力、長所短所を分析する能力も評価要素だと全員が意識していたためだ。インターン合格通知のメールを受け取り、順風満帆と期待したのもつかの間、無限競争のジャングルに放り込まれたことを実感する毎日だ。しかも作っている間なかなかよいコンセプトだと考えていた企画案が、今朝また目を通してみるとさしてめずらしくも新鮮でもなく、ひたすら平凡でしかないものに感じられ、ジスは急激に自信をなくしていた。インターン評価に絶対的な影響力を持つカン・ピルジュチーム長がどんな反応を見せるか不安だった。公私をはっきりわけ、完璧な仕事ぶりを求めてくる上司だけに、企画案以外のことで点数をたしてもらえる可能性はゼロだ。ここで生き残るには、生き残れるだけの人間にならねばならなかった。

「一生懸命やるんじゃなく、うまくやれ」というのがカン・ピルジュチーム長の指示だった。入社三年で先輩や同期を抜いてチーム長の座についた前途有望なマーケターの言葉だけに、インターンたちには鉄のかたまりほどの重さでのしかかってきた。MJコミュニケーションズでもっとも若いチーム長は、マーケティング理論と実践にたけていることはもちろん、何より大衆の欲望の流れを感知する卓越した能力があると評価されていた。キム・タック製パン所がカン・ピルジュチーム長に担当してほしいと直接指名してきたほどだった。そんな上司と仕事ができるのは大きな幸運だと、ジスは何度も考えた。

一生懸命やればうまくいくんじゃないだろうか、うまくやったというのは一生懸命やったということ意味じゃないんだろうか、とジスはしばしば考えたが、一生懸命やっただけではうまくできないこともわかっていた。ほかの人には出せない、何か圧倒的な、強い印象を残す、そんなアイデアを盛った企画案でなければならなかった。そんなものを考え出してやろうとこの二カ月間骨を折り続けた。週末には図書館でマーケティング神話を造ったクリエイターたちの著書を読み、数えきれないほど企画案を書き直し、甘ずっぱいオレンジ特有の味を活かした画期的なコピーをひねり出そうとオレンジ二箱を食べ切った。

しかしそうやって苦労すればするほど、新鮮なアイデアが泉のように湧く想像力の宝庫、みたいなものが自分にはないことを確認するばかりだった。ひざを打つようなコピーだと思えば誰かがすでに発表しており、おもしろいアイデアだと市場調査をしてみればもう何年も前に流行したアイテムだった。世界は広く、アイデアは溢れ、ジスの想像力は貧困だった。かと言って真剣に取り組むほかはない。いくら世間が努力至上主義の人間をカス扱いしようとも、ジスができることは依然、そんな努力しかなかったのだから。ジスは本当に一生懸命努力した。けれども成果を発表する今日、一生懸命やっただけでうまくできていないのではと怖くなった。近ごろ襲ってきた頭痛の理由がそれだ。死ぬまで一生懸命やるだけの人間なんじゃないか、永遠にうまくやる人間になれないんじゃないかと縮みあがるような気分、それがジスを苦しめていたのだ。

各チーム別に週間業務報告を作成しマーケティング本部の指示事項をチェックし、進行しているプロジェクトの協力企業とミーティングをするなど、月曜日はあわただしくすぎていった。ジスも文書作成と日程表のアップデート、会議録作成等、与えられた仕事を消化しようと忙しい一日を送った。午後四時、カン・ピルジュチーム長がチーム員たちを招集した。マーケティング本部第二チームはチーム長と五人の社員で構成されていたが、企画案会議にはデザインと製作を担当する社員たちは抜けて、イ・ジファンとキム・ジュンヒョクだけが参加していた。インターンはトン・ジスとキ・ファヨン、イ・シヒョン、ユ・サンヒョクとキム・ミンスの五人。兵役を終えたユ・サンヒョクとキム・ミンスは数えで二十七歳と二十八歳、キ・ファヨンとトン・ジス、兵役を免除されたイ・シヒョンがみんな同い年の二十五歳だった。

会議室はガラス張りの広々とした空間で、十人は余裕で座れる大きなテーブルが置いてあった。前にはスクリーンと移動式ホワイトボード、うしろにはビームプロジェクターとプレゼン用の各種機器が配置されている。スクリーンの真向かいにはカン・ピルジュチーム長一人が座り、右側にイ・ジファンとキム・ジュンヒョクが、左側にインターンたちが座った。ジスはスクリーンをそっとよけて立ち、パワーポイントの最初のページを映し出した。熟したオレンジが半分に切られた写真はつばがたまりそうなほど鮮烈で、真ん中に「タッタルト」と書かれている。

9

「タッタルト、新製品の名前です。オレンジを噛むとき果肉がタッ、と弾ける、その瞬間を連想させます。オレンジの食感に注目したわけです。コピーはこうです。噛みつけ、爆発させろ、君を縮めてしまうものを！　感じろ、楽しめ、君を君らしくするものを！」

座中から笑いがもれた。バカにしているのか本当に愉快なのかわからない。今は笑いの意味を深く考えている余裕はなかった。

「オレンジの果肉を噛めば爆発します。私たちの青春を限りなく小さくしている世間への不満も一緒に爆発させるのです。そうした後で、チーズタルトの味を吟味しながら自分らしさを取り戻します。私を私らしくする中心部、核心、コア、そんなものに気づくのです。つまり、日常の小さな幸せを追求する感性をぱあっと解き放つ広告戦略と言えます」

ジスはちょっと目を離せばどこかへ逃亡しそうな自信をがっちりつかまえながら、発音の正確さを心がけた。

「モデルは有名な芸能人よりも一般人らしく見える、若くてしっかりしたイメージの女性を起用するのが効果的でしょう。この広告と共に消費者たちのエピソードを募集するオンラインイベントも連動させる計画です。〝私を私らしくするもの〟というテーマで。要約しますと、私は〝青い春〟と呼ぶにはあまりに疲れ果てた、大韓民国の青春を生きる若者たちをなぐさめてくれる一切れのパイとして、この製品を表現したいと思います」

ジスは発表を終えて座中を見回し、どんな質問が来てもうろたえるまいと心に決めた。企画案がメッタ斬りにされるのは当然で、これからの質問は私を攻撃するものではなく成長させるものなのだ、と考えた。

「それでタッタルトという名前をつけたんですね。タッと弾けるからタッタルト。でもオレンジがそんな、〝タッ〟と弾けますかね？」

キム・ジュンヒョクがたずねた。入社二年目の無愛想な社員だ。三十代初めにしてすでに頭頂部が薄かった。ストレス性脱毛はマーケティング業界において職業病で通っていたが、彼も今職業的に病んでいる最中のようだ。

「〝ドカッ〟と弾けるんじゃないでしょうか」

ユ・サンヒョクが答えた。じゃあドカッタルトになるのか？　どつき強盗じゃあるまいし、タッと叩いたらドカッと前に倒れたのは誰だったたっけ、などの発言が行きかった。特に発表者の返答を求めるものでもなかったので、ジスは答えなかった。

「ともかくネーミングはいいと思います。タッ、と発音すると何か気持ちよく吐き出すような感じがするでしょう。そもそもタという音は舌先を上歯茎に当て、息を吹き出しながら勢いよく弾けさせたときに発せられる音ですから。タを続けて発音する韻《ライム》も独特でいいですね。商品の名前を思いだしやすくて、記憶回想力が高いと言えるでしょう」

シヒョンが言った。彼はジスに向かってウィンクして見せた。ジスと出身大学は違ったが、マーケティング研究会という連合サークルで一緒に活動し、入社前から勉強会を開いて一緒に就職準備をした仲だ。僕は君の味方さ、という応援のこもった目くばせをジスは知らんぷりした。

「そうですか？　私の感覚ではタッ・タルトという発音にならずに、タッタ・ルトになる気がしますけどね。『タッタ・ルトください』と言えば『は？　何をでしょうか？』って聞き返されると思いますよ。聞き返される名前は再購買の頻度が大幅に落ちるという研究もあるでしょう。頭に入りにくいということですね」

無愛想なキム・ジュンヒョクはやはり無愛想だった。

「そのコピーは性的なコードを念頭に置いたものですか？　噛む、爆発する、感じる、楽しむ……性的なイメージが漂ってますね。ああ、だからダメという意味じゃありませんよ。性的なコードをひそかに活用する事例はいくらでもありますから」

イ・ジファンが言った。カン・ピルジュチーム長と同期だった。同期がチーム長になっても別に気にしないクールな人だ、とジスは考えていた。

「男性は絶対に買わないんじゃないですか？　縮めるとか爆発させるとか、致命的でしょ」

キム・ミンスの言葉に男たちは爆笑した。ユ・サンヒョクはのどチンコが見えるほど大笑いしていた。カン・ピルジュチーム長の顔にもうっすらと笑みが浮かぶ。ジスはこれといった返答の言葉を見つけられずにいた。まったく意図していなかった方向へコピーを読解してあざ笑う彼らに一発喰らわせたかったが、こういうときに使える瞬発力というのは、努力至上主義からは生まれないものの一つだ。

「〝私を私らしくするもの〟って、このテーマでいったい誰がどんな話を応募するんです？　どういうことだか実感が湧かないんですよ。あまりに抽象的で感傷的というか、商品イベントというよりエッセイ公募のテーマみたいというか。コンセプトははっきりさせないと。薄味のコンセプトは百パーセントダメになる、マーケティングの真理でしょう。テーマをもう少し新鮮で明確なものにしなければいけないと思いますね」

キム・ミンスが指摘した。もう少し新鮮に明確にする、それがそう簡単にいくなら私もここにはいないだろうよ、とジスは心中つぶやいた。

「オレンジタルトが生活のなぐさめになる……私はこのコンセプト、好きですけど」

雰囲気を反転させたのはキ・ファヨンだった。企画案を肯定してくれる発言にうれしくなってしまうのは、ジスにもどうしようもなかった。キ・ファヨンが続けた。

「煎りたての上等な豆を使ったカフェラテ一杯、目を楽しませる紫色のブルーベリーヨーグルト、なめらかな口溶けの高級ハンドメイドチョコレート。考えただけでもなぐさめられませんか？　多くを持たない若者たちが楽しめる小さな幸せ、と言ってむやみやたらと買えるほど安くもない、いつも楽しめるわけではないささやかな贅沢。潜在的消費者層にこの商品がそう認識されれば成功だと思います。この広告を見たら、タルトを食べたいなと思う気がしますけど」

「キムチ女〔訳注・「自己中心的で贅沢を好み、男を利用する韓国の女」、という意味の女性嫌悪的な造語〕コンセプトで行こうってことですか？」

ユ・サンヒョクが聞いた。隣のキム・ミンスがくすりと笑った。

「キムチ女ですって？」

「コーヒー一杯、ヨーグルト、ハンドメイドのチョコレート……そんなものになぐさめられるってことは、血と汗と涙を流さない人生なんだろうなと思いましてね」

「チョコレートが好きなら血と汗と涙を流さないって、何ですかそれ？　ブルーベリーヨーグルトを食べたからってヒマな女と決めつける、そういうのを錯覚とか妄想と言うんじゃありません？　マーケティングをしている方がキムチ女うんぬんとは不適切じゃないでしょうか、イルベ〔訳注・男性ユーザー中心のネット掲示板「日刊《イルガン》ベスト」の略。右翼的で性差別的な特徴がある。また「負け犬の拠り所」というネガティブなイメージを持たれている〕じゃあるまいし」

「今イルべって言いました？　少しは言葉を選びましょうよ！」

ユ・サンヒョクがカッとなったが、キ・ファヨンは気にとめなかった。

「最初に『キムチ女』というネーミングをしたのがイルべで、どこより多く使用しているところもイルべだから言ったまでです。キムチ女とは何です、キムチ女とは！　そんな浅薄なネーミングを口にするなんてマーケターらしい姿勢とは思えませんけど。ネーミングはされた瞬間から対象を規定するようになりますから。何をどう呼ぶかについて敏感で注意深くなくてはというのが私の考えです。他の人ならいざ知らずマーケティングをなさろうって方ならね」

「ここでキ・ファヨンさんのブランドネーミング講義を聴きたかありませんよ。僕はただキムチ女に対する社会的な、非難の世論を無視できないと申し上げたんです。この商品をそんなコンセプトで広告した場合の、非好感指数も考慮しなくてはね。広告が呼び起こす否定的な効果を予測するのもマーケティングマンの能力じゃありませんか?」

「マーケティングというのは商品を売るものではなく、それが満たす欲望とそれを持つことによって得られる価値を売るものじゃありませんか? あの有名なフィリップ・コトラーとゲイリー・アームストロングの『マーケティング入門』第一章のタイトル、まさかご存知ないわけじゃないでしょ? 〝マーケティングは顧客価値の創出と獲得だ〟。オレンジチーズタルトはどう包装しても小麦粉で作った菓子にすぎないでしょう。けれどもそれを買う人は小麦粉の菓子ではなく、なぐさめと小さな幸せを買うんです。そう説得するのがマーケティングなんですよ。ところでそれを買う消費者をキムチ女と呼ぶなら、マーケティングはキムチ女の小間使いだとでも?」

「キムチ女の小間使い」という言葉にキム・ミンスはまたくすくす笑い、ユ・サンヒョクは力いっぱい顔をしかめて応酬した。

「マーケティングは価値の創出だ、ええ、同意します。しかしその価値は顧客の認識と符合したときに力を発揮するものです。商品の価値が否定的な認識と結合したら、その商品は市場で選択され得ないでしょう。アル・ライズとジャック・トラウトは『マーケティング不変の法則』でこう述べていますよ。〝人は一度決心したら二度と気持ちを変えない〟。認識や観念は僕たちが考えているよりもずっと強力なんです」

「だからこそマーケティングは観点転換の技術とも言うわけでしょう。大衆の観点をマーケターの観点へと誘導するものです。大衆の観点に便乗してばかりなら、それは怠けたマーケターにすぎないでしょう。最後にユ・サンヒョクさん、私はマーケティングマンではなくてマーケティングウーマンです。用語使用にはご注意願いたいですね」

ユ・サンヒョクも鋭いが、キ・ファヨンも負けなかった。当の発表者であるジスは二人のピンポンみたいな対話をただ聞いてばかりいた。そのとき会議室のドアが開き、誰かがチーム長、本部長がお呼びです、と言った。カン・ピルジュチーム長がこのくらいにしましょう、と場を収めようとしたが、ユ・サンヒョクが吐き捨てた。

「自白してんじゃねえか、自分がキムチ女だって」

ユ・サンヒョクはひとりごととして言ったが、誰もが聞かないわけにいかなかった。雰囲気が冷え冷えとして、全員ユ・サンヒョクを見つめた。カン・ピルジュチーム長が聞こえなかったふりをして言った。

「トン・ジスさん、お疲れさまでした。今日のコメントを参考にして、さらに発展させた企画案を作ってみてください。僕個人としてはクレシェンド・エンディング技法を取り入れてみたらどうかと思うんだけど、ちょっと研究してみてください。明後日、水曜のこの時間にはユ・サンヒョクさんの発表を聞きましょう」

10

予想どおりインターンの飲み会ではキ・ファヨン糾弾が止まらなかった。今日もキ・ファヨンはチーム長が同席している会食にだけ顔を出し、家の用事があると言ってインターンだけの飲み会はパスした。成功につながらないことには一分たりとも時間を使わないってことだろ、とユ・サンヒョクが言い、マーケティングウーマン様だもんな、マンじゃなくて、とキム・ミンスが応じた。シヒョンは黙って生クリームのせビールを飲み、ジスはフォークでチキンサラダをとって口に運んだ。ジスも飲み会には参加したくなかった。ちょっと親しくなったからってタメ口を利き、二、三歳ばかり上だからと何かにつけて教えてくる二人がうっとうしかった。そんなジスにシヒョンは言った。気に入らないからって人を排除し始めたら、君のそばに誰も残らないよ。社会生活はネットワーク、人脈なんだ。ぼーっとしてても得られない、管理しなきゃならないものなんだよ。二人から学ぶことが全然ないわけじゃないでしょ？　一生懸命生きてきて、努力している人たちだよ。あんまり色眼鏡をかけて見ちゃダメだよ。そう話すシヒョンが、ジスには知らない人のように見えた。他人にどう見られてもさして気にしないようだったシヒョンが人脈管理の重要性を説くなんて、となぜか少しやるせなかった。一生懸命生きてきた人だから、という理由でその相手を理解しようとするシヒョンの態度は長所と言うこともできるだろう。けれどユ・サンヒョクとキム・ミンスを理解するのは、ジスには簡単ではない。そんな努力は諦めるのが精神衛生によいのではないかと言うたびに、シヒョンは言った。何も友だちになれなんて言ってないじゃない、ネットワーキングをしなよって話。

五人のインターン中、うまくいっても正社員採用されるのは二人のはずで、昨年男性と女性がそれぞれ一名ずつだったことから見て、今年もそうなる可能性が高い。そうするとキ・ファヨンとジスのうち一人だけが生き残るわけだ。形式的な競争相手はほかのインターン全員だが、性別を念頭に置いて採用していると見るほかない会社の決定のために、ジスはキ・ファヨンより飛び抜けていなければというプレッシャーを感じていた。インターンたちは各自競争相手を意識し、勝ち残るための計算をしながら出退勤を繰り返していたが、表向きはそれなりに和気あいあいとした雰囲気を作り出していた。出勤初日の飲み会で、正々堂々と勝負しつつも、同僚として仲良くやっていこうという原則を威勢よく掲げたのだ。しかしキ・ファヨンは同僚たちとの和合などにはまるで神経をつかわなかった。インターン同士の情報共有に、という名目でユ・サンヒョクが作ったカカオトークグループに招待されるなり出て行ってしまい、インターンだけの飲み会にも参加せず、仲良くやっていく意思がないことを明確に示していた。

　まだ互いに探り合いながら注意深く振るまっていた初めのころ、ジスがキ・ファヨンに飲み会に参加しない理由をたずねたことがあった。キ・ファヨンはこう答えた。やるべきことが山積みだもの、TOEICの点数を上げなきゃならないし中国語のレベルも維持しなきゃ。海外マーケティングの流れも学ばなきゃならないし、消費者の感性の変化を見逃さないようベストセラーも読まないと。企画案だってなおさなきゃならないし。全部やるには一日二十四時間でも足りないのに、何で酒なんか飲むの？　それもユ・サンヒョクみたいなやつと。あんた忙しくないの？　ジスはうなずくほかなかった。高校時代にいた、トイレにも英単語帳を手にして入る成績トップの子を見ている気分だった。どんなに一生懸命がんばってもついていけない、次元の違いを目の当たりにして立ちすくんだ気分と言おうか。ジスだってやるべきことは多かった。英会話の実力も伸ばさなければならず、最新のマーケティング理論に関する本も読まなくてはならなかった。いつも忙しく、時間は足りなかった。それでも彼らと酒を飲んでいた。

毎日飲んでいたわけではない。一週間に一、二度だし、酔いつぶれることもなかった。飲み会でムダ話ばかりしていたわけでもない。業務処理の仕方と文書作成の要領、話題になった広告についての討論など、それなりに役に立つ話も交わされた。とはいえもちろん、会社生活の喜怒哀楽をわかちあう時間のほうが圧倒的に長くはあった。過度な業務量によるストレスと、性格もこだわりのポイントも異なる上司たちが巻き起こす混乱への不満、インターンというより使いっ走りなのではという敗北感的なものについての話。定時が過ぎて正社員らがどっと引き上げ、突然静寂が訪れたオフィスにインターンだけでぽつんと残されると、ビール一杯が無性に飲みたくなる。インターン同士で飲み会を開くのは、大変なのは自分だけじゃないという仲間意識を確認したいからか、あるいは自分はよくやっているのだと安心したいためかもしれなかった。仲間意識と安心感、そんなものもキ・ファヨンには必要ないのだろうか。自分とキ・ファヨンの違いは、成功めざしてつっ走っていく競走馬と、成功のためにつっ走る競走馬にならなきゃなあ、と考えながら酒を飲んでいる者のちがいだろうか。

その日以降、ジスは競走馬を放っておくことにした。忙しいばかりだというキ・ファヨンの言葉には共感した。といって利益につながらない関係を大根のようにすっぱり切る、利己的と言うほかない関係の遮断に気を悪くしなかったと言えば嘘になる。キ・ファヨンにとって自分は用のない、それゆえ親しくする理由もない人間なのだな、と腹が立つときもあった。そんなふうに、キ・ファヨンに対するジスの心境はひとことでは定義できない複雑なものだったが、ほかの者たちは明確だった。ユ・サンヒョクはキ・ファヨンに対しあからさまに敵対的で、キム・ミンスは露骨ではないがユ・サンヒョクに調子を合わせて彼女を悪く言った。

「カン・ピルジュチーム長がキ・ファヨンの企画案を見てやってるって？」

ユ・サンヒョクがキム・ミンスを見て聞いた。朱色のライトの下、ユ・サンヒョクの顔はひときわほてっていた。キ・ファヨンをねらって探り続ける彼のレーダーは過酷で一方的だ、とジスは考えた。

「だからパワーポイントが開いてたんだって、チーム長のパソコンに。そこに作成者キ・ファヨンって書いてあったんだ」

「そう言うミンスはチーム長の机に何しに行ったんだよ？」

「うるせえなあ。製品説明に知らない言葉があったから聞きに行ったんだよ。まさかチーム長の机をふきに行くとでも？　でなけりゃコーヒー豆でも炒ってお出ししに？　チィ～ム長ぉ～、とか言ってな」

キム・ミンスが舌ったらずな声を出すとユ・サンヒョクがクックと笑った。誰のもの真似をしているか知らないが、その相手を悪く言っているのは確かだ。ジスは急に気分を害して、ぶっきらぼうな声で言った。

「だからって手伝ってあげているとは限らないじゃないですか」

「じゃあどうしてチーム長のパソコンに企画案があるんだよ。おまえらも事前に送ってコメントもらったのか？」

「そうじゃなくて、事前に報告しなきゃならないと思ってたのかもしれないし」

「チーム長が何度も言ってたろ。上司の助けを借りようとするなって。なのに事前に報告？おかしいじゃないか。何かあるぞ。チーム長に特別に接近してるんだ。正社員になろうとありとあらゆる手段を使ってるってわけさ。チーム長も青春真っただ中なのに女を拒む理由があるか？ え？ インターン一人正社員にしてやるくらい、会社に対して大きな不正をしでかすことでもなし。チーム長の力量評価が絶対的で、評価ってものは主観的でしかないんだ、誰が待ったをかけるかってんだ。しかしチーム長、公私は区別してると思ってたのに胸クソ悪いな！」

「そんなふうに言われると不愉快です」

シヒョンがひとこと投げた。ユ・サンヒョクは目を細くしてシヒョンをにらんだ。

「不愉快です？ 近ごろそういうの流行ってんのか？ おまえ〝お気持ち〟でもの言うクレーマーか？ 胸クソ悪いからそう言ったのに何が不愉快だ。イ・シヒョン、大学の先輩だからチーム長をかばいたいんだろうが、状況の把握はしたほうがいいぞ。無条件で擁護するのは義理とは違うんだ」

「事実関係を把握するのが先だって言ってるんです」

「事実《ファクト》か、いいだろう。俺はファクトに生きファクトに死ぬ男だ。だがこれはあまりにも明白なファクトだろ。ほかの証拠が必要ないほどだ。成功にしがみつく地方の三流大卒の小娘にできることは何だ？　独身の上司に可愛い顔見せて近づくほかに何かあるか？　女は顔と体と年が能力だからな。は、キ・ファヨンは能力があるさ、有能だよ」

「キ・ファヨンがそんなことしたって証拠はないじゃないですか。ユ・サンヒョクさんの推測でしかないでしょう。状況をもう少し見届けてください」

「状況を見届けろ？　ああ、シヒョンはいいおうちのお坊ちゃんだもんな。軍隊にも行かないし、俺みたいなやつとはちがって大事にされてる身だからそうやってクールでいられるんだろ」

シヒョンは口をつぐんだ。ユ・サンヒョクの糾弾がどこに飛ぶかわからなかった。ジスは早く席を立ちたくて、スマホでシヒョンにもう出よう、とメッセージを送った。ユ・サンヒョクは従業員を呼んで生クリームビールをさらに一杯注文した。シヒョンはスマホを見ていなかった。

「俺の前で不愉快とか何とか、そんな話はするな。おまえらはちょっと不愉快なだけですむが俺は人生がかかってるんだよ。この会社に入ろうとどれだけ努力したかわかるか？　畜生、はた目には楽に見えても実際はクソきついインターンが競争率七十倍だったんだ。正社員でもなくインターンが、だぞ」

「それは私たちも同じですよ。単位に、ＴＯＥＩＣに、資格試験に……、私も遊んで就職したわけじゃないんです」

ジスがひとこと言った。従業員が新しいビールを持ってきた。ユ・サンヒョクが乾杯を求めたが、ジスは動かなかった。

「軍隊に行ってないだろ、軍隊に！　クソ、訓練は訓練でしっかりやって、夜も寝ないでTOEICの勉強だ資格試験の準備だ、そうやって頭から血ぃ噴き出して生きてきたのかってんだ。夜間歩哨に立ちながら英単語を覚えたのかってんだよ。俺はやったぞ、俺はやってきたんだ。キ・ファヨンみたいな小娘がめかし込んでデートしてる間に、クソみたいに努力してたのは俺なんだよ。キ・ファヨンのフェイスブック見ればすぐ出てくるじゃないか。新製品の服にバッグにレストラン、あいつがキムチ女だ。キ・ファヨンはキムチ女だよ。そんな小娘が正社員になるだと？　どうでもいい三流大出た小娘が楽して成功するのを見てろって？　ガラクタみたいな女が割り込んできやがって、そんなの間違ってるだろ。俺は絶対黙っちゃいねぇぞ、黙ってられるか！」

　ユ・サンヒョクはだんだん乱暴になっていった。彼の声には不気味な憎悪が込められている。その憎悪の実態が何なのか、本当にキ・ファヨンのせいなのか、ジスにはわからない。明らかなのは「キ・ファヨンみたいな小娘」という言葉が不快感を与えることだ。キ・ファヨンが憎たらしいのは事実だ。自分に役に立たないことは何でも、例えば他のインターンたちとの関係なんかもポイッと捨てられる人間が、憎たらしくないとは言い難い。しかし「キ・ファヨンみたいな小娘」たちも一晩中勉強して単位を取り、ない時間をさいてアルバイトをし、資格を取ってスペックを上げてきたということをジスは知っていた。ジスがそうだったように、キ・ファヨンもめかし込んでデートみたいなことをしただろうが、それは「キ・ファヨンみたいな小娘」たちの日常を説明するところの、ほんの一面でしかない。そんな断片的なイメージから「キムチ女」というレッテルを貼り、実際の努力を無視してこき下ろすとはいくら何でも聞き捨てならない。ジスが口を開こうとした瞬間、シヒョンが首を振り、言うなという信号を送った。この酒の席で彼らと論戦したところで何が変わるんだ、という意味だとジスは理解した。ジスは生クリームビールを飲み込んで、不快な感情と反論をのどの奥に押し込んだ。

酔ったユ・サンヒョクとキム・ミンスはいつの間にか「白骨部隊」の兵舎で見た女の幽霊の話や、砂漠のような真夏の練兵場で草むしり中に失神した話を無限に繰り返していた。軍務についていた当時の苦労の度合いを競っている二人の兵役終了者の前に、空になった酒杯が並んでいた。あんなに酔った状態でどうやって家に帰っていくのか、翌日になればケロッとした顔で出勤する彼らが大したものに見えもした。しかしジスは不意に、彼らはどれだけ酔っぱらっても安全な帰宅が保証されているのだと気がついた。酔ってふらつき意識が朦朧《もうろう》としてもなお、自分の体を守らねばという責任感を忘れられない、なんてこともないだろう。二人は自分たちが享受する「当たり前」のありがたみをわかっているのだろうか。ジスはシヒョンに言った。出よう。

11

「あいつキ・ファヨンに似た女からひどい目にでもあわされたの？　何であんなに必死に叩

くわけ？」

居酒屋を出ながらジスが聞いた。

「知らないよ。女の人から手ひどく裏切られたことがあるんじゃない？　結婚前提につきあってたのに、二人でためたお金を持ち逃げされたとか。『長い髪したケダモノは信じるな』ってのが座右の銘なんでしょ」

「頭おかしいよ。美人のキ・ファヨンが好きだって言ってたくせに。美人だけど賢くて頭角をあらわしてきたもんだから、今度はふみつぶしてやろうってことか。美人は頭が空っぽだっていう固定観念をキ・ファヨンが裏切ったから憎んでるんだな」

「まあまあ、仲良くコーヒーでも飲もうじゃない」

「何、私のこと好きなの？」

ジスは冗談めかしてシヒョンに聞いた。

「おや、うれしそう」

「よしな。私にも好みってものがあるんだから」

「きついなあ。正社員になったら結婚しようよ」

「バカか」

正社員になったら結婚しよう、というのは「正規職になったら結婚しよう」というコピーで有名な全国民主労働組合連盟のポスターのパロディーだった。久しぶりに聞く言葉だ。二人で一緒に活動していたマーケティング研究会で、青年失業問題の深刻さを知らせる公共広告を作っていたとき参考にした資料の中の一つだったが、以来たちの悪い冗談を飛ばすときは決まり文句のように繰り返した。結婚なんておとぎ話の世界で、魔法の力を借りてするものと思っていた友人たちと、そんな冗談を言ってふざけていたのだ。もちろんそんな遊びも入社志願書を書くころにはすっかりなりをひそめてしまった。ふざけ合いも、冗談も、ユーモアもない無彩色の空間へ、一歩ずつ踏み出して何とかここまで来たのだ。

夜十時をすぎていたがカフェには空席がほとんどなかった。秋の夜のはかない美しさにさそわれて寄り道した人々か、あるいは香りのよいお茶で月曜日の疲れを癒したい人々かもしれない。ジスと同年代の若者たちが一人で、あるいは二人で席を占めているのが目についた。ノートパソコンと本を広げて勉強している者たちもいたし、イヤホンをはめスマホに見入っている者たちもいた。ジスは店主の目を気にしながらカフェのいすに張りついて英語の勉強をし、入社志願書を作成したころを思いだした。たった数カ月前のことだったが、長い時間が経過したように感じる。シヒョンがジスの前にカフェラテを置いた。ジスが一口飲んでカップを置くなり、彼は言った。

「ソラネットって知ってる?」

「ん?」

ジスはシヒョンの言葉がよく聞き取れなかった。シヒョンは話したいことがたくさんありそうな顔でまた聞いた。ソラネット、知ってるかって。ソラネット? 知らない、とジスは答えながらも、二日前ヒジュンが送ってきたリンクのアドレスにｓｏｒａというアルファベットを見たような、と考えた。その夜の衝撃がよみがえった。女性の写真を見てこのバカ、と叫んだその瞬間の絶望感を思いだした。あそこがソラネットだったのか？　あの変態どもが遊んでいるところが？　そんなにきれいな名前をつけてあんなことをしたというのか。ジスが黙っていると、シヒョンはそりゃそうだ、という表情でうなずいた。

「知るわけないよね」

「よくは知らないけど、ムカつくやつを見たことはある」

「何を？」

「招待客募集」

「一番きついの見ちゃったね」

「知ってたの？　あんなことがあったって」

シヒョンは答えるかわりに軽く眉をひそめた。夜ごとぐでんぐでんに酔った女性を餌食《えじき》に招待客を募集している記事が上がってくるということを、シヒョンは知っているようだ。そして自分がそれを知っているという事実に困惑しているようだった。神経質そうに動いた濃い眉を見ながら、ジスはシヒョンへの、好みではないにしろなかなかいいやつだという評価を修正するときが来たのだろうかと混乱した。いや、なかなかいいやつだからこそあんなふうに眉間にシワを寄せて不快感を示しているのかもしれない。ジスの知るかぎりシヒョンは草食男子に近い。女性とつきあったことがないかどうかは知らないが、シヒョンが恋愛しているという話は聞いたことがなかった。ひょっとして男性が恋愛対象なのかと聞いてみたいほど、シヒョンは女性に関心がないように見えた。そんなシヒョンが知っているというならたいていの男たち、インターネットに接続できる男たちなら知らないはずがないわけで、そのうちの多くは裸の女性の写真や動画、招待客募集というイベントを消費しているのだろう。インターネット初期にパソコン通信利用者が爆発的に増えたのも、男たちが某女性芸能人のセックス動画をダウンロードしようとしたためだと聞いたことがある。女たちは、男というものを知らない。

「正確には何をしてるの、そこ」

「それはまあ、アダルトサイトと考えればいいよ。主に写真と動画を上げるところ。すごくたくさんの人が、すごくたくさんの画像を上げたりダウンロードしたりしてるんだ。ポルノみたいなものを」

「ポルノみたいなもの？」

ジスはシヒョンの顔を見つめた。五年間親しく過ごした男友だちの顔が見知らぬものに見えた。ポルノ、シヒョンもポルノを見るってことなんだな、まあ、無理もない話だろう。二十五歳の男の子が高尚な趣味だけ持ってなきゃならない決まりはないから、そうなんだろう、うん、とひとまず考えるようにした。しかしシヒョンの顔は見知らぬものを通り越して、すごく異常なものに見えた。高尚と言えない趣味を告白してしまったからではないようだ。浮かれているのでも沈んでいるのでもない、その中間のどこにも位置していないあいまいな顔だ、とジスは考えた。男友だちはなぜあんな顔をしてポルノみたいなもの、なんて言っているのだろう。

「その、キ・ファヨンを見たような気がするんだ、ソラネットで」

「ん？　誰を見たって？」

「確かじゃないんだけど、もしキ・ファヨンだったら、本人に知らせなきゃいけないんじゃないかって」

「ポルノみたいなものが上がってるところって言ったじゃん。そこに何でキ・ファヨンが出てくんの」

「だから、万が一ってことも」

「ったく、何言ってんだか。キ・ファヨンが副業でもしてるっての？　ポルノ俳優の」

「そうじゃなくて……」

「なくて何」

「近ごろ一般人の隠し撮りがたくさん上がってるんだ。動画だよ」

「一般人の隠し撮り？」

「セックス、してる動画」

ジスは言葉を失ったままシヒョンを見つめた。男友だちはキ・ファヨンがセックスしている場面の映った隠し撮り動画がソラネットに上がっている、と言っている。隠しカメラならキ・ファヨンが知らない間に撮られて流されたということになる。誰が？　なぜ？　性関係を持つくらいならつきあっているか、少なくとも親密な間柄と言えるはずだが、なぜそんなことをするというのか。

「それ、本当にキ・ファヨン？」

「確認、してみる？」

「正気？　何で私がそんなもの」

「キ・ファヨン、みたいなんだ」

「確かに？　違ったらどうすんの」

「だから君が見てよ。違ったら『よかった』ですむ話じゃない」

ジスはソラネット、と発音してみた。ソラネットというのだな、あそこは。私がのぞき見た地獄、女一人を酔いつぶしレイプして回していた男たちの遊び場。そこにキ・ファヨンが投げ入れられたと、今シヒョンが言っている。キ・ファヨンが、競走馬のように成功に向かって疾走しているあのキ・ファヨンが投げ入れられた。ジスは動画を見るべきか心を決められず窓の外を眺めた。バスを待ったり、タクシーをつかまえたりしている人々でカフェ前の停留所は混み合っている。家のある町まで行く深夜バスが1002番だったか、終バスは何時だったか、バスアプリで確認しなきゃと考えた。

「見てみて」

シヒョンはスマホを取り出し、ロックを解除し動画を再生した。

「ダウンロードまでしたの？」

「君に見せようと思ったから。他意はないよ」

ジスはそもそもポルノ動画というものがダウンロードまでして繰り返し見るものなのかを知らず、知りたくもなかった。シヒョンが差し出したスマホを見つめた。思わず大きく息をのむ。画面は暗かったが、少しずつ明るくなっていった。肉のかたまりが見え、すぐにそれが人の、男と女のものだとわかった。左側にちらっと見える男の背中の下に、女の胸が見えた。静かだった画面から急に二人のあえぎ声とはしゃぎ声が聞こえた。ジスは急いでスマホのボリュームを最小限にし、周囲を見回した。後方注意、とはこういうとき使うのだな。ジスは再び画面に目を戻した。男が女を抱いて左のほうにそっと動かした。そのために男はほとんど見えなくなり、女の胸と顔がより大きく画面にとらえられた。位置を変えたのは意図的だったのだろうか。さらに目を近づけて女の顔をのぞき込んだ。女は笑いながら顔をしかめ、何か話してあえぐように口を開けた。酒に酔ったように、セックスに酔ったように瞳孔が揺れてどんよりしていた。セックスしている女の顔、絶頂を待っている女の美しい顔、キ・ファヨンだった。

左眉の下のほくろ、笑うと半月形になるまぶたとシワの寄る目尻、上に突き上がったような小さな耳、鎖骨まで伸びた長くまっすぐな髪まで、キ・ファヨンの姿だった。蒙古斑のように青黒い、鎖骨の下の小さいとは言えない斑点が、動画の中の女がキ・ファヨンだと決定的に証明していた。子どものころ兄と一緒に野球の試合を見に行って、打者が打った球に当たったの。真っ青なあざになったのが消えずにこうなって、と、肩が開いたワンピースを着て来た日、ジスの視線に気づいたキ・ファヨンが話していた。キ・ファヨンでない可能性はないように見えた。男が女を起こしてひっくり返した。女はうつ伏せのまま尻をあげた状態でうしろを振り返った。もつれた髪と揺れる胸を見て、ジスはスマホの画面を消した。

「何でこんなもんがここにあるんだよ！」

ジスはシヒョンに腹を立てた。動画を上げた人間はシヒョンではなくキ・ファヨンとセックスしている男もシヒョンではなかったが、腹が立った。

「おとといアップされたんだけど、もうベスト動画になってる」

「ベスト？　こんなもの見ていいねとか超いいねとか押すってこと？」

「近ごろこんな画像がたくさんアップされるんだ。国産ポルノが人気あるんだよ」

「どうしてこれが国産ポルノになるんだよ。これがポルノ？　これはただの違法撮影物じゃん」

「見る人の立場ではそうだってことだよ」

「変態野郎！　シヒョン、あんたもこんなの見て楽しんでたのか！」

ジスの口から荒い言葉が出ても、シヒョンは怒らなかった。軽く顔をしかめるだけだった。

「ソラネットにアクセスして見たんじゃなくて、友だちがベスト動画だって送ってきたんだ。初めは僕もはっきりわからなかったけど、そうみたいでしょ？」

ジスはうなずいた。

「あああ、頭おかしくなる。いったい誰がやったんだよ！　何だってこんなこと！」

「まずは動画が拡散される前に早く止めなくちゃ。撮ってアップした犯人もつかまえないと。簡単じゃないとは思う、ソラネットはニセの個人情報でも加入できるところだから。でもさぐってみれば何か出てくるよ。ともかく君が知らせるのがいいと思う、キ・ファヨンに」

「何で私が！」

「僕が言うわけにいかないじゃない」

「撮ってアップしたやつにしろ見て楽しむやつにしろ……変態野郎！」

「それなんだけど、実は怪しい人がいるんだ」

「誰？」

「……」

「誰が怪しいって？」

「……カン・ピルジュ先輩」

12

「学生さん、バッカス〔訳注・栄養ドリンク〕とウルサ〔訳注・疲労回復薬〕ね」

ヒジュンを学生と呼ぶこの男性は、夜七時ごろ毎日薬局に来てバッカスとウルサをくれと言う五十代半ばの常連客だった。建設現場で働いているのか分厚い黒ジャンパーを羽織っており、そでとズボンのすそにセメントのような灰色の粉がついていた。十月のすずしい気温にもかかわらず汗にぬれたような髪がてらてら固まっており、服からはすっぱいにおいがただよった。ヒジュンは彼の姿から一日の疲れを読み取ることができた。

薬科大学を卒業し三カ月の見習い期間を経て、数カ月前正式な薬剤師になったが、ともするとお嬢さん、学生さんと呼ぶ人たちがいた。ヒジュンは人並はずれて童顔でもなく、身長も平均程度だが、二十代半ばの女性は薬剤師のガウンを羽織っていてもなかなか薬剤師として見てもらえなかった。薬局でバッカスとウルサを買うことをコンビニでコーラを買うのと同じように考えているらしいこの男性が、はたしていつまで自分を学生と呼ぶのか見届けてやろうとヒジュンは考えていたが、学生さんと呼ばれるたびにひよっ子薬剤師として萎縮してしまうのも事実だった。

男性はウルサのカプセルを口に入れてバッカスのふたを開け、いっきに飲みほしてから薬局を出た。その男性と入れちがいに若い女性が入って来た。デスクに近づいて来た女性はやっと二十歳を越したところだろうか、若いというより子どもっぽく見える顔だった。彼女は肩にかけたバッグのジッパーをしきりにいじくりながら、目ではほかの客がいないかを確認していた。ヒジュンは直感的に妊娠検査薬を買いに来たのだと気づいた。妊娠検査薬ください、妊娠検査薬。ヒジュンは無表情で静かにうなずいて見せると、薬棚から妊娠検査薬を出して渡した。長方形の包装箱には、新生児の顔をのぞき込み幸せそうなほほえみを浮かべている金髪の女性が描かれていた。妊娠は無条件に幸福なことでなければ、と主張しているようだ。しかし、今この妊娠検査薬をくれという彼女は妊娠を期待しているのではなく、心配していた。妊娠を心配する女性に妊娠して幸せそうな女性が描かれた箱を渡すとき、ヒジュンはとても心苦しかった。二本の線があらわれるのを見て幸せそうにほほえむ人たちもいるが、その二本の線のために死にたいと考える人たちも確かにいた。後者の女性たちは望まない妊娠への苦悩に加えて、妊娠を幸福なことと思えない罪の意識まで負わされるのだ。まったく不当なことだとヒジュンは考えた。

差し出された万ウォン紙幣を受け取ってお釣りを出そうとしたとき、彼女の電話が鳴った。彼女は電話に出るなり鋭い声を出した。どうして電話に出ないの？　妊娠検査薬買ったよ。もう一週間もたったんだってば。だから何度も言ったじゃん、それだと確実じゃないからって言ったじゃん！　彼女は通話しながらお釣りを受け取り外に出て行った。ヒジュンは彼女の言葉の続きを想像した。膣外射精は避妊じゃないって何度も言ったじゃん！　コンドームをつけたら感度がよくないんだと言う彼氏に、彼女は数十回も言ったことだろう。感度がどうこうとまくしたて、コンドームは使わんと意地をはるその彼氏を、ヒジュンは思う存分ボコボコに殴りたい気持ちだった。どうしたらそんなに利己的になれるのか。一度の快感のために彼女の体に起こるかもしれない変化に、そんなにも無関心でいられるとは。感度の差というが、どれほどの差のためにそんな強情をはるのか、セックスのすべてはペニスの感度にかかっていると考えるその固定観念というものは、本当にダサくないか。

夜八時にヒジュンは帰り支度を始めた。先輩薬剤師が二泊三日の新薬関連ワークショップに行ったため一人で薬局を回さねばならず、一日中本当に忙しかった。おととい気温がぐっと下がって寒風が吹いたため、風邪の患者も増えていた。薬局のドアを閉めシャッターを下ろそうとするとき、人の気配を感じた。振り返るとジェミンがもじもじしながらヒジュンのうしろに立っている。ヒジュンが住む「ヴェルサイユ・ハイツ」の三階に住んでいる男子高校生だ。

「鼻炎薬？」

「はい」

「ちょっと待ってて」

ヒジュンは再びシャッターを開けて薬局に入っていった。ジェミンの母親は慢性鼻炎にかかっていたのだが、風が冷たくなるたびに風邪を伴う鼻炎に苦しめられた。ヒジュンはアレルギー性疾患を多少緩和する薬を差し出した。ジェミンは浄水器から冷たい水を出して飲もうとしていたが、紙コップを下ろして薬を受け取った。

「長く飲み続けるとよくないですよ、って伝えて」

ヒジュンは体質を変えないと鼻炎は治らないとジェミンの母親に何度も言ったが、天気が悪くなるとジェミンがまた鼻炎薬を買いに来た。ジェミンは薬をポケットにしまい支払いをすませ、挨拶もそこそこに出て行ってしまった。人と目を合わせて挨拶することも教わっていない子だ。

薬局を出ると街路には闇がしきつめられていた。冷たい風がヒジュンのトレンチコートに入り込む。ヒジュンはえりを立てるかわりに、正体のわからない異物感を振り払おうとするように冷たい空気を思いっきり吸い込んだ。体と心が渇いていくようだった。公園の近くの屋台で炭焼きの鶏足とビールを一杯やりたくて、ジスにメッセージを送信した。しかし前途有望なインターンはスマホをチェックするヒマもないのか、未読状態のままだった。もしかするとジスから返信が来るかもしれないと、できるだけゆっくり家のほうへ歩いて行った。薬局から家までは地下鉄一駅分しかない。飲食店の前を通るたびにチキンや揚げものやカレーのにおいが食欲を刺激した。普段は薬局でキムパプ〔訳注・海苔巻きに似た韓国料理〕やサンドイッチの軽い夕食をとるのだが、今日は忙しすぎてそれさえ食べられなかった。ヒジュンはスマホをのぞき込んだ。カカオトークの未読サインが消えないのを見て、さっさと歩き始めた。

家の前のコンビニに寄り、ビール二缶と燻製イカを買ってから家に入っていった。薬局に近い町の二部屋のアパートへ引っ越してきて、もう六カ月たつ。大学を卒業し薬局に就職して、二年間暮らした考試院《コシウォン》〔訳注・学生向けの安宿〕を抜け出した。この家はヒジュンから見れば半地下で、不動産仲介業者が言うには地階で、大家は地上と言い張るものだった。部屋の中から窓の外を眺めれば、顔のすぐ下に地面が見えるので半地下と呼ぶのが正しいはずだが、こんな家に決して住んだことのなさそうな二人は断固として地下と呼ばなかった。ほんの少し差した陽はあっという間に消え、梅雨にカビが生えたと思うと、忘れたころには下水のにおいが上がってきた。

それでも考試院よりはマシだった。イヤホンを使わなくても音楽が聴けて、ジスと電話で笑いながらおしゃべりできた。熱いシャワーを浴びながら歌を歌うこともできたし、冷凍庫に冷凍食品をぎっしりつめられた。そう、考試院よりはよかった。とにかく、考試院よりは。

それでももう少し上に行きたかった。うんと高いところとは言わない、ただ少し上に。ヒジュンが半地下から抜け出す方法は、毎月コツコツと貯金するほかにない。それも貯蓄できる程度の月給をもらえる職業だから可能なのだ。生活費およそ六〇万ウォンと奨学金ローンの返済額三〇万ウォン、家賃三〇万ウォン、再婚した母への仕送り二〇万ウォンを除き、月給の半額近くは貯蓄することができた。ちょっとしたブランド服一着買うにも一大決心をつけねばならず、ミュージカルを観るのは年に数えるほどだ。それでも不幸ではなかった。目標があり、その目標に向かって行くための職業もあった。

この巨大な都市で、陽の光がいっぱい当たる小さな家を手に入れるのが十年後の目標だ。新しい家庭を持った母の手を借りるつもりは元からなく、結婚するつもりもなかったので、家を買うのはヒジュン一人の役割だった。それについてはとても早いうちから、自然と自覚していた。貧しさそのものが経済観念を育てたわけではないが、ヒジュンは貧しさゆえに諦めるほかなかった実に多くの可能性を知らされた。お金で買える可能性のうちヒジュンにとってもっとも切実なものは、自分だけの安らげる家を手に入れることだ。誰の視線も届かない、ありのままのヒジュンでいられる空間、他人の視線に萎縮してしまう自分を冷静に見つめ、殺気立った心身を休ませてやれるところ、自分だけの部屋、ヒジュンだけの家、それは言ってみればこのグローバルな大都市でヒジュンが安心して息をつける小さな休憩所だった。切実な、切迫した休憩所。とはいえ今すぐに、というわけでもない。段階的に成し遂げていくつもりだった。

家に入ると、不思議と食欲が失せた。ヒジュンはリビングのソファに座り、缶ビールを飲みながらスマホでフェイスブックにアクセスした。フェイスブックの友だちの新しい投稿があるかざっと見てから、自分のタイムラインに書き込み始めた。

ひよっこ薬剤師、今日も憤怒ゲージ上昇中。

終業時間前最後のお客さんが入って来た。
二十歳あまりの女性、彼女が探していたのは妊娠検査薬。
彼氏は彼女の電話も無視していたようだ。
この「もらし逃げ虫」！
妊娠検査薬に二本の線が見えたら、彼女はどうなるだろう？
彼氏が彼女のためにできることがあるだろうか？
彼女はコンドームを使わないと強情をはっている彼氏を
どうして最後まで拒絶できなかったのだろうか？
この世の終わりのような顔で妊娠検査薬を買い求める女性のお客さんたち。
本当にキャンペーンでもやりたい気分だ。
No Condom, No Sex!
コンドームは愛。
愛しているなら、避妊せよ。

投稿するなりメッセージが来た。

――ハーイ、おこづかいデートしない？

クソ野郎。メッセージの送信者が誰か確認もせず、すぐさま削除した。どうせ発信者のアカウントを見ても個人情報など書かれていないだろう。何年か前フェイスブックを始めたばかりのころ、このメッセージを受け取って「おこづかいデート」の意味がはっきりわからず返信もできなかった。検索してみて初めて、性売買を提案する質問だということがわかった。はらわたが煮え繰り返った。おこづかいデート？　性売買？　私がそんな女に見えると言うのか。ヒジュンは理解できなかった。

オンラインカフェの運営者として活動している友人に「おこづかいデート」のメッセージを受け取ったことがあるか聞いた。友人は言った。そんなメッセージなら数え切れないほど受け取ったよ。お金払うから会ってセックスしてくれる？って。私は中学生のときからオンラインコミュニティ活動をしてきたけど、ほぼ毎日そんなメッセージが来たんだから。十三、四歳の女の子だったんだよ？　友人は続けて説明した。元はランダムチャットアプリ「アントーク」で、未成年女性に条件つきのデートをしようと声をかけるときに使う言葉だったんだ。最初から挨拶代わりに使っている男たちも多くてね。十三歳とか十五歳に年齢設定してアントークにアクセスしてみ？　一分たたないうちに数十件はそんなメッセージがつくよ。本当なの？　という表情のヒジュンを見て友人が苦々しそうに笑った。金さえ払えば女とセックスできるって考える連中は多いよ。若い女の子と聞けば勃起するやつらばっかり。

あまり気にしないことだね、そんなのにいちいち返事してたらオンラインで遊べないよ。友人はそう助言してくれた。しかし気にするなと言われても、ヒジュンはそのメッセージが来るたび神経がすり減った。ク・ヒジュンという名のアカウントにあんなメッセージを送るなんて。匿名性に隠れて、金をやるからセックスしようと、見た目も性格もタイプも聞かずにただ若い女だという理由だけで送りつけるなんて、本当に不快で耐えられなかった。

一度、おこづかいデートできる？　とたずねる者にメッセージを送った。会ったこともない相手に失礼すぎませんか？　返信が来た。いやならそれまでさ、怒ることないじゃないか。おまえブスだろ。絶壁胸だろ。ヒジュンは不快感をぶつける方法を苦慮して、クソ野郎、消えろ、と送った。返事はこう来た。おっと、クソ野郎を見わけられるおまえこそ雑巾《ぞうきん》だな。で、おこづかいデートできるの？　ヒジュンは世の中でもっとも侮蔑的なののしり言葉を男にぶつけたかったが、「雑巾」に相当するほど屈辱的な悪口がないことに気づいた。それでこう書いてやった。下っ端野郎が、勃起でもしたか？　そこから下劣なやりとりが始まった。この雑巾女、下っ端だと？　あそこに電球入れてバリンと割るぞ！　三日に一度殴ってしつけなきゃ言うこと聞かねえアマだろ、てめえも！　夜道に気をつけな。身元はすぐにバレるぞ、チンピラども呼んで集団レイプしてやる。その日ヒジュンはフェイスブックアカウントを削除した。再び復帰するのに三カ月かかった。

おこづかいデート、そんな言葉を見て頭がカッカしてきた。缶ビールをもう一本開けようかと思ったが、ヒジュンは服を脱いで浴室に入り、シャワーの蛇口をひねった。水滴がやわらかく降り始めた。お湯に当たりながら歯を磨き、髪を洗った。洗顔フォームを泡立て顔に当てようとした瞬間、ヒジュンは何か異常な気配を感じた。あたたかだったお湯に冷気がただよった。首筋のうしろがひやっとした。背筋がぞくっとした。視線、誰かの視線がそこにある、とヒジュンの体が言っていた。ヒジュンはさっと振り返った。浴室の窓越しに真っ黒な目があった。予測し得なかった視線とぶつかり、ヒジュンの血が凍りついた。ずっと前からそこにいたかのように、目は動かなかった。ヒジュンの目とぶつかった瞬間にも動揺しなかった。陳列された高価な陶磁器のように、ヒジュンの裸を楽しむ時間を誰も侵害できないとでも言いたげに、それは動かなかった。

ヒジュンは叫ぼうとしたが、声が出なかった。タオル掛けにかかったタオルをつかみ急いで体を隠そうとしてすべってしまった。便器に額をぶつけた。その衝撃がヒジュンを冷静にした。怖がるな、私が怖がるほどあの目はさらに自信をつけるんだ、落ち着け、深呼吸して声を上げるんだ。ヒジュンは心の声にしたがって深呼吸した。そして「助けて！　泥棒だ！　変態だ！」と叫んだ。張りさけんばかりの声が出ると恐怖がしずまった。ヒジュンは便器横に立ててあったモップを取って防犯用の柵越しに突きまくった。プラスチックの取っ手が柵とぶつかってやかましい音を立てる。周辺の家々の窓が開いて、誰だ！　どうしたんですか！と言う声が秋の夜の冷たい空気をさいた。そうしてやっと、黒い目は揺れてヒジュンの体から離れた。黒い帽子と黒いマスクをつけた姿が闇の中に消えていった。その手に蛍光灯の光を受けてピカピカ光るゴールドメタルのスマホを認め、ヒジュンは何か不吉な感覚に襲われた。

13

「学生さん、バッカスとウルサね」

夜七時、常連客の男性が入って来た。ウルサのカプセルを口に入れ、バッカスのふたを開けてゴクゴク飲む男性を、ヒジュンは「そんなもん飲んで」という表情で見つめた。数カ月間毎日立ち寄っている客を初対面のように穴が開くほど見つめるヒジュンが不自然に思えたのか、男性が何だい、とセメント粉の混じった声でたずねた。ヒジュンは急いで視線をそらし、あ、いえ、と答えて座った。バッカスを全部飲みほしたとき、男性のスマホが鳴った。彼はバッカスの瓶をゴミ箱に捨て、ジャンパーポケットのスマホを出した。黒く飾り気のないスマホで通話しながら出て行く彼を見て、ヒジュンはため息をついて座りなおした。

薬局に入って来る男性客たちを注意深く探るようになったのは、別にそうしようと決心したからではなかった。おとといの夜、ヒジュンの半地下の部屋の浴室をのぞき見したあの男が偶然あそこに来たにしろ、あるいはヒジュンの動静を把握し計画的にそうしたにしろ、ヒジュンはすべての男を疑わずにいられなくなった。直感では後者だ。うまく説明できないが、ヒジュンがこの薬局で働いていることをあの男が知っているという、ひやっとする直感がヒジュンを襲った。ヒジュンと目が合ったときでさえ動じなかった、見る権利でも主張しているようなあの目がそう言っていた。おまえは俺の獲物だ、逃げられはしないんだ。

男性客たちの輪郭と目を探り、運よくスマホまで確認できると、あの夜の緊張と恐怖がその都度再生された。男性客が入ってくるたびに体が縮こまり、目を合わせると手が震えた。真っ黒なマスクを着けた男性が風邪薬を買いに来たときは、いつも置いてある場所が思いだせずあわてふためきもした。口の中がカラカラに乾くので浄水器の冷水を立て続けに飲みほし、手のひらに浮かぶ汗のためにしきりと化粧室に出入りした。

警察に通報はした。電話して十五分後に警察官二名がヒジュンのアパートにやって来て、防犯用の柵を確認し防犯カメラの位置を把握した。最近つきあっている男がいるか、家に男を〝引っ張り込んだ〟ことはあるか、うらみを買うことをしたかという質問をしながら、若い男の警察官は薄ら笑いを浮かべた。アパートの近くに防犯カメラがないことを確認した警察官の顔から、ヒジュンは「面倒な仕事をしなくてすむ」という表情を読み取った。何か手がかりがつかめたら連絡する、とどうでもよさそうに言う警察官の本音が聞こえたのだった。犯人を見つけるのは難しいでしょう、大きな被害がなくて何よりです、しっかり戸締まりしてくださいね。

ヒジュンは立ち上がって薬棚の品を確認し、製薬会社の代理店に電話をかけ、在庫がたりない品目を注文した。午後五時、気だるい気分をしゃきっとさせるべく習慣的にインスタントコーヒーを飲んでいると、カカオトークの通知音が鳴った。ロックを解除しカカオトークを開いた。写真が送られてきていた。シャワーの流水の下でぬれた髪をかき上げている女だった。カカオトークやメールでときどき送られてくるアダルトサイトの広告だろうと気にしなかった。画面を閉じようとして、ヒジュンはまた写真をのぞき込んだ。シャワーの横の棚につぼ型の容器が見える。色を塗った貝殻をつけたガラスの器だ。ヒジュンの浴室にあるものと同じだった。その器にヒジュンは竹塩を入れていた。ヒジュンは女のうしろ姿をよく見た。それからその女が自分自身だと気づくのにそう長くはかからなかった。コーヒーを飲み込もうとしてむせ返った。涙まで出た。五、六回せきをして再びスマホを見ると、また別の写真が届いていた。

さっき送られた写真の上に、何かねばねばした液体が振りかけてある画像だ。そのねばっこいものの正体が何なのか、一緒に送られてきたメッセージで確認できた。おまえのことを考えながらもらしちまったんだ。いつやらせてくれる？　この雑巾女。ヒジュンは凍りついた。これは何？　どういう意味？　どういう意味なんだよ。そう多くない文字が簡単な文章を構成していたが、意味のわからない古代の暗号のように文字の形だけが目の前にふわふわ漂った。この複数の単語の意味は脳ではなく体が先に理解した。ヒジュンは自分の体から、何かが急速に抜け出していくのを感じた。それが何なのか理解する余裕もなく、抜け出させないよう懸命になるヒマもなく、何か、とても尊いものがヒジュンの体から去って行ってしまった。あぜんとした状態で写真とメッセージばかり見つめていると、写真が置いてある灰色のストライプの見慣れた模様が目に入ってきた。思わず声が出た。あっ！　私のベッド！　私の布団で何やってんだ！

調剤室にいた先輩薬剤師が走って来た。ヒジュン、どうしたの、何があったの、と驚く先輩にヒジュンは、あの、今日は早く、帰ります、すみません、と言ってガウンを脱ぎ、バッグを手にした。あわてて薬局を出ながら、どうにか悲鳴をおさえた。どうしてこんなことが？

あの男が私のベッドの上で、私の裸を見ながら自慰してた？　私を雑巾と呼びながら？　なぜ？　いったいなぜ？

そのときヒジュンは、昨日の夜家に帰った瞬間に染み込んできた、何かはっきりとしない感覚の正体がわかったような気がした。妙に慣れない感覚だった。六カ月を過ごしたうえ、猫の額ほどの小さな家だけに、何か変わったことがあればすぐに気づくはずだった。しかしはっきり気づくほどでもなく、これと指摘もできなかったが、何かが微妙に変わっていた。家に入った瞬間、かすかに銭湯のにおいがした。浴室の扉はうっすら開いており、鏡台の上の写真立てがわずかに位置を変えていた。もちろん確信はできなかった。出勤するとき浴室の扉を閉めるのをうっかり忘れることもあり得るし、化粧をしながら写真立てに触った可能性もある。ヒジュンは男の視線のために自分が神経質になっているのだと考えてしまった。しかしその奇妙な感覚は錯覚ではなかった。

あの男がヒジュンの家に入って来たのだ。写真立ては、浴室の扉は、家の中のにおいは、見慣れぬ侵入者の痕跡をヒジュンに教えていたのだ。ヒジュンの家は警報を鳴らしていた。そうだ、それだった。どうやって入ったのか？　防犯用の柵をはずした痕跡はなく、浴室の窓は男の体が出入りするには小さすぎた。どうやって？　確かなのは、あの男がヒジュンの電話番号を知っているということだ。あの男はヒジュンを知っている……。

ヒジュンは考えなしにひたすら歩いた。十月の午後の街路はまぶしい陽光に輝いていたが、ヒジュンは光が目に痛いと感じることもできなかった。風に吹かれた髪が額にかかって目をおおうので、手を上げて髪をかき上げた。手が湿っていた。手についた透明なものを見つめて、ヒジュンは自分が泣いていることに気づいた。嗚咽をもらしていたことにも今さら気づいた。しかしその涙が、その声が、どんな感情を込めたものなのか自分にもわからない。怒りだろうか、恥ずかしさだろうか、恐れだろうか、それとも逃げたい気持ちだろうか、あるいはそのすべてだろうか。今自分が感じている感情が何なのか、正確に名づけることができなかった。でも、一つだけは明らかじゃないか、とヒジュンは自分自身に言いきかせた。あの男が何を望んでいようが、あの男の思い通りにはいかない、私はク・ヒジュンなんだ、生き延びた人間なんだ。私の身に起こったことは私の本意ではなかったが、直面しなければならないなら、私は逃げない。必ず生き延びるほうを選んでやる。涙は流れ続けたが、嗚咽は収まった。自分が何をすべきか悟った。行くべきところがあり、すべきことが生じた。

14

ヒジュンはヨンサン電気街へ向かった。デジタル機器なら何でもある、というそこで買うものがあった。一番大きな建物に入り、一階の店舗を見て回った。デスクトップパソコンとモニター、ノートパソコン、プリンター、スキャナー、デジタルカメラ、ラジオ、スピーカーなど、電気で作動する製品ならば何でも揃っていた。角を曲がろうとすると、一人の若い男が店の主人らしき人に頼みこんでいるのが見えた。

「社長さあん、二万ウォンだけまけてくださいってばあ」

「常連だからこれでも安くしてあげてるんじゃないか、さらにまけろとは何だ」

「この前もまとめ買いしてあげたじゃないですかあ」

「まったく、若いもんがずいぶん横暴だな。びっくりするほど性能のいい最新型だってのに」

ヒジュンは若い男が手に持ってまけてくれと言っている品物を見た。大きさが大人の拳ほどある正六面体形の卓上時計だった。蛍光色の数字が17：47という時間を知らせている。ヒジュンは立て看板に書いてある店の名前を確認した。オーケイ商事という名前の下に黒い字でデジタルカメラ専門店と書いてあり、その下に赤い字で最小型カメラ多数取り揃え、とつけ加えられていた。若い男はいつの間にか階段のほうへ去って行った。ヒジュンは店に入り店主に言った。

「あの人が買ったものをください」

「同じもので？　ちょっとお待ちを」

店主は天井まで積み上げられた段ボール箱から品物を抜き出してヒジュンに渡した。

「若いお嬢さんがこんなもの買いに来るんだねえ。どこで使うのかな？」

「男にもどこで使うか聞いてます？」

ヒジュンの言葉に店主は気まずそうな顔をした。

「使い方は難しくないですよね？」

「説明書さえ読めれば大丈夫ですよ。何せ近ごろの機械はよくできてるから。画質はいいし操作は簡単だし。ほかのもお見せしようかね？　車のキーホルダー型のもあるし、写真立て型も売ってるし。ああ、机や棚に置いて使うスタンド型も。一番売れるのはＵＳＢ型だね。怪しまれずに持ち歩くならこれが一番いい。ボールペンや補助バッテリー型も商品評価がいいし」

「商品評価？　そんなもの誰がつけるんです？」

「そりゃあ買って使った人たちがネットに上げるんだよ。相手に気づかれず完璧に偽装できた製品なら、レビューがたくさんつくのも当然さ。デザインばかりか画質までいいなら飛ぶように売れるね」

飛ぶように売れる。完璧に偽装できるデザインに鮮明な画質まで保証する製品ならレビューがたくさん上がってくる。ヒジュンはこの国が隠しカメラ天国だと実感した。

「誰でも買えるんですか？」

「金さえ払えばね。ほかに何かいるものは？」

「これだけください」

ヒジュンはやはり卓上時計型を選んだ。

「はいどうも。六万二〇〇〇ウォンだけど、二〇〇〇ウォンまけてあげよう」

ヒジュンは蛍光色の時刻を見つめた。生き延びた者の時間が再び、進もうとしていた。

第3章

そんな男

15

――仕事終わったらお茶しない？　話があるんだ。

キ・ファヨンに送ろうとしているメッセージが、メッセンジャー画面に表示されていた。ジスはまだエンターキーを押せずにいる。あの動画のことをキ・ファヨンにどう話せばいいのか……難題だった。シヒョンは万が一にも会社の者が知る前に早く対策を、とジスをせかしていた。シヒョンの言う対策というのはこうだ。まず警察庁サイバー犯罪捜査隊に通報し、放送通信審議委員会に猥褻《わいせつ》物削除要請をする。個人としても動かなくてはならない。警察はアップロードした者を特定できなければなかなか捜査を進められないだろうし、放送通信審議委員会は動画が「猥褻」かどうかを審議するだけで一週間、削除要請と答弁を聞くまでにはおおよそ一カ月かかるため、動画が拡散される速度についていけないはずだ。今すぐにでも「デジタル葬儀社」に依頼して動画削除を始めなければならない。もちろんその経費は個人負担となってしまうがしかたがない、などなど。シヒョンはキ・ファヨンのための情報収集に少なくない時間をさいたようだった。シヒョンの言うとおり、これはキ・ファヨンにとって今すぐ必要な情報だが、それを伝える役割を引き受けてしまったジスは困り果てた。しかしこれ以上遅らせるわけにはいかない。ジスはエンターキーを押した。返信はすぐに来た。

——今日？　忙しいんだけど。

無性に憎らしくなった。そりゃあんたが忙しいのは知ってるよ、だけどここに忙しくない人がいる？　何？　私がヒマでしかたないからこんなことしてると思ってる？　ジスは怒りをしずめてキーボードを打ち鳴らした。

——大事な話なんだよ。私にとってじゃなくて、あんたにとって。

——何なの？

——会って話そう。

——三十分くらいでいいよね？

——そうだね。会社の裏手にあるカフェ「ハンドレッドマイルズ」で会おう。そこの二階の個室に来て。

——わかった。

ジスはふうとため息をつき、振り返ろうとしてうわっ！　と叫んだ。机のパーテーションの上にカン・ピルジュチーム長の顔があった。

「そんなに驚くことないでしょう」

「ああ、チーム長、だって気配もなかったから」

「気配どころかノックしたんですけどね、パーテーションをトントンって」

「え、そうでした？」

「会議に行きましょう。四時になりましたよ」

「それを言いにいらしたんですか？」

「話があったんですが……それはまた後で」


ジスはチーム長が自分のモニター画面を見たのか気になった。そんなはずはないように思えるし、そんな人でもない。カッコいいスーツ姿を見せつけるように颯爽と歩いて行くカン・ピルジュチーム長のうしろ姿を眺めながら、まさか、あんな礼儀正しくてクールな人があんなことするはずがない、と思った。シヒョンはチーム長を怪しむ理由について、くわしくは語らなかった。それは男たちだけの秘密だと言う。ほっぺの紅い思春期の少年たちじゃあるまいし、立派な成人男性同士でどんな秘密をわけあっているんだか。ぶつぶつ言うジスにシヒョンは言った。男どもをあまり信じないほうがいい。はた目には想像もつかない、ある種の趣味みたいなものを持ってる男って多いんだよ。ジスはそのある種の趣味とやらがセックス動画を隠し撮りしてアップすることとどう関係があるのか気になったが、正直あまり多くのことを知りたくもなかった。すらりとして有能で礼儀正しいカン・ピルジュチーム長に裏の顔があるなんて、認めたくないというのが本音だろうか。

ジスは会議室に入っていった。自分の発表はもうすんでいたので、いくらかのんびりした気分だ。ユ・サンヒョクがスクリーンにパワーポイント画面を映し出し、チーム員たちを待っていた。いつ入って来たのかキ・ファヨンは出入り口のすぐ前に席を占めている。

「始めましょう」

カン・ピルジュチーム長がユ・サンヒョクを見て言った。

「私のマーケティング戦略はホワット・ウィメン・ウォント、女性は何を望んでいるのか、という問いから出発します。単語の頭文字を取ってWタルトと名づけてみました、アルファベット一文字を使ったネーミングです」

ホワット・ウィメン・ウォント、元はフロイトの言葉で、有名な映画のタイトルでもある。その文句でユ・サンヒョクがどんな話を始めるのか興味が湧いてきた。

「その前に3C分析から始めたいと思います。3Cとは自社すなわちカンパニーcompany、ライバル会社であるコンペティターcompetitor、そして消費者であるコンシューマーconsumer、この三者についての分析です。まずこの製品の長所はオーガニックの小麦粉とA等級のバターとチーズ、新鮮なオレンジなど、最上の材料を使用している点です。しかし短所は、競合製品が多いということでしょう。現在メジャーフランチャイズ三社が競争的にタルトを売り出しています。ニューヨーク製菓で二種、ロンドンバゲットで二種、バゲットアンドラブは三種のタルトを発売しています。ところで消費者は何のためにタルトを買うのでしょうか？　先週の二日間、ライバル会社のバゲットアンドラブ・江南《カンナム》店でイチゴタルトを購入した人々にインタビューしてみました」

ほおー、と発表を聞いていた人々の口から感嘆詞がもれた。ユ・サンヒョクの顔に意気揚々とした微笑が広がった。やはり気分を隠すことのできない人だ。そういう意味ではオープンだと言うべきか。

「さして多い数ではありません。残念ながらキム・タック製パン所にはそんな資料がなかったので。私が会ったのは計二十四名ですが、無論女性が大多数で男性は二名でした。二十代が九名、三十代が十一名、四十代が四名。食後の『デザート用』に買ったという答えが九件、『食事代わり』が七件でした。意外にも『おみやげ用』という答えが八件にもなりました。この点クリームパンやメロンパン、ベーグルとは違うでしょう。消費者たちはタルトを高級なパンと認識しているということです。直径一五センチメートルのタルトが二万四〇〇〇ウォン、小さなショートケーキの値段です。特別高価なものではありませんが、誰かにおみやげとして持っていってもそう恥ずかしくない食べものでしょう。そこに着眼点を置いて特別なストーリーを作りました。すでにライバル会社の製品が出回っている市場に接近するため、アル・ライズとジャック・トラウトが言うところの『記憶のはしご』をどれだけ効果的に奪うかという側面からマーケティング戦略をしぼらなければと判断しました」

ユ・サンヒョクはよどみなく準備した内容を披露していた。ジスはそんなユ・サンヒョクを見ながら、一生懸命努力している人だよ、あんまり色眼鏡をかけて見るなよ、というシヒョンの助言を思いだした。なるほど彼の発表内容は充実していて、誠実だった。

「さあ、ストーリーを始めます。恋人同士である二人の男女がケンカをします。彼女はすねて、彼は後悔しています。彼女とケンカしてしまうと、男たちはどうしていいかわかりません。ほかの彼氏がするように、彼は彼女の怒りをとこうと彼女をつれてデパートへ行きます。バッグとワンピース、靴を買ってあげましたが、彼女の機嫌はなおりません。さて彼は困り果てました。僕の彼女は何を望んでいるのか。ホワット・ウィメン・ウォント。翌日彼は彼女を家に招待します。材料を買って手作りした料理が食卓にあります。銀色のフードカバーを開けた彼女はうれしさに涙を流します。フードカバーの下で彼女を待っていたのは、オレンジチーズタルトでした。メッセージカードもついています。『さすがにオレンジまでは作れなかったよ』。彼女は大笑い。恋人の真心が作ったタルト、というコンセプトです。女性たちは料理する男性に魅力を感じます。それも自分だけのために料理してくれる男性ならばなおさらでしょう。男の愛がタルトです。タルトをひとくち食べた瞬間、彼女はもっともロマンチックな愛の主人公になるのです」

充実した前置きに比べてストーリーが陳腐ではあるが、そこまでいい加減でもないな、とジスは考えた。自分だけのために自分の好きなものを作ってくれる彼氏なら、ジスでも感激するほどだ。同時に、なるほど仕事は仕事だ、とも考えた。酒の席のユ・サンヒョクなら「死ぬほどくだらねえ」と皮肉るだろう。もしその企画案をほかの女性社員が発表したなら、デパートで財布をカラにしただけでは足りず料理までしなきゃならないのか、マーケティングというのはキムチ女を正当化する小間使いの役をしなきゃならないものなのか、と怒りに震えるだろう。そんなユ・サンヒョクが料理する男性を魅力的と考える女性のために広告企画案を作り出している。キム・ジュンヒョクがまず口を開いた。

「対照評価をねらいながらもファンタジーと現実を両方充足させている広告ですね。新しいワンピースを買ってくれる男性と料理する男性、どちらを彼氏として選ぶかという質問を巧妙にかわしています。ファンタジーの中では料理する男性を選んでも、現実ではデパートに連れていって財布を開ける男性を望むものですから。ところが広告の中の男性は結局その二つどちらもしてあげるでしょう。愛という名のもとに」

ユ・サンヒョクはまさにそこだ、という表情でうなずいた。イ・ジファンが言った。

「お決まりのロマンスだと思っていましたけど、メッセージカードで救われましたね。『オレンジまでは作れなかった』、フレッシュじゃないですか。オレンジが作れる食べものならそうしただろう、全部作ってあげたかった、とまあそんな気持ちが伝わってきますね」

しかしキ・ファヨンはそうは考えないようだった。

「主な消費者である女性たちが本当に気に入るかというと、私には疑問ですね。恋人同士ケンカをしたとき、女性たちが本当に望むのは何ですか？　ブランド物のバッグ？　最新流行のワンピース？　謝罪ですよ、真心を込めた謝罪。何をしくじったのかもわからず、何が問題だったかもわからないまま、ただチャラにしようと走り回る……うんざりですまったく。しかも男性がデパートに連れていって女性にあれこれ買ってやる場面も、同じ女性として必ずしも愉快ではありません。女性は選ぶだけで、男性が付き人みたいに紙袋を両手いっぱいにさげている絵面が自然だとお思いですか？」

キ・ファヨンは待ちかまえていたかのように食らいついていた。前回の会議の終わりごろに出たユ・サンヒョクのキムチ女発言を、彼女がただ聞き流してやるはずもなかった。もちろんユ・サンヒョクも手ごわい相手だ。血を見る戦闘が予想された。

「ごく自然な状況ですけど。デパートをよくご利用になるキ・ファヨンさんのほうがご存知なんじゃありませんか? 男たちはみんな付き人ですよ。女性たちが望むとおりに財布を開けて荷物を持つのが、現在の大韓民国男子の姿でしょう。そんな男たちをかわいそうに思うから、売上額最高のカード会社社長がフェイスブックにこう投稿するんですよ。いまだにカードを使うのは男たちだと、いつまでそんなふうにみじめに生きるのだと……。ファクトがそう言ってるんですよ、ファクトが」

「それはユ・サンヒョクさんのファクトでしょう。私のファクトは違いますね。男性たちがカードをちょっと使ったからってかわいそうとは思いません。この社会で男性は女性よりもはるかに高い経済的地位を獲得しているのが事実です。カードを使うのがすべて女性のためとは限らないのも事実ですよ。関係維持のために、家庭生活のために支払わなきゃならない費用なら支払うべきでしょう。私は何にせよ、この広告が女性たちの心を動かすのに成功すると思えません。ホワット・ウィメン・ウォントですって? 私に言わせればこの問いへのユ・サンヒョクさんの答えは間違っています。『売るな、買わせろ』の著者チャン・ムンジョン氏が言ってるでしょう。自分の結論と顧客の結論が一致するよう誘導せよ。タルトの顧客である女性たちは、料理ごときで過ちをチャラにしてあげたいとは思わないはずです」

「キ・ファヨンさん、少しは礼儀をわきまえてください。ごときとは何ですか、ごときとは」

キム・ミンスが言った。

「言葉を変えましょう。料理〝くらい〟ではチャラにしません」

キム・ミンスが気分悪そうに舌打ちした。ユ・サンヒョクが反撃する。

「料理でチャラにしようとしている、と受け取るキ・ファヨンさんの感受性には驚きますね。愛する女性のために、生まれてこのかたしたこともない料理を不慣れな手つきで作る男性の真心を無視する女性はいないでしょう。キ・ファヨンさんのように独特で神経質な方は喜ばないかもしれませんが、普通の女性なら、つまり男性に愛されることを望む平均的な女性なら十分に好感を持つだろうと考えますが」

キム・ジュンヒョクが割り込んだ。

「私だったら死んでもやりませんよ。ヘソを曲げた彼女が根負けして自分から連絡してくるまで待ってればいいだけでしょう。彼女が不満を言ってくるからって全部聞いてられますか？でも女性たちはそういうのを望んでいるようですね。まあ、私はしないし、できませんが、できることならオレンジまで作るつもりだったと言う男の苦労は称賛に値するんじゃないでしょうか」

シヒョンが口を開いた。

「料理する男が女性たちのロマンチックなファンタジーをかなえはするでしょうね。でも僕に言わせるとこの広告全体の雰囲気がそんなに魅力的ではないような……女性を格好よく描いていない問題とはまた別に、何と言うか、都合が良すぎると言いますか、想像上の女性そのものと言いますか、ちょっとイライラするんです。こういう関係にロマンを感じないというか。彼らみたいに恋愛したいかと聞かれれば、僕はノーサンキューですね」

シヒョンがあからさまにキ・ファヨンの味方をしているわけではないものの、この企画案がすでにダサい部類に入ってしまった感性に訴えている、と言いたいのは確かだった。ユ・サンヒョクが愉快なわけがなかった。

「イ・シヒョンさん、私はシヒョンさんが恋愛したいかしたくないかは別に気にしません。ロマンチックファンタジーなんてどのみち単純なものです。愛される感覚、一体となる感覚、これですよ」

「それを感じる感性が変わったと申し上げているんです。無限競争のジャングルで自分一人の世話に精いっぱいで恋愛をあきらめなくてはならないのがヘル・コリアの現実です。彼女がすねたからってデパートでショッピングさせてあげて、自分でしゃれた料理まで作ってあげる恋愛が可能なのはヘル・コリアの一パーセントでしょう。そのうえこのストーリー、別におもしろくもないです。恋愛についての若者のロマンを刺激するなら、これじゃちょっと……。何かもっと開かれた、未知の世界を探検するような、今までなかった関係を作っていく、そんな興奮と、ときめきを与えなければならないと思います」

「例をあげると？　恋愛について特別よくご存知のようだが、イ・シヒョンさんが新しい恋愛シナリオの例を少しあげてみてくださいよ」

「具体的な方法論まであげられるくらいなら、僕に彼女がいないわけないでしょう」

座中は爆笑に包まれた。ジスはユーモアが最高の説得技術だという言葉を思いだした。打てば響くシヒョンのこんな才能は、持って生まれたものなのだろうか。

「確かなのは、そのときだけ愛を確認するイベントを開いて、こんなにも尽くしているんだと見せつけられてももう魅力を感じないってことです。キ・ファヨンさんの指摘もそういう文脈からだろうと思います。ユ・サンヒョクさんはキ・ファヨンさんが独特で神経質だと思ってらっしゃるようですけど、僕は違います。十分に普遍的な感受性だと思うんです。この広告を成功させるためには、キ・ファヨンさんの論評を参考にすべきかと」

ジスは驚きながらシヒョンの最後の言葉を聞いていた。偏見のない心でトレンドを読み解き、人間心理を見抜くことのできる者の、重い助言だった。シヒョンはこの先有能なマーケターになるだろうと予感しながら、こうも露骨にキ・ファヨンの肩を持つことに、なぜか嫉妬を感じもした。シヒョンはキ・ファヨンが好きなのか、と考えてみてから、男女のこととなるとすぐ「恋愛感情があるの？　ないの？」と問いただしたくなる自分を少々情けなく感じた。

「キ・ファヨンさんが普遍的な感受性の持ち主？　笑っちゃいますよ」

ユ・サンヒョクは実際ククと笑い声をたてて見せた。バカにしているのが明らかなわざとらしい笑い声に、キ・ファヨンは唇を噛みしめた。そしてしばしカン・ピルジュチーム長を見つめた。ジスもキ・ファヨンの視線を追った。カン・ピルジュはいつもどおり右手で頬杖をつき、参加者の発言すべてを注意深く聞いていた。企画案発表のたびに繰り広げられる論戦に、彼は割り込まなかった。誰かの味方をすることは公平無私の鉄則にたがうことと考えているようだ。そのかわり、溢れかえる言葉の中に埋もれたキラリと光るものを見逃すまいと集中していた。そして会議のまとめに入りながらいつも、師匠が弟子に与える課題のようなものを発表者に投げかけた。ジスに「クレシェンド・エンディング技法を研究してみよ」と言ったように。ジスはこの瞬間、カン・ピルジュが何を考えているのか気になった。

キ・ファヨンが向き直り、ユ・サンヒョクを見つめて言った。

「自分が独特だとは思いませんね。私は二十代半ばの平凡な女性ですから。ともかく私が問題提起したのをただ神経質だからと決めつけるのは、失敗への近道になると自覚なさるべきじゃないですか。もしマーケティングをお続けになろうというならね」

キ・ファヨンの鋭い攻撃に気をもんだのはジスだった。ジスはキ・ファヨンが心配になった。あんなに強く出て、ユ・サンヒョクがあの動画を見でもしたらどうなるのか。えらそうにしやがってざまあ見ろ、キムチ女が本性をあらわしたぜ、脱ぐのが特技だったとはな！　なんて憎まれ口をたたく姿が思い描かれた。そうでなくてもユ・サンヒョクはキ・ファヨンを憎んでいて、会議のたびに二人は意見の違いで顔を真っ赤にしている。今日はといえばキ・ファヨンのやりすぎだ。チームの公式会議で同僚の企画案について成功しないだろうとは、決して言ってはならないことだった。少しだけ補完すればよい企画案になるだろう、と不足な点を指摘しつつも相手の成功を願ってやる礼儀正しいまとめ方もあった。それをうまくできるカン・ピルジュだから先輩や同期を抜いて今のあの地位に上ったのではないか。人間は言葉の内容より話す者の態度を記憶するということを、頭のいいキ・ファヨンが知らないわけはないのに、なぜあんなに強く出るのかジスには理解できなかった。そして今、キ・ファヨンはあまりに危険な立場だった。いくらキ・ファヨンに落ち度がないとはいえ、危険な状況に追い込まれたのはキ・ファヨン自身だ。それをキ・ファヨン本人は知らずにいた。ジスがいくらやきもきしようと二人の論戦は続いていった。

「平凡な女性ならキ・ファヨンさんみたいに成功に執着しないでしょう」

「ロマンスにはなおさら執着しないでしょうよ」

「ロマンスに執着しないのが独特だっていうんです」

「それを独特と考えるのがダサいんですよ」

「普遍的なものをダサいと考えるのはサイコパスの特性ですね」

「固定観念を破る努力をしなければ、社会は進歩しないでしょう」

「自分が不利になれば社会と大衆の愚かさのせいにする、まさにキムチ女の本性ですよ」

「無能だから恥をかいてるだけなのに、何でも女のせいにするまぬけがキムチ女うんぬんするんでしょ」

「何だと？　誰が無能だ⁉　誰がまぬけだって⁉」

「論理的に限界がくるとどなりつけるのもまぬけの特徴ですよ。お気の毒に」

ユ・サンヒョクは手元の書類を机に投げつけようとして、かろうじてこらえた。

「何つった、この女！　ああ、おまえはえらいよ、えらいさ。どんなうしろ盾がいるか知らねえが、そうキャンキャンほざかれるとぶん殴りたくなるぜ！　タダじゃおかねえからな」

「そうですか、期待してます」

「夜道に気をつけるんだな！　てめえみたいなぞうき……」

よせ、とキム・ミンスとイ・ジファンが制止した。カン・ピルジュも目でユ・サンヒョクとキ・ファヨンにやめるようサインを送った。

「今日はここまでにしましょう。ユ・サンヒョクさんはこれだけ覚えておいてください。顧客は事実《ファクト》ではなく心を買う、という言葉です。全員お疲れさまでした。次は金曜日にキ・ファヨンさんの発表を聞きましょう」

カン・ピルジュチーム長が立ち上がり会議室を出て行った。あとに続いてキム・ミンスがユ・サンヒョクの腕を引いて出る。ユ・サンヒョクはキ・ファヨンの後頭部に向かって吐き出した。キムチ女、てめえタダじゃおかねえ。キ・ファヨンは鼻で笑った。ジスはそんなキ・ファヨンを見て思った。メンタルがめちゃくちゃ強いんだろうか。それともちょっと……普通じゃないいんだろうか。

16

半透明のガラスにぼんやりとシルエットが見える。キ・ファヨンがもう来ているようだった。ハンドレッドマイルズの個室はガラスの壁に囲まれていて、外部の雑音が遮断されると同時に、中での会話がもれる危険もない。ジスは片手にテイクアウトコーヒーの紙コップを握って個室に入った。スマホから目を離し顔をあげたキ・ファヨンは、とても疲れているように見える。堂々とした態度で激しい戦闘を終えた後の、疲労感だけが残った表情。そんな顔を見せたくなくてキ・ファヨンは終業後の飲み会をパスしているのかもしれない、という考えがさっとよぎった。キ・ファヨンは前に置いたカップからティーバッグをしぼりあげ、ひとくち飲んでからたずねた。

「会社の話?」

警戒しているような目つきだ。ジスは首を振った。こうして向かい合って座り、キ・ファヨンの顔を正面から見ると、出勤初日の胸の高鳴りが今さらながらよみがえる。同い年の女性と仕事をすることになったと知って、ジスはうれしかった。キ・ファヨンと仲良くしたかった。社会に出て初めて出会った女性の同僚。彼女との関係が仕事にやりがいを添えてくれるだろう、つらい社会生活を耐える助けになってくれるだろう、そう考えた。男性の同僚にはわかってもらえないことを共有しながら、一緒に有能な社会人として成長することを願った。さらに個人的にも意気投合して、高校時代からの親友ヒジュンみたいな友だちになれたらそれこそ最高だ。しかしキ・ファヨンは打ち解けてくれなかった。女性の同僚であるジスの存在が、キ・ファヨンにはどうでもいいようだ。言葉を交わす機会がそう多くないせいもあった。インターンは会社でもっとも低い職級だが、同時にもっとも忙しくもあった。プロジェクト関連文書を整理したり類似商品の広告を分析し市場調査した結果をパワーポイントファイルにしたり、協力企業とのミーティング結果を議事録にしたりする仕事はまだ業務と関係のあること。上司たちが強調する「業務能力向上」のためにエネルギーを注ぐ甲斐もあった。しかし各種会議のために間食を準備したり、会食の席を予約したり、給湯室のものを片づけたり浄水器の水を取り替えたり、ウェットティッシュで上司の机をふいたりする仕事に自負心を持つのは難しかった。そんな仕事のおかげでインターンは常に忙しく、ときにはひとことも交わせず一日がすぎてしまう。それでもその気になればこうして時間くらい作れたんだな、とジスはしずんだキ・ファヨンの顔を見て考えた。

「じゃあ何なの」

ジスはのんきに感傷にひたっている場合ではないと気づいた。そして呼吸を整えた。この先迫ってくることがらの重さに、キ・ファヨンが耐えぬけるよう心から願った。

「ソラネットっていうサイト、知ってる?」

キ・ファヨンは答えるかわりに眉を軽くひそめた。ソラネットについて聞いたことがあるか、知っているという意味だ。

「そこに、その、あるんだ、あんたに関係あるものが」

「私に関係あるもの? 何?」

「セックス動画」

ジスはえい、どうにでもなれ、という心情で吐き出した。時間をかけたところでどうにもならず、ためらったところで解決するわけでもなかった。言葉を発した勢いに任せ、ジスは早口で続けた。

「ある人から聞いたんだよ。あんたがどこかの男と、だからその、セックスしている動画がソラネットに上がってるって。まさかと思うけど、万が一あんただったら知らせなきゃならないんじゃないかって。それで私に確認してくれって動画を送ってきたんだ。顔にモザイクとか、そんなの全然かかってなかった。誰なのかわかるくらい鮮明に出てたんだって。しかも、あのあざ、あんたの鎖骨の下の蒙古斑みたいなの、ちょっとめずらしいから」

ジスはここまでいっきに話して、大きく息を吐いた。コーヒーをひとくち飲んでようやくキ・ファヨンと目を合わせることができた。キ・ファヨンはずっと、最初にソラネットと聞いたときの表情のまま、ジスを見つめていた。いったい何の話をしているんだ、という質問が顔にあらわれていた。

「私も見たくて見たんじゃないよ。とにかく動画があるって知っておいてほしくて、拡散する前に手を打たなきゃならないと思って。ああいうの一瞬で拡散するから、ぐずぐずしてたら手のほどこしようがなくなるから……」

キ・ファヨンは黙っていた。ジスと目を合わさず、ジスの顔を通り越した先を遠い目で見ていたが、やがて口を開いた。

「今見られる?」

「リンク送るよ」

ジスがスマホでリンクを転送している間、キ・ファヨンはカップをいじっていた。手がかすかに震えていた。

「送ったよ」

キ・ファヨンはスマホをさわってばかりいたが、決心がついたように指を動かした。動画が再生されるやいなやあえぎ声が聞こえた。キ・ファヨンはあわててボリュームを落とし、画面を食い入るように見つめた。ジスは窓の外を眺めた。思いだすまいと努力しても映像の中のキ・ファヨンの裸が目の前にちらついた。鎖骨のあざが徐々に大きくなり、白い尻が高速で動いた。

「私、私だ。これが、これがどうして……」

キ・ファヨンは言葉を続けられなかった。

「撮影されてたって、知ってた？」

「……そんなの、知るわけない」

「男は、誰だかわかる？」

「……わからない」

キ・ファヨンは三分十二秒の動画をまたはじめから見だした。目元が赤く腫れて、今にも何かがこぼれ落ちそうだった。カップをつかもうとしたが、手が震えたのでおろした。キ・ファヨンは目を閉じた。ジスは待った。キ・ファヨンが彼女に起こったことを正確に認識できるのを、そして自分が落ち着くのを。彼女に必要な情報を、よけいな感情を交えずに伝えられるように。キ・ファヨンが目を開けた。座標をつかめない羅針盤の針のように、瞳が揺れていた。

「どうしたらいい？」

そうだ、その質問を待ってたんだ、と考えながらジスは答えた。できるだけ事務的に聞こえるよう願ったが、声の震えはどうすることもできなかった。

「警察庁サイバー犯罪捜査隊に通報して、放送通信審議委員会にも通報すればいいんだって。動画削除は民間企業のデジタル葬儀社に依頼すれば少しは早く処理できるらしいよ。ただ経費がかなりかかるみたい」

「そう」

「撮影したのが誰かわかれば進行も早くなるよ」

「……そう」

「もし私に手伝えることがあれば……」

「あんたに言ってきた人って誰？　会社の人？」

ジスはシヒョンだと言ってあげようか、しばしためらった。

「キム・ミンス？　ユ・サンヒョク？　あいつなの？」

「二人とも違う。心配ないよ、あんたを悪く思ってる人じゃないから」

「イ・シヒョンか」

「うん」

キ・ファヨンはそれ以上口を開かなかった。ジスも軽々しく声をかけられなかった。心配しないで、全部うまくおさまるよ、というお決まりの言葉さえかけることができなかった。息苦しい沈黙が数分続いて、ジスが言った。

「もし私に手伝えることがあればいつでも言って。じゃあこれで、私、行くね」

ジスが席を立った。こんな状況に置かれた人をなぐさめ、助ける方法をジスが知るわけもないうえに、キ・ファヨンがそんな感情的な支援を望むかどうかわからなかった。キ・ファヨンは自分の裸を撮った映像を見ても、泣いたり、悲鳴をあげたり、怒ったりしなかった。泣いて叫んで怒りたかっただろうけれど、ジスの前ではそうしたくなかったのかもしれない。ジスはドアを閉め、しばらく立ち止まっていた。中からむせび泣く声が聞こえた。ジスはキ・ファヨンがあまり長く泣き続けないようにと願いながら、しばらくの間ドアの前に立っていた。のどが渇いたような気がして廊下の横にあるガラスの水差しに近づき、冷水をくんでひとくち飲んだ。階段をおりようとしたが、また引き返してガラスのコップに冷水を注ぎ、個室のドアを開けた。キ・ファヨンがあまり長いこと泣かないためには、冷たい水とその水を持っていってあげる誰かが必要かもしれない、という気がした。

キ・ファヨンはそう長くむせび泣きはしなかった。けれどキ・ファヨンが涙にぬれた顔を上げたとき、長く、深いなげきはこれから始まるのだとジスは思った。

「雑巾《ぞうきん》みたい？」

「……」

「雑巾みたいな女だって思ってる？」

「思うわけないよ。あんたは悪くないんだから」

「そうだよ、私に隠してこんなの撮って、こんなところに上げたこいつが悪いんだ。でも、だから何？　こいつが雑巾だってののしられる？　私が雑巾になるんだよ」

その瞬間、ジスはある言葉が持つ恐ろしい力のことを考えた。人として、人に向けて言ってはいけない言葉、一度吐き出せば永遠に取り消せず、聞かなかったことにもできない烙印のような言葉。「雑巾」という言葉。

「私がいくら自分の頭でアイデアをしぼり出して、自分の手で企画案を作っても、結局は男をたぶらかして成功している悪女ってことになるんだから」

「そんな……」

「私が知らないと思った？　私がバカだとでも思ってる？　あんたたちが裏で私を悪く言ってるの、全部聞こえてるんだから。私がカン・ピルジュにとり入ったとかほざいてるのも全部聞こえてるんだから！」

「そんなこと……」

キ・ファヨンは怒っていた。ジスは声もなく泣かれるよりは、どうかするとこのほうがマシかもしれないと思った。しかし怒りの矛先はジスに、同僚のインターンたちに向けられている。そしてジスは気づいた。そんなこと思ってないよ、と断言できないことを。もちろん本当にキ・ファヨンが男をたぶらかして……などと考えたわけではなかった。けれども心の片隅に、キ・ファヨンが本当にそうしないとも限らないというある種の疑い、嫌疑、疑惑のようなものがまったくないとも言えなかった。

「カン・ピルジュと寝てるのはそのとおりだよ。いい人だもの。ただそれだけ。上司だから寝たんじゃなくて好きだから寝たんだ」

「それ、いつ？」

「まさか、カン・ピルジュを疑ってるわけ？　そんな人じゃない。あんたも知ってるじゃない、絶対に一線を越えたりしない人だって」

「チーム長が礼儀正しい人だってことは私も知ってるよ。でもキ・ファヨン、もうよくわからないんだ。男たちがよくわからない。善良な男なんて、私の頭の中にしか存在しないんじゃないかって」

「カン・ピルジュは、違う。そんなはずない。あの人が何のためにこんなこと」

「じゃあ、思い当たる人でもいる？」

「わからない、わからないよ」

キ・ファヨンはまた泣きそうになった。ジスはキ・ファヨンの肩をさすってなぐさめたかったが、いすから立ち上がれなかった。

「ともかく、ありがとう。気をつかってくれて」

キ・ファヨンは立ち上がり、バッグを手にした。ジスが言った。

「あの、だから、あんたは悪くないよ。もちろんあんたがどういう心情なのか私にはよくわからないけど、でも自分を責めたりとかしちゃダメだよ。本気でそう思ってる」

キ・ファヨンはまた涙が溢れそうになりながら、すぐにこらえた。そう、という言葉を残して個室を出て行った。ジスはそのまま座っていた。キ・ファヨンが自分自身を恥ずかしいなんて思わないことを、心から願った。

17

誰が、なぜ。

いったい、なぜ。

キ・ファヨンはノートパソコンの画面をのぞき込みながら、この質問を何度も何度も投げかけた。画面の中の女はキ・ファヨンに間違いなかった。胸と乳首、尻、あんず色の皮膚と肌のきめ、黒い毛と腕と脚、体全体がキ・ファヨンであることを否定させなかった。キ・ファヨン以外の別の人であるはずはなかった。右側の鎖骨にある五〇〇ウォン貨幣ほどのあざが、烙印のように感じられる。何でもいいから鋭いものでそのあざをけずりとってしまいたかった。

普段なら会社のオフィスにいなければならない時間だが、キ・ファヨンは今日、出勤しなかった。警察署に行き、動画を放送通信審議委員会に「猥褻」動画として通報した。猥褻動画という表現に怒りが湧いたが、しかたなかった。これは猥褻なのではなく、撮影と流布に同意したことのない違法撮影物だと言いたいが、誰に言えばいいのかわからない。警察は加害者が誰なのか特定できないので待つように言い、放送通信審議委員会は審議だけで一週間かかると言った。警察官はキ・ファヨンのために個室のようなものを提供してくれなかった。性犯罪を担当している女性警察官が外勤中だからと、男性警察官が陳述調書を作成した。パーテーションもない机の前で、キ・ファヨンは警察官に問われるまま答えるしかなかった。性関係の動画というキ・ファヨンの言葉に隣の席の警察官数人がちらちらこちらを見て、また数人は自分たちだけで隠密な目くばせをした。キ・ファヨンはきちんと、繰り返し、警察官の質問に答えた。悪いのは私じゃない、私は恥ずかしがらなきゃならないことをしていない、私は誰かの罪を問いに来たのであって、罰を受けに来たんじゃない。そう言いきかせたが、足の震えは止まらなかった。太ももを両手で押さえ、見えないカーテンが人々の目と耳をさえぎっているのだと考えるよう努めた。

ジスは「デジタル葬儀社」に依頼すれば早く動画を削除できると言った。その言葉を初めて聞いたとき、「弔」と書かれた黒いリボンを思いだした。オンラインのどこかに残っている個人の痕跡を消してくれるからついた名前のようだが、葬儀社という単語からただよってくる線香の香りがキ・ファヨンをますます湿っぽい気分にした。弔いだなんて、葬儀だなんて、これは死と関連することなのか。他人に見てほしくない個人の記録を削除することは、オンライン上でその人を死なせるのとは違うんじゃないか。いや、どちらにせよさらされる苦痛は死ぬよりつらく、それを終わらせるには死を宣告されるほかないのかも。それを見破った者の命名なのかもしれないが、何せキ・ファヨンに言わせればこれより非好感度のひどいネーミングはなかった。

ポータルサイトで検索した数十個のデジタル葬儀社は、忘れられる権利専門、国内最初の削除代行サイト、名誉維持専門会社などの宣伝文句をぶら下げていた。「あなたの忘れられる権利を取り戻します」と宣伝するサイトをクリックした。「リベンジポルノ」や隠し撮りなどはもちろん「ディープフェイク」として知られる合成写真を削除し、投稿記事やコメント、ニュース記事などすべての項目に関する削除を実行し、オンライン名誉維持をすると紹介している。特に流出動画を削除する方法は詳細に説明されていた。国内成人サイトに流出した動画を削除し、再流出防止のための追加モニタリングを実施する、DNAフィルタリングを通じてオンラインストレージにアップロードされた映像を削除する、名誉毀損や虚偽事実の流布に関連する法的証拠資料を収集・提供し、流布者に対する法的対応までガイドする、などなど。ビッグデータマイニング、ウェブクローリング、特許出願ずみのデータ分析アルゴリズム、同種階層間コンテンツ検証、ハッシュ値検証……キ・ファヨンにはまるで理解できない技術を駆使して、差別化されたサービスを実現すると宣伝していた。最後は「動画流出ゴールデンタイムを逃してはなりません！」としめくくっている。

デジタル葬儀社の広範囲の作業内容を調べるほど、キ・ファヨンは安心できるどころかさらに不安になった。オンラインはパンドラの箱のようだ。一度流出した動画を永久に削除することがはたして可能なのかと思えた。グーグルのようなポータルはもちろん、ツイッターとフェイスブック、インスタグラム、タンブラーなどのSNS、イルベとポンプ、DCインサイド〔訳注・韓国最大級のネット掲示板〕のような主に男性が利用するコミュニティ、そのほかにも成人サイトやオンラインストレージを通じて動画はいともたやすく拡散させることができた。不特定多数の誰にでも、動画に接するチャンスがあった。結局キ・ファヨンにできることは、これらすべてをリアルタイムでモニタリングして休むことなく削除要請をし、再流出されないか点検することだった。デジタル葬儀社に依頼したとしても、彼らが無限の再生と流出というパンドラの箱ごと消し去ることは不可能だろう。キ・ファヨンの前に地獄の門が開いているかのようだった。無数の餓鬼《がき》どもが餌食を噛みちぎる準備をしている、そんな地獄の門が。

キ・ファヨンはデジタル葬儀社関連のニュース数本を読んでみた。最初の記事はオンラインで隠し撮り犯罪が爆発的に増加したことから、デジタル葬儀社が未来の有望職種として浮上していると伝えていた。被害者は増えているが警察や放送通信審議委員会の対策が不十分で、民間企業に頼らざるをえないためだとしていた。しかし被害者たちがデジタル葬儀社によってさらなる被害を受けている事例も増えていた。顧客と契約した後「食い逃げ」する葬儀社があるかと思えば、削除要請の相手方であるウェブハードとの癒着が疑われる業者もあった。葬儀社が動画を拡散すると顧客を脅迫する事例も紹介されていた。記事を読めば読むほど、キ・ファヨンは安全に助けを得られるところなど世界中どこにもないと思いつめていった。しかしゴールデンタイムを逃して動画を拡散させるよりは、いったん専門家に任せてみるほうがマシだという判断にいたった。いくつかの業者のホームページをくわしく見て、その中で社会貢献大賞を受賞し「名誉保護企業認証」も受けているという会社に電話し、相談を予約した。

キ・ファヨンはネットバンキングサイトに入り、通帳の残高を確認した。大金などあるはずがなかった。インターン月給と言っても交通費と食費をのぞけば残るものはない。しかし中国語のオンライン講義受講料とTOEIC試験費用、本の購入費など、未来のための投資は減らせるはずもなかった。ときには公共料金を滞納し、母の助けを借りねばならないこともある。幸いキ・ファヨンには養うべき家族がいるわけでもなく、母もまだ健康でお金を稼いでいたので耐えることができた。そうかと言ってこの先毎月二、三〇〇万ウォンのお金を母に頼むのは面目が立たない。すでにワンルームアパートの保証金三〇〇〇万ウォンを娘のために借りてくれ、毎月返済している母にさらなる荷を負わせたくなかった。キ・ファヨンはカン・ピルジュを思い浮かべたがすぐに頭を振った。それはいやだ。長い髪を握りしめ、再び動画に目を向けた。

18

動画を投稿した者は「ピンク愛好家」というIDを使っていた。いったい誰なのか。いったい誰が、こんなIDでこんなことをしたのか。カン・ピルジュ、あの人がそんなことするはずがない。彼はいい人だ。動画の中でうしろ姿だけ見せている男がカン・ピルジュでないのは確かだった。髪型もカン・ピルジュのものではなかった。そう考えていた瞬間、キ・ファヨンは疑心に包まれた。カン・ピルジュは秋になって髪型を変えたようだったし、運動好きな彼の背中がこんなだった気もした。自分の生きている世界が揺らいでいること、自分が知っていたはずのすべてが信じられなくなったことに気がついた。

カン・ピルジュとの関係はキ・ファヨンが意図したものではなかった。入社して間もないころ、カン・ピルジュとチームを組んで二泊三日の中国出張に行く予定だったキム・ミンスが突然メタボリックシンドロームで入院した。中国語を話せる男性社員がほかにおらず、中国文学専攻だったキ・ファヨンが同行することになった。帰国前夜、スムーズに契約がとれたことを祝って二人はホテルの部屋でささやかな宴会を開いた。その日のミーティングで中国企業の担当者から贈られた高粱《こうりゃん》酒の強さに驚いていると、カン・ピルジュがキ・ファヨンにキスをした。

不意討ちだった。そんなことが起こるだろうなんてまったく予想していなかった。キ・ファヨンはカン・ピルジュの口から高粱酒の煙たいにおいをかぎとって、これでいいのだろうか、とためらったが、カン・ピルジュはせっかちに迫ってきた。キ・ファヨンの背中をなで、腰に手を回してなで始めた。カン・ピルジュの手がシャツの下に入ってきてブラジャーのホックをはずしたとき、キ・ファヨンは彼の腕をつかんだ。これは、いけないと思います、と言うキ・ファヨンの言葉にカン・ピルジュはもう一度ディープキスをして、さっきまでしていたことを続けた。うなじに染み込むカン・ピルジュの熱い息を感じて、この人は私を求めているんだな、と、その事実にときめいている自分に気づいた。カン・ピルジュは誰が見ても真面目で、有能な男性だった。出勤初日、業務指示をしているカン・ピルジュの白いワイシャツのそでが、まるできちんとした人のきれいな歯のようで見ていて気分がよかったのを思いだした。

キ・ファヨンは自問自答した。私はこの人を好きなのだろうか。心はそうだと答える。しかし好きだからといって、こんなかたちで最初のスキンシップをしたくはなかった。キ・ファヨンはさっきよりも少し力を入れて彼の腕をつかんだ。待ってください、と言ったが、カン・ピルジュはすでに勢いづいて相手の体に入り込んでいた。キ・ファヨンの胸に口を当て尻や脚をなでている彼を制止するには、すでに遅いのかもしれなかった。キ・ファヨンは再びためらった。彼のペースについて行きたい気持ちと、自分のペースを守りたい気持ちの間をさまよった。彼はいつの間にか服を全部脱ぎ、キ・ファヨンの服も脱がせた。キ・ファヨンは彼の裸を見て、目を閉じた。

翌日、帰国する飛行機の中でもオフィスへ戻る空港バスの中でも、カン・ピルジュは何も言わなかった。中国企業と結んだ契約書をくわしく検討し、契約事項を整理するのに手が休まらなかった。オフィスに戻ってからも出張の成果を上層部に報告しようと終業時間まで大忙しだ。オフィスで彼と顔を合わせるのがどんな気分か、ときめきながらも心配していたキ・ファヨンは結局、彼の顔も見られないまま退勤した。そして地下鉄の中で一通のメッセージを受けとった。僕の過ちだ。職場の部下にあんなことをしてはいけなかったのに、僕の失敗だった。昨夜のことは忘れてほしい。キ・ファヨンは納得できなかった。失敗？　忘れろ？　どうしてそんなふうに言えるのか。ただ酒に酔って一晩楽しんだだけと言いたいのか？　キ・ファヨンは腹が立った。メッセージを送った。つきあいましょうよ。

あんなふうに終わらせたくなかった。つきあう仲にならなければ。そうすれば昨夜のことも、恋人関係が始まるときによくある普通のこととして、親密な仲なら当たり前の平凡なこととして受け入れられる気がした。自分がカン・ピルジュにとってただ一晩楽しむ相手でしかないなんて、耐えられなかった。その程度の存在に甘んじる自分を許せなかった。翌日、カン・ピルジュは週末映画を観よう、とさそってきた。そうして二人は恋人同士になった。後日キ・ファヨンがたずねた。なぜあのとき、忘れてほしいなんて言ったの？　カン・ピルジュは何のこと？　という顔でキ・ファヨンを見つめた。

カン・ピルジュは女性と楽しめることがセックス以外にもたくさんあると知っている男性だ。一緒に公園を散歩し、日常のちょっとしたことについて言葉を交わし、映画を観て、おいしい店を探しては一緒にごはんを食べる。そしてセックスをせがまない。キ・ファヨンの経験上セックスしようとせがまない男はめずらしかった。一度セックスをしてしまうとセックスするために会う関係になったりする。ある男は最初からモーテルを待ち合わせ場所にした。疲れていて休みたいからという理由をつけていたが、そんなときキ・ファヨンはさびしくなった。女と男が一緒に安らぐセックス以外の方法に関心がない男の彼女、という自分の立場がさびしかった。そのさびしさは、カン・ピルジュとつきあっているうちにいやされていった。男性と親密な関係になってからも、セックスはしたいときだけすればいい項目に含まれるという事実が、キ・ファヨンを驚かせさえした。セックスをどうやって避けようと悩まなくてもよく、最後まで食い下がる男を拒絶しても別にすまないと思わなくてよい、そんな相手がカン・ピルジュだった。セックスをせがまれないからか、恋人同士だと確認したいからか、キ・ファヨンのほうからスキンシップを試みることもあった。そんなときカン・ピルジュは激しく燃え上がる。といって急いだり、荒っぽく振るまったりもしなかった。前戯を飛ばすとか、コンドームを省略することもない。カン・ピルジュとのセックスはセックス以上だ。キ・ファヨンにとってはそうだった。そんな人が、こんなことをするはずがない。

それなら誰だろう。映像の中に出てくる自分の姿だけ見ても、いつのことだかさっぱり見当がつかなかった。長いストレートヘアは高校生のときから変わらないし、体が成長しきってからは急激に肥ったり痩せたりしたこともないため、時期の見当をつける手がかりが特になかった。キ・ファヨンはこれまでの元彼を思いだしてみた。大学時代から今まで三、四人の彼氏がいて、彼らとセックスした。つきあうには至らなかったが、ちょっといい雰囲気になってセックスした男性も二、三人いる。つきあっても長くて一年だった。別れようという言葉はほとんどキ・ファヨンが先に言った。会えばセックスしようとすがりつく男にもう耐えられず別れたことが一度ある。そいつは別れ際にもう一回やってから！ と追いすがってきた。複数専攻といくつもの勉強会、アルバイトで忙しかったキ・ファヨンを理解せず不機嫌になる男に腹が立ち、頬を叩いてそのまま別れたこともあった。謝ってきたのでさらに一カ月ほどつきあったが、彼の不機嫌とうらみごとはつきあうほどひどくなっていった。江南出身という彼は、ソウル市内の大学ではなく地方の大学にしか入れなかった自分が許せないと言っていた。キ・ファヨンがよりよい未来を夢見て努力しているその空間が、彼にとっては一刻も早く脱出すべき負け犬たちの流刑地でしかなかったのだ。第一印象は立派で真面目だったのに、つきあっているうちに幼稚で無分別になっていく彼氏が理解できなかった。大変なのはあんただけじゃないの、甘えたいならママんとこに帰ったら？　と背を向けたキ・ファヨンにその男は言った。ちょっとかわいいからって生意気言いやがって、江南に行きゃあおまえ程度の子なんかいくらでもいるんだぞ！

元彼たちがキ・ファヨンを理解できなかったといっても、悪い男たちではない。こんなことをするほどの者はいなかった。こんなこと、とキ・ファヨンは声に出して言った。「こんなこと」をした人間は、ソラネットに動画を上げながらこう書いていた。礼儀知らずのキムチ女、一九九一年生まれ、男を食いものにして女神のふりをする雑巾女。しかしチンコの家としてはなかなか使えますね。身元を突き止めてさらしてもいいですよ。そうしたらご褒美にこいつとセックスさせてあげます。

キムチ女、雑巾女、チンコの家……。掲示板に投稿と映像が上がっていくらもたっていないのに、圧倒的なヒット数を記録し、数多くのコメントがついていた。この反響は「ノーモザイク国産流出」というタイトルがついているからだと、キ・ファヨンはあとで知った。流出、という単語がユーザーたちを夢中にさせた。誰かが隠しているものを見る特権はソラネットのユーザーだけが楽しめるものだから。誰かの羞恥心はそのまま見る者の快楽になる、という法則が支配している場所だから。もちろん羞恥心を覚えるのは女であり、快楽を享受するのは男たちだった。

動画の中の女があえぎ声を立てた。果たして自分が出した声なのだろうか。動画を繰り返して見るほど、何かが妙にゆがんでいるという印象が強くなっていった。映像の中の女はキ・

ファヨンとは違った。どこがどう違うのか指し示すことはできないが、映像を初めて見た瞬間も、何十回も繰り返し見たあとでもそう感じられた。女の瞳はキ・ファヨンのものではなかった。がらんとしたからっぽの目で無防備に口を開けている姿は見慣れない。あんなふうにセックスしていたのか、私が？　見慣れないのは当然かもしれない。セックスするとき自分の姿を鏡で見ている人もそういないだろうから、顔やしぐさが他人のもののように感じることもあるだろう。

ただそれを考慮しても何か少し違う。何かわからないが、光彩を失った瞳と妙に無感覚な表情はキ・ファヨン自身一度も見たことのないものだった。体に力が入らずふらふらした姿も。ここまで節度をなくしていたということは酒に酔っているのだ。もちろん酔ってセックスしたことがないわけではない。しかしこれは、酒に酔っているのとは何か違う。キ・ファヨンはこれがいつどこで起こったのか、相手の男が誰なのかを思いだそうとがんばったが、無駄だった。まったく記憶にない。いったい誰なんだ！　いったいなぜ！　キ・ファヨンはむせび泣きながら「ピンク愛好家」に叫んだ。必ずおまえに罪の報いを受けさせてやる。この過程を決して忘れないからな。動画を見た瞬間からおまえが罰を受けるときまで、起こったことを何一つ忘れるもんか。そんなことは忘れてしまえと言う人もいるだろう、そんなことは記憶から消してしまえと。そうはしない、私に過ちはないのだから。罰を受けるべき人間はおまえなのだから！

本当にそう？　本当に過ちがない？　ううん、間違いだらけ。すべて私の責任。また別のキ・ファヨンが問い、答えた。動画を見た瞬間からキ・ファヨンは、自分のすべてが急激に疑わしくなる感覚を味わっていた。なぜ私にこんなことが起こったのか、私を知っている者がなぜこんなことをしたのかと自問し続けた。いくらたずねても理由のようなものは見つからない。そもそも理由なんてものはないのかもしれない。理由もなく起こったことの理由を探すなんて無駄な努力はやめよう、と誓った。ただ運が悪かったからだ。無作為に投げられた、ハズレと書かれたサイコロを受け取っただけだ。そう考えようと努めた。それでも悔しかった。悔しくておかしくなりそうだった。こんな奈落に自分を突き落とした者が誰かもわからないことに、限りなく気力を奪われた。記憶がない自分も死ぬほど憎かった。涙が流れた。泣くまいとしても涙が噴き出た。あんたのせいじゃない、自分を責めないで、とジスは言ったが、すべてのことが自分の過ちのように思える。こんなに無気力な人間だったなんて、こんなに無責任な人間だったなんて、キ・ファヨンがそんな人間だったなんて……。

自分のむせび泣く声に混じって、礼儀知らずのキムチ女、一九九一年生まれ、男を食いものにして女神のふりをする雑巾女、という言葉が耳に割り込んできた。そのときふと、ある男の姿が浮かんだ。寿司と日本酒が好きで、恥をかくことが死ぬほど嫌いだった男、キム・セジュン。

19

卓上時計は食卓の上に置いてある。玄関とリビングを同時に見渡せる位置だった。20:22。数字と数字の間のコロンが規則的に点滅し、ヒジュンを落ち着かせた。卓上時計のプラスチックのふたを開けると、縦横一センチ余りの超小型カメラが見える。ヒジュンはカメラを取り出しメモリーカードを抜いて、ノートパソコンにつなげた。録画された速度のまま五分間見守ってから二倍速、三倍速と速度を上げて映像を確認した。ヒジュンが家をあけた九時間を全部見ようとすればかなり時間がかかりそうだ。また速度を上げた。映像の中の室内は変わったところがない。あの男は再びヒジュンの部屋にあらわれなかったようだ。

ヒジュンは大きく息を吐き出した。失望のため息なのか安堵の大きな吐息なのか、ヒジュン自身もよくわからなかった。早急にあの男が誰か確認し罰を与え、この不安な日々を終わらせたい気がしたが、一方では誰もあらわれず、何ごとも起こらなかったように終わることを願った。あの日以来、男はなりをひそめている。しかしヒジュンはどんな形であれ男が再びあらわれるだろうと直感していた。防犯対策はさらに厳重にした。自分の安全が何より重要だったから。ヒジュンが家にいるとき誰も押し入れないよう新たにドアガードを設置し、電気銃も購入した。引っ越すことも考えてみた。しかし今すぐには出ていきたくなかった。自分の体を見ていたあの視線の主を必ずつかまえたい。ヒジュンを雑巾と呼んだ男の目を見つめ、しでかしたことの重大さを言い聞かせてやりたかった。

ヒジュンは少しためらったが、ネットのアドレスバーにｓｏｒａｎｅｔと書き入れた。男がヒジュンの写真をここに掲示していないという保証はない。実際ヒジュンはそうなることを恐れていた。一つの視線が十個になり千個、万個、数十万個になる事態が、ヒジュンにはもっとも恐ろしかった。女を酔いつぶし、募集した招待客にレイプさせて遊ぶこの場に、女の裸を品評し、競うように侮蔑的なコメントをつけるこの場に放り入れられることが、何より怖かった。本当に、考えるだけでもおぞましかった。

ソラネットに初めてアクセスした二年前が思いだされた。投稿と画像を見てしまった後の衝撃がよみがえる。またアクセスするとは想像もできなかった。赤い帽子をかぶったおかっぱ頭の女の子のかわいい顔が、ソラネットという名前とともに表示された。「ソラ」が女性の名前だとしたら、その名前の主がまさにこのかわいい顔の女の子なのだろう。この間サイトはリニューアルしたようだ。アダルトサイトにしてはとてもすっきりしていて、メニューも多様になっている。数日前のムホ駅交差点招待客募集はメドゥーサのカカオトークグループからリンクを踏んで見たので、メイン画面は通らなかった。

最初の画面でもっとも目をひいたのは「すべてのコンテンツを無料で！　すべての成人向け業者をひとめで！」というコピーだ。その横には赤い直方体空間の中で男女の黒いシルエットがゆれ動いているバナー。誰が見ても性行為を連想させる姿で、性売買業者とつながっている広告のようだ。メニューはカフェとトーク、アルバム、カジノ、スポーツくじ、リアルゲームに区分されている。単純にオンライン上でアダルト画像や動画を流通させているだけでなく、性売買業者や違法賭博サイトともつながっているようだ。ヒジュンはアルバムメニューをクリックした。「フェティッシュ」、「人物／セルフ」、「隠し撮り」、「見間違え」〔訳注・そう意図されていないが見ようによっては性的な写真〕のカテゴリーが広がった。「人物／セルフ」を選んだ。タイトルが出てくる。

〔直撮〕今は別れた〇〇ちゃん
いつでもどこでもやらせてくれた元カノ
〔国ノ〕〇〇女子大学二〇一三年度入学キム〇〇顔全見せ
〔国産〕二〇一五年度新入生腰ふりパネェ
夜ごと思いだす別れたセフレ
〔流出〕あそこだけはヤバかった元カノ

掲示板を塗り固める特定の単語がヒジュンの目の前をざあっと通っていった。いつでもどこでもやらせてくれた、腰ふりパネェ、おいしそうな、あそこ、セフレ、豊満な、脚を広げて、処女を奪いたい……。ヒット数が高い投稿は「国ノ」や「国産」という題がついていたり、実名が公開されているもの、あるいは「流出」とついているものだった。国ノというのは「国産ノーモザイク」の略だが、韓国の一般女性〔国産〕を撮ったものでモザイク処理をしていない（ノーモザイク）映像のことだ。ヒジュンはメドゥーサのカカオトークグループでこんな言葉の意味を知った。ノーモザイクを略して「ノーモ」と書きもし、「晴れ」と表現したりもした。ほこりが混じったり、くもっていたりせずきれいだという意味のこの美しい言葉がこんなみにくく汚い用途に使われるとは……。

学校と入学年度、名前まで明かしながら別れた彼女の裸を撮った「晴れ」た映像を見て男たちは歓呼した。それが「流出」ならば反応はさらに劇的だ。撮られた者が恥ずかしげもなく自分を見せてやっている映像は「平々凡々」なポルノでしかなく、さほど大きな反響がない。ポルノ俳優の演技はどうしても作り込まれた様子が見え見えで、最初から最後まで観客を意識した演技だから興味をひかないのだ。それよりも「一般人」女性とセックスしている隠し撮り映像がはるかに多くのヒット数を記録していた。撮られている者が撮られているとも知らぬ映像、仮に撮られていることを知っていたとしても不特定多数が見ることは想像さえできない隠密な映像、そんな映像を通じてユーザーたちは盗み見る快感を味わっている。

「リベンジポルノ」と名づけられた映像を上げる者たちはこう言っていた。ほかのやつにもやらせてるキムチ女を許せない、信じていた彼女に裏切られたからもう女を信じられない、世界中すべての女は雑巾でしかない。ある者は実名を明かすだけでは気がすまず、元カノだという人の電話番号まで公開してこんなお願いを書き残した。兄貴方、雑巾女をちょっとしつけてやってください。どぎついショートメールテロお願いいたします。

リベンジ、復讐、報復、仇討ち。彼らの復讐は女性を「雑巾」にすることだった。セックス動画を上げて個人情報を公開し電話番号を上げてショートメールテロを要請する。彼らは堂々としていた。復讐を自ら招いたのは女だ。女が男を拒絶したから、拒絶することは侮辱することだから、侮辱された男の怒りは正当だから、彼らは堂々としていた。ヒジュンは数日前に読んだニュース記事を思いだした。前の彼女との性関係映像を流布した罪で検挙された男は、なぜそんなことをしたのかという質問にこう答えたという。僕を捨てた彼女を性的に侮辱するコメントを見ていると、復讐してやったという痛快感が得られた。関心を向けられていることも気持ちよかった。「いいね」の数が上がってゆき、コメントが多くなるほど、自分が何か重要な人物になっているような感じがした。自分を拒絶した彼女を「雑巾」に仕立てて、その男の自尊心は回復した。女を侮辱するコメントが多くなるほど男の存在感はぐんぐん増していった。これがソラネットを支配する法則であり、ソラネットユーザーたちを動かす因果関係だった。

タイトルを読むだけで自分が今どんなところに来ているのか理解できる。彼女をレイプしてくれと招待客募集記事を上げる男を、ただの変態や性倒錯患者とみなすべきではないだろう。「招待客募集」は程度が重いだけで、ここで楽しまれているやや軽い遊びと根本的には大きな差がない。まともな男たちが彼女と性関係を持った映像を上げて彼女を侮辱してくれと頼み、まともな男たちがその女性をモノ扱いして熱烈にコメントをつける場所、より羞恥心を刺激するほど、より侮辱的であるほど、性的な見下しがよりひどくなるほど歓呼と熱狂が激しくなるこの場所は、あたかも動物の血を見て狂乱の絶頂に達するカーニバルの現場だった。違いといえばいけにえが女であることだけ。

女なら誰もがこのカーニバルのいけにえとして投げ入れられるかもしれない、そんな事実ほど恐ろしいものはないだろう。裸を撮り、その写真の上に自慰の痕跡を残して「いつやらせてくれるんだ」と脅してくる男なら、いつでもこの狂乱のカーニバルにヒジュンを投げ込める。ヒジュンは息がつまってきた。水の中をどこまでも沈んでいくような感覚と、おさえてきた呼吸が暴発するような感覚が交互に迫ってくる。ふう！　息を吐き出し、再び気を引きしめた。負けてはダメだ、あの男の正体を知りもしないうちから負けてはダメだ。

ヒジュンはまた掲示板を調べ始めた。掲載された写真をすみずみまで見ながら、カカオトークに送られてきた自分の写真が上がっていないか確認する。純然たる自分自身のことであり、誰の助けも借りられない。警察に通報はした。カカオトークのメッセージをスクリーンショットして警察署を訪ねたが、今回も警察は発信者が特定できないと答えた。男がヒジュンの裸を盗み見しても、裸に射精した写真を送ってきても、警察の答えはたいして変わらない。うんざりした。いったい警察は、この社会は、この国は、危険にさらされた女性に何をしてくれるのか。

「フェティッシュ」カテゴリーをクリックし盗撮の掲示板に入っていった。妻のうしろ姿、地下鉄で化粧する女のパンツ、発育のいい妹、脚を広げて寝る姉、思春期の娘が寝ている姿、ワイフのあそこなど、短めのタイトルをつけた投稿が上がっていた。実際に妻と娘、姉と妹を撮影したものなのかは定かでなく、重要でもなかった。地下鉄で向かい合った名前も知らない女性から彼女や家族に至るまで、周辺のすべての女性たちが盗撮のいけにえだ。思春期の妹の胸の発育状況、というタイトルを見てヒジュンは思わず立ち上がった。クソ野郎ども、残らず殺してやる！　という声が飛び出した。死にたくなけりゃおまえこそ黙ってな、イカれ女！と、どこからか男の声が聞こえた。

ヒジュンは不意に、ムホ駅交差点のあの女性がどうなったか気になった。ソラネットの招待客被害者のうち一人の女性が自死したといううわさがインターネットコミュニティで流れていた。その女性が誰なのか、誰がその女性をレイプしたのか、あきらかなことは何もなかった。何も定かではなく、誰も責任を取らなかった。動画の流出を苦に実際自死に至ったある女性に対し、ソラネットのユーザーたちはこうコメントをつけた。この作品が遺作だったんですねえ。光栄です。何となくほの暗いっていうか、おかげでシコシコやるにも幻想的な雰囲気が楽しめますね。

ヒジュンはムホ駅交差点の招待客募集記事と、女性の体を撮った写真を捜さねばと思った。理由ははっきりわからないが何かが気にかかる。あの夜、あんなことが実際に起こっているという衝撃と、何とかして止めなければという焦燥感で写真とコメントを細かく見る余裕がなかった。スクリーンショットもできていない。写真は全部で四枚だった。最初に招待客を募集するとき招待主が上げた写真と、招待主のＩＤがリップスティックで書かれた写真、「何にでも乗る騎士」というＩＤが書かれた最初の招待客が上げた写真、「チンコの家は全部俺の」「大雑巾掃除」というＩＤが書かれた、三番目の招待客が残した写真だ。「チンコの家は全部俺の」という二番目の招待客はＩＤだけを書き残したまま、別に写真を上げていないようだ。掲示板をくまなく捜していたヒジュンは「ムホ駅交差点リレー後記」というタイトルの記事と写真を発見した。事件当日から五日たった日付で、投稿者のIDが「チンコの家は全部俺の」。二人目の招待客が撮った写真のようだった。ヒジュンは急いで写真と記事をスクリーンショットした。こんな投稿や写真はいつ消えるかわからない。警察の捜査が進み出したりメディアの関心をひいたりすれば、跡形もなく消える可能性があった。

ギャラリー 〉彼女掲示板
タイトル：ムホ駅交差点リレー後記
作成者：チンコの家は全部俺の
作成日：2015. 10.29.23：44

この間実生活で忙しく、今ごろになって後記をアップします。

本当にこんな気前のいいイベントは久しぶりでした。

飲み会の後だったので私も酔っていたのですが、女性のほうがずっと酔ってらっしゃいましたね。

いびきまでかいて寝る姿がかわいかったですよ。

個人的には大きすぎる胸が苦手なんですが、こちらサイズがちょうどよかったです。

酔った勢いでちょっとしたショーをやってみました。

招待してくださった方への返礼とでも言いましょうか。楽しく鑑賞してくださいね〜

ソラネットに投稿された文章にしてはかなり上品な部類だった。しかし礼儀正しい文章に添付された写真は十分に衝撃的だ。男の性器を女の唇がくわえている姿。いや女がくわえているというより、男が女の口にむりやり性器を押し込んでいるといったほうが正確なようだ。集団レイプの機会をくれた男に返礼するという彼の投稿に、三十個近くのコメントがついている。招待は終わっていなかった。狂乱のカーニバルは続いている。ヒジュンは怒りの涙が溢れそうになるのを感じた。冷蔵庫から水を出して飲みほした。それでも渇きが消えず、缶ビールを一本出した。

スクリーンショットした写真を画面に大きく映し出し、すみからすみまで詳細に見始めた。モーテルの部屋の白いシーツ、肉のかたまり、黒い毛、胸、性器と唇までくまなく調べた。するとヒジュンの目があるものをとらえた。写真右上のすみに鏡に映ったものが見える。モーテルの部屋のたいがいがそうであるように、この部屋にもベッドの壁面いっぱいを占める大きな鏡が設置されていたようだ。男が自撮りするさい角度調節がうまくいかず、鏡に映ったそれが偶然撮られたのだろう。鞄の一部だった。男ものビジネスバッグで、外側にスマホやイヤホンを簡単に出し入れするためのポケットがついている。そのポケットの外にはみ出すものが見えた。四角いプラスチック材質にストラップがついていて、首にかける社員証のように見えた。ヒジュンはそこをさらに拡大した。ぼんやりとロゴがあらわれた。アルファベットを読んでいく。まさか、なんてこった。口が開いた。急いでジスにメッセージを送った。ジス、見つけちゃったよクソ野郎を。

20

「就職したとたん友だちを捨てるんだもんなー。私が孤独死したらどうすんだ」

苦しそうに息を吐いているジスを見てヒジュンが言った。約束の時間に三十分も遅れて地下鉄から走って来たため、ジスはぜえぜえ言いながら手を振るだけで話せなかった。時間さえあればカカオトークで話をしていたが、実際に顔を見るのはほぼひと月ぶりだ。それまで毎日のように会っていたのに、ジスの就職をきっかけに疎遠になったのは間違いない。ヒジュンと約束するたびに不思議と会議や会社の飲み会が入ってしまい、すでに三、四回すっぽかしていた。出退勤時間が比較的一定のヒジュンと違い、ジスは常時会社にしばられた待機兵だった。

「ムホ駅交差点の招待客だけど」

「うん、どうした？」

ジスはヒジュンの前で、おつまみもなしにぽつんと置いてある生ビールを飲んで答えた。

「招待客のうち一人がどこに勤めてるかわかったんだ」

「どこ？」

「ＭＪコミュニケーションズ」

「何？　何だって？」

ジスは飲んでいたビールを噴き出しながら声を上げた。単刀直入が特技のヒジュンはやはり近況をたずねもせずつもる話をするふりもせず、もったいぶりもしなかった。ジスは呼吸が落ち着くまで待てずに聞いた。

「どゆこと？　何でわかったの」

「社員証が写ってた」

ヒジュンはスマホで写真を映し出し、自分が見つけたものを指差した。ぼんやりとしてよく見えなかった。ヒジュンが写真を拡大し、鏡に映ったぼやけた文字を指した。

「これがMで、次のがJ。その下にコミュニケーションズって書いてあるの見えるよね？」

ジスは目玉が飛び出るほど力んでヒジュンの指している文字を見つめた。エム、ジェイ、コミュニケーションズ、間違いなかった。

「おいおいおい、マジかよ」

「この鞄、もしかして見たことある？」

「鞄？　知らないよ、やっと端っこが見えるだけじゃん。よくあるビジネスバッグだし」

「ありふれたものにも特徴はあるんだよ。ほら端の部分が色あせてる。けっこう目立つよ。スナップボタンの横が少しシワになってるし……。ここ、うっすらチッ、て引かれてるのはボールペンの跡みたい」

「いや私の目には何が何だか。ジュン、あんたＣＳＩ要員にでもなるつもり？」

「いいから覚えとく。茶色の革の鞄、前面にポケット、色あせとボールペンの跡あり」

「何せすごいよ」

「まだまだ。社員証の持ち主を見つけなきゃ。集団レイプに荷担した招待客が大企業系列の社員なんて。クソッ、地獄だよ」

「え、私たちが見つけんの？　いいから警察に通報しようよ」

「まだ警察なんか頼ってんの？　誰だか特定できなきゃ捜査は始められないんだってよ、ムカつくダメ犬ども」

「犬を悪く言わないでよ！」

「ともかくこれからあの鞄を捜さないと。だからあんたが出勤時間に会社の前で男性社員の鞄を検査するんだよ」

「は？　あんだけたくさんの鞄を？　だいたい私が『ほら鞄検査だぞー！』っつったところで『そういうおまえは何者だ』って話だよ。誰が素直に見せるかっての」

「バーカ、言葉どおりにとらないの。誰かを待つとか用があるふりしてビルの前に立って、男性社員が入っていくときちらちら確認すればいいんだよ」

「にしても多いよ？　うちの会社社員数が四百人以上で、そのうち七十パーセントが男性ってことは三百人くらいになるじゃん。あ、待った、ヒジュン、ちょっと待った」

「どした？」

「社員証のストラップだよ、何色だった？」

「紺色……いや紫かな」

「ヤバい、そのストラップはうちらだけが使ってるんだよ。マーケティング本部の色として」

「マジか」

「部署ごとに首にかけるストラップの色が違うんだ。ソリューション制作本部は緑色、デジタルキャンペーン本部は黄色、経営戦略本部は何色だったっけ？　ピンクだったか」

「マーケティング本部は全部で何人になる？」

「社員数が多いっちゃ多い。でも範囲がグッと狭まるよ。マーケティング本部の四チームを合わせると百二、三十人くらいになるか」

「さすがトン・ジス、まだ魂失ってなかったな」

「それだけじゃないよ、その招待客、飲み会の後だって書いてたじゃん。招待客募集投稿が土曜日の午前一時半ごろ掲示板に上げられて、だから先週金曜日の夜に飲み会したチームを捜せばいいわけだ」

「やった、ほとんど見つけたようなもんだ」

「そりゃわからないけど……もうチキン頼んでいい？」

「どうぞどうぞ。孤独死予防にはチキンとビールがいちばんだ」

　ヒジュンは自分が好きなガーリックチキンでいそいそ腹を満たしてしまうと、この間起こったことを打ち明け始めた。誰かがシャワーをしている自分を盗み見して、それを写真に撮ってカカオトークで送りつけたこと、家の中にまで侵入した痕跡に気づいて、犯人をつかまえるために隠しカメラを設置したが、まだ犯人の姿は映っていないこと。鏡台の上の写真立てがわずかに位置を変えていたという話を。雑巾女、いつやらせてくれるんだ、というメッセージを受け取った話をこんなに落ち着いて話せるまでに、ヒジュンがどれほど大きな感情のうずを乗り切らなければならなかったか。そのうずに後から巻き込まれるようにして、ジスは泣いてしまった。親友がそんなことを経験していたとも知らなかったとは……。許されるかぎりの、ほんの小さなことを静かに望んでいる人に、今みたいにしっかり生きているだけでもほめられるべき人に、いったいどいつがそんなことを。この世はどれほど過酷なんだろう。

「あの目が忘れられないんだ」

「……うん」

「寝ていても暴れて目を覚ますんだよ。身動きできない感じ。目に見えないロープみたいなものが二十四時間私をぎちぎちにしばっているみたい。私の体のすみずみを見ている視線、視線を感じるんだよ。ゾッとする」

「ジュン、不安ならうちにきてもいいんだよ」

「あんたのいびきで眠れないから」

「じゃ鼻で息しないで寝るから。代わりに尻の穴で息するから」

「アタマおかしいな」

二人はクックと笑いながら乾杯した。ジスは一息で500ccの生ビールを半分空けたが、ヒジュンは口をしめらせるだけだった。

「そりゃ不安に決まってるよ。でも私の家を離れはしない。あれは私の家だ、私の部屋なんだ。一度のぞかれたくらいで隠しカメラまで設置して、オーバーだと言う人もいるだろうな。その男はほんの偶然、遊びのつもりで盗み見しただけだろうってね。でも女たちは違う。誰かがのぞいていると知った瞬間、自分の家がいちばん居心地よく、いちばん安全だという感覚を奪われるんだ」

「そのとおりだよ。日常を盗まれるってことだもん。毎日仕事して勉強して食べて寝る日常を強奪されるんだ。視線で女の体を盗んで、不安感を与えて女の空間を盗んでいる、泥棒どもだ」

「トン・ジス、会社員になってめちゃくちゃ弁が立つようになったなあ」

「もとから口は達者だよ？」

「口だけな」

「孤独死しろや」

ジスはビールを飲んで言葉を続けた。

「でもさ、ジュン。あんまりがんばりすぎないで。このまま引っ越すのはどう？ 逃げるってことにはならないよ。正面からぶつかるより回り道したほうがマシなこともあるし」

どんなことでも正面突破しなければ気がすまない親友の性格を知っているだけに、ジスは本気で心配になった。二年前、あんな目にあったときもヒジュンはいちばん大変な道を選んだ。真実に直面し、真実が呼び起こすあらゆる暴風に耐えしのぶ道を選択した。何もそこまでしなくても、危険な道は迂回してもいいじゃないかとジスが言ったとき、親友は答えた。これがいちばん早くて安全な道なんだ、私が再び生きる力をふりしぼれる道なんだよ。

「心配してくれてるのはわかる。あんたをウォーリー・ドールにしてるみたいで申しわけないよ。だけど引っ越しはしない。あいつを必ず私の手でつかまえるんだから」

自分の生活を誰かの勝手にさせまいとする親友の闘いが、すでに始まっていたのだとジスは気づいた。

「身の程知らずなのかもしれない。自分を盗み見した男をつかまえようだなんて、いったい私にどれほどの力があるっていうんだろ。臆病な心をなくしちゃったのかもね。でもねジス、私は私の家をまた居心地よく安全なところにしたい。私の力で、私にはそういう力があるってことを確認したい」

「……そっか、そうしな。うん、そうしよ」

親友は嵐の真っただ中にいた。でもヒジュンだから、その横に私がいるのだから、きっと切り抜けられるはずだとジスは考えた。そしてヒジュンにキ・ファヨンの話を聞かせてあげた。キ・ファヨンに起こったこと、いや誰かがキ・ファヨンに対して犯した、というべきことを。

ヒジュンは真剣に聴いていた。

「誰がやったのかもわからないって？」

「わからないからどうかしそうなんだよ」

「頭おかしくなりそう。されたほうはつらくて死にそうなのに、誰のしわざかわからないなんて。被害はあるのに、加害した者はいないなんて……」

「酒に酔ってたのかな？」

「そうだろうね。あるいは薬か」

「薬？　何の？」

「催淫剤。ヨヒンビンやカンタリスみたいな成分が入った薬だけど、本来動物のオスの興奮剤として使っているものを人に飲ませるんだ。泌尿器を刺激させ性的興奮を促進するものらしい。セックスドロップっていう薬は女性興奮剤として売られてるよ。臨床試験もやってないし、ヒロポンみたいな向精神医薬品が混ざってるかもしれないのに、そんな違法薬物が公然と売られてるんだよ。鍾路《チョンノ》まで行けば『催淫剤あります』って堂々と貼り紙してる薬局があるんだから」

「それ、飲んだらどうなるの？」

「取り扱ったことないから私もくわしくはわからないけど。幻覚や幻聴があらわれる可能性もあるし、気を失ったりもするって。ひどい場合、死ぬかもしれない。『ポチャン手法』とか言って、よく男が女の飲み物にこっそり混ぜてレイプするのに使うんだって聞いた。二十四時間以内に体の外に排出されるから証拠が残らないんだ。ソラネットにも催淫剤使用のレビューが上がってるし、実際にそれを使ってる男たちがいるみたい」

「さすがソラネットだな」

「爆破させるなり何なりしないとな、ソラネット。このままほってはおけないよ。……それにしても、生きようって気持ちも起きないだろうね、キ・ファヨンって人」

「そりゃそうだよ。会社の人たちが知ったらどうしよう。そうでなくてもキ・ファヨンは同僚たちから敵対視されてんだから。何かあげ足をとるネタはないかと手ぐすね引いてるやつらがいるのに、こんな状況でセックス動画が流出したとなったら……!」

ヒジュンが真剣な目をして言った。

「他人の視線よりきついものがあるよ。二年前、あのことがあって気づいた。自分で自分を破壊せずにいられなくなること。他人が私を破壊する前に、私が私を破壊してしまう。他人の視線で、世間の視線で自分を見つめながら自らを殺す。侮辱感と羞恥心から怒りに震えるんだ。ほかの選択肢がなかったのか、私がもっとうまくやればこんなことには、結局のところ口実を与えたのは私じゃないか、こんなふうに自分を責めながらね。それはいちばんきついことだけど、ある意味いちばん楽な道かもしれない。自らを責めながら破壊されてゆくこと。羞恥心と闘うより、羞恥心に屈服するほうがひょっとするとまだ楽かもしれない」

「よくはわからないけど、ぼんやりわかる気がするよ」

「キ・ファヨンって人が楽な道を選ばないことを祈るよ」

「それはないと信じてる。誰よりも自分を愛してる人だから、黙って破壊されたりはしないはずだよ、きっと」

「そう願う。すべてをかけて、すべてを守り切るようにって」

21

ジスはスマホのスケジュールアプリを開き、十月の日程を確認していた。十月二十三日金曜日、ジスが所属するマーケティング本部第二チームは飲み会をしていなかった。午後四時、キム・ミンスの広告企画案発表があり、会議が終わった後、各自残った業務を処理して退勤した。カン・ピルジュチーム長と社員たちが久しぶりに定時で退勤し、インターンたちも飲み会はしなかった。確かに飲み会がなかったとわかって、ジスは心からほっとした。一緒に仕事をしている者たちを凶悪な犯罪の容疑者とみなすのは相当つらいことになるはずだ。カン・ピルジュ、ユ・サンヒョク、キム・ミンス、そして残念ながらシヒョンまで、茶色の靴を使っていないかと探偵の目でさぐるなんてまったく気の進まない話だった。同じ空間で同じ目標に向かって仕事をしている同僚が「招待」という地獄の住人だったとしたら、ジスの世界はもろくもくずれおちてしまうだろう。だから毎日顔を合わせる同僚をレイプ犯として告訴せずにすんで、本当によかった。

「本当によかった」？ 本当によかったのか。何がよかったのか。ジスは自分の気持ちに疑問を感じた。あの女性はレイプされた。それも四人の男から順繰りに性暴行を受けた。その事実は変わらない。加害者が誰か、がそれほど重要だろうか。彼女がこうむった苦痛に比べれば、同僚がレイプ犯かもしれないという不安くらい何だというのだ。彼女の苦痛を思いやることもせず、ただ自分の世界がくずれなかったとほっとしているなんて。私の世界は安全だ、私の周囲の人々は安全だ、そんな安っぽいなぐさめが何の役に立つのだ。急に自分に腹が立った。

さあ、次はマーケティング本部のほかのチームが問題の日に飲み会をしたか調べなければ。しかしほかのチームのインターンたちとそれほど親しくもなく、社員たちとはそれこそ個人的な交流などないジスは悩んだ。シヒョンに助けを求めることにした。彼は意外と顔が広いのだ。


――ちょっと調べてくれる？

――何を？

――十月二十三日金曜日にマーケティング本部で飲み会したチームがあるか。

――そんなの僕が知るわけないじゃない。

――相変わらず読解力が低いなあ。知ってるか聞いたんじゃなくて調べてって頼んだんだよ。他のチームのインターンに仲いい人いない？

――第三チームに一人いるよ。

――他のチームは？

――ユ・サンヒョクさんに頼みなよ。あの人顔広いし。

――いや、あんたがこっそり調べてくれないと。

――どうして？

――一日一善！　正義の実現のためご協力願いま〜す！

――あ、そうだ。総務部に聞けばすぐわかるんじゃない？　飲み会したら法人カード使うでしょ。

——おお、意外と頭よかったな。総務部に知り合い、いる?

——うん、チョン代理。その程度のことなら聞ける仲だよ。

——よっしゃ。

——夕飯おごってよね。

——オーケー。あ、怪しまれないようにさりげなくね。何か意図がありそうって思われないように気をつけるんだよ。

——もう君がやれば。

——おっと失礼、ご協力お願いいたしま〜す!

——でも何でそんなこと知りたいの?

——うん、まあ、ちょっとね。


この日に限って退勤時間までがやたらと長く感じられた。オフィスは空席が多く、静かだった。カン・ピルジュチーム長は経営戦略本部の会議のため席を外しており、社員たちは協力企業とのミーティングに出ていた。キ・ファヨンのマーケティング企画案発表は欠勤のため延期が続いていた。家庭の事情というのがカン・ピルジュチーム長の説明だった。プロ意識ってもんがないんだな! とのたまうユ・サンヒョクの後頭部に一発お見舞いしたいところを、ジスはかろうじてこらえた。今のキ・ファヨンは命すら危ぶまれる状況なんだぞ! そう言ってやりたかったが、黙っているのが賢明だった。

ジスはキ・ファヨンに電話でもかけるべきかとスマホを眺めたが、なかなかボタンを押せなかった。キ・ファヨンの性格からして、死ぬ間際まで決して助けを求めてこないのはあきらかだ。助けが必要に見えるが助けを求めない人にどう手をさしのべればよいのか、ジスにはまだよくわからなかった。そんなことを教えてくれる人間関係マニュアルみたいなものがあればいいのに、としょっちゅう考えた。状況と段階に応じた対処法を教えてくれる、そんなマニュアル。ジスにとって人間関係は常に難題だらけだった。好意を示せば誤解を受け、関心を見せればなれなれしい無礼者になってしまう。それではと礼儀正しく距離を置けば、他人のことを考えない利己的な人間とみなされた。思い切って意見を述べれば見境のない人間になり、それはちょっと違うんですけど……と言えばクレーマーにされてしまう。状況と脈絡に合わせ適切に振るまうということが、ジスにとっては何より骨の折れる苦役だった。

しかしふと、それも自分の世界だけを守るための無用な心配じゃないかと気づいた。助けたければ助ければいい。誰かの力になりたければそうすればいい。万一その人が拒絶したら拒絶されればいいし、力になりたくて結局なれなくても、少しの間恥をかいていればいい。今キ・ファヨンが苦しんでいることに比べれば、こんなためらいは安全な世界にとどまっている者の余裕、あるいは贅沢かもしれない。ジスはカカオトークを開きキ・ファヨンにメッセージを送った。体調はどう？　大丈夫？　助けが必要ならいつでも言ってね。助けたいんだ。

22

「飲み会したチームがない？」

「そうだってさ」

「んなわけないって。絶対どこかは飲み会したはず……」

「法人カード使ったチームがないんだよ。チョン代理が二度も確認してくれたんだから」

「ったく、何で飲み会しないのさ！」

「何で飲み会しなきゃいけないのさ！」

シヒョンがじれったくて死にそうだよという顔でジスを見つめた。二人は会社の隣にある小さな公園のベンチに座っていた。スーツを着た男たちが公園のすみでタバコを吸っている。「禁煙区域」という表示板が一メートルごとに立てられていたが、帰宅途中の喫煙者たちは勇敢だった。ときどき女性の喫煙者もこの勇敢な隊列に加わっていた。公園を通りすぎる者たちは大量の男性喫煙者をぼんやりと眺めては、一、二名の女性喫煙者を発見すると眉をひそめた。禁を破った者が女とわかると非難の度合いは自動的に強まり、ルールは無条件で重視される。あんな非難の目に耐えながらタバコを吸う女たちは最強のメンタルを持っているに違いないと思いながら、ジスはシヒョンにムホ駅交差点のことを話そうとしてやめてしまった。

シヒョンが信じられないわけではなく……と思いたかったが、ジスは正直シヒョンすら信じられなかった。写真の中でうっすらと、だが確かに識別できる「ＭＪコミュニケーションズ」

の社員証を見た瞬間、全男性社員が潜在的加害者だと悟ったから。もちろんジスが知っているシヒョンはそんな男ではない。草食男子で、「女性の感受性」を備え、他人に対して最低限の配慮ができる人間だ。しかもキ・ファヨンの動画がソラネットに上がっている件を知らせてくれたのがシヒョンだ。自分が悪事を犯したソラネットという現場をあえてさらし、心理的アリバイを立てる……それほど悪賢いやつでは決してない。シヒョンは「そんな男」ではない、とジスは今も思っていた。しかし「そんな男」が「そんな男」として特別に存在するという考えは、ひょっとすると女たちだけの幻想かもしれない。

　ソラネットの投稿とコメントを見ながら、ジスが気づいたのはそのことだった。彼女をレイプしてくれと見ず知らずの男を招待し、走って向かいますからと招待を乞い、リレーに加えてくれてありがたいとコメントをつける男たちは怪物だった。けれども実際の彼らは決して怪物らしくなく、怪物に見えもしないだろう。極度の変態でもないだろう。ソラネットの利用者は百万人といわれ、一日のページビューはさらに多いはずだ。ソラネットの運用はどこまでも閉鎖的なため正確な情報は知りえないが、何点か考慮してみるだけでもどれほど強力で巨大なサイトかがわかる。

　ネイバーやダウムのように多様なテーマを扱うポータルサイトと違って、あれほど「特殊な」ソラネットは大勢に利用されていることをアピールする必要もないだけに、「利用者百万人」は実際の数である可能性が高い。首都圏にある人口百万人の都市が水原《スウォン》と龍仁《ヨンイン》、高陽《コヤン》くらいしかないことから、百万人というのがどの程度のものか見当をつけられた。龍仁市の住民たちには申しわけないたとえだが、言ってみれば龍仁市全体の人口に相当する者たち、老若男女すべての住民が毎夜ソラネットにアクセスしているのと同じということになる。巨大都市の住民全員が変態や怪物だと判明すれば、とっくに国が動いて特別な措置をとっているはずだ。しかし十六年間何の措置もとられていない。百万人という数字は「変態」や「怪物」であった個々人を「普通」にしてしまうほど圧倒的な数字であり、「普通」の人がするからには何の変哲もない、平凡なこととしか認識されない。

人口学的に調べてみると、性的イメージを積極的に消費する可能性が高い二十歳以上四十歳未満の男性人口は七百五十万人程度、そのうち十三・三パーセントがソラネットにアクセスしている計算になる。十五歳以上に範囲を広げれば一パーセント程度低くはなるが、どのみち大した比率なのは確かだ。飛ぶように売れる流行アイテムでさえ十パーセントのシェアを維持するのは難しいのに、十三パーセントとは。決して軽く受け流せる数字ではない。ポータルサイトと比較すると、ソラネットのシェアは群を抜いている。ネイバーの場合、二〇一五年五月十三日から一週間のユニーク訪問者数が二千百万人だった。一日三百万人の計算で、同じ期間に二位だったポータルのダウムの場合は百七十万人だ。驚くべきことにセウォル号事件当時の非公式的検索順位一位がソラネットだという情報も出回った。これらの分析を土台に結論を出すとこうだ。ソラネットの利用者は大韓民国の「普通」の男たちなのだ！

もちろんオンラインコミュニティで主導的に活動しているのは一部の者たちで、大多数はその一部が生産しているコンテンツを楽しんでいるにすぎないが、文化というものはそうして作られるのだ。違法撮影物を消費する者がいるからこそ、持続的にアップロードされるのだ。ソラネットに上がってくる彼女の隠し撮り写真に侮辱のコメントをつけ、ほかの男性中心コミュニティに転載する利用者こそ文化の享受者であり伝播者であり、共謀者たちだ。だからジスはシヒョンを信じられなかった。シヒョンと知り合って五年以上になる。友だちとしてのシヒョンはよく知っていても、男としてのシヒョンは知らないかもしれない、とジスは認めることにした。そしてムホ駅交差点事件を口外すまいと心に決めた。シヒョンはさびしがるだろうが、それどころではない。

「何でそんなふうに見るの？」

シヒョンの言葉に、彼を怖い目でにらみつけていることに気がついた。

「あ、いや別に」

「あ、もしや気が変わった？　正社員になったら結婚する？」

ハニー結婚しようよ、なんて冗談を言って遊んでいた時間に戻ることはできないようだ。ジスはもうどんな男ともそんな軽口をたたきながら肩を組んで笑うことはできない気がした。夕食はまたの機会に、と言ってジスは立ち上がった。今やジスの出番だ。百万人の怪物のうちたった一人でも捜し出してその罪を問えたなら、そいつ一人が汚した分だけでも世の中をきれいにできるだろう。明日から人より早く出勤するために今日はぐっすり眠らなければ。またの機会っていつ？　まさか正社員になってから？　とふざけるシヒョンの声が背後に聞こえた。

第4章

永劫回帰《えいごうかいき》

23

秋雨が降っていた。風も少し強いのか、開けてあった窓から雨が入ってくる。キ・ファヨンはベッドから起き上がり窓を閉めた。冷蔵庫から水を出し飲んだ後、浴室に入って歯を磨いた。クローゼットを開けボーイフレンド・フィットジーンズとだぶだぶのパーカーを着て、ジャンパーを羽織った。長い髪をギュッとポニーテールにして黒いマスクを着け、キャップを目深にかぶった。灰色のスニーカーをはき傘を手にした。黒い長傘。普段ほとんど選ばない色だ。玄関前の傘立てには長傘が十本以上さしてあり、靴箱の中にも三、四本の折り畳み傘があった。

キ・ファヨンは傘が好きだった。気に入った傘を買い集めるのがささやかな贅沢だった。「傘」という漢字の、「人」の上を覆う屋根のような形も好きだし、英語のアンブレラ、という響きも好きだった。雲を意味する「ウンブラ」から派生した単語だそうだが、トゥラララ、とクリスマスソングのように軽快で、それでいてあたたかな感じがする。傘を開いて頭の上にさすと、まるで盾のように感じられた。閉鎖的すぎない自分だけの空間ができたようで心地よかった。いざとなれば武器の代わりに使うことができる。今のところ誰かを威嚇したり、誰かの攻撃から身を守るために使ったことはないが、そんなものを持っているだけでもかなり安心できた。長い間、傘は貴族の身分と地位をあらわすファッションアイテムだったという。なるほどよいものは特権階級だけに許されていて、それが一般大衆にまで広がっていく過程こそが社会の進歩である、と証明してくれているようだ。

「雨の日」と一口にいっても、みな同じというわけではない。雨の種類、降る量、そして何より雨の質感がちがった。それに合わせて違う傘を選ぶのが雨の日の楽しみだった。竹のように太い雨が降り注ぐ日には真っ黄色な無地の傘や、骨も柄も全部空色に塗られた傘をさした。降り注ぐ雨脚の質感と音がそのまま伝わってきた。ゴッホの「星月夜」やクリムトの「接吻」をプリントしたアート傘を使うのは、強風で傘をさしても服がぬれてしまうような、傘がほとんど役に立たないとはいえささないわけにはいかない困った日だった。雨風を押しわけながら進んでいると、まるで自分が孤独な芸術家になったようだった。白地に黒いドットが描かれていたり、チェック柄が印刷されたりしている傘は、数日雨が続いてかんかん照りが恋しくなる日に使った。土砂降り、小雨、霧雨、小糠雨、細雨、大雨、天気雨……雨を指す数多くの言葉を集め、それぞれにふさわしい傘を選び、その傘をさしながら通りを歩くとき……キ・ファヨンは幸せな気分で、実際幸せだった。傘をさすキ・ファヨンは通りの風景に溶け込んで、世界の一部分を正当に占有していた。雨の質感に合わせて傘を選ぶことのできる自分が、雨を注ぐ天空とも通じるたった一人の、かけがえのない、大切な存在に感じられた。

今日は黒い傘を手に取る。キ・ファヨンが買った傘ではなかった。突然の雨に足止めをくらい地団太を踏んでいたとき、誰かがお使いなさいと差し出してくれたものだ。いつ、どこで、誰がそんな親切なことをしてくれたのか、キ・ファヨンは覚えていなかった。それというのも黒い長傘は一カ月雨が降り続く梅雨に似合う、おもしろみもなく実用性ばかりが強調されたものに見えたから。その後一度もさしたことはなかった。しかし今日、キ・ファヨンはほかの傘をさしたいと思えなかった。雨の質感に合わせて傘を選んでさすことが楽しい選択ではなく、くだらない遊びのように感じられた。ただ雨にぬれるのを防いでくれる傘、沈みきった心を一切動揺させない傘が必要だった。地下鉄の駅まで歩きながら、キ・ファヨンは自分の世界が色という色を失ったのではないかと考えた。黒い傘をさしたい心だけが残されたのではないか。天の川のようにたくさんの星が描かれた美しい傘を、再び使うことはできるのだろうか。涙が出た。傘の外側を雨粒が流れた。

地下鉄のホームで列車を待った。耳にはイヤホンをはめ、目はスマホから離さない。特に聞きたいものや見たいものがあるのではない。世間の視線と関心を遮断する防御壁のようなものだ。人とすれ違うのも容易ではなく、視線を合わせるのは苦痛だった。あの人は見たのだろうか、すでに見ただろうか、これから見ることになるだろうか、私を見るのだろうか。体は縮こまり、心はひたすらある考えに凝縮されていった。あの人は私を見ただろうか……。

キ・ファヨンはシン・ヘジュに会いに行くところだった。キム・セジュンの白い顔を思い浮かべながらシン・ヘジュに電話をかけた。数カ月前のその日、退勤直前にシン・ヘジュから言われたことを思いだしたのだ。キ先生、塾長には気をつけなさいね。何をですか？　何ていうかその、変わった趣味があるっていうか……危険、っていうか。何が危険だというのか、シン・ヘジュはそれ以上言わなかった。その日聞けなかった話を聞くため、今日シン・ヘジュに会わなければ。

ＭＪコミュニケーションズのインターンになる前、キ・ファヨンは木洞《モクトン》にある語学塾で中国語を教えていた。大学では複数専攻の制度を利用しメディア論も専攻したが、主専攻は中国文学だった。中国が巨大市場として成長中とはいえ、地方大学で中国文学を修めた者を歓迎してくれる企業は多くないという現実を、キ・ファヨンは一学期も終わらないうちから知らされた。メディア論を学びながら、ブランドの名前をつけるマーケティング分野に関心を持つようになった。ブランドネーミストという、商品の名前をつける人間になろうという目標ができた。商品名は単なる名前ではない。商品のすべてだ。商品の価値とイメージ、ストーリーと記憶を創り出す仕事。ないものを創造するクリエイティブな作業であり、人の心を動かす魅力的な仕事だ。ハウゼン、スキンフード、e-ピョナンセサン、レゴ、エクウス、ハイト、レゾン、エバーランド、チョウムチョロム。有名ネーミストたちが創り出した商品名に感服しながら、いつか自分が名前をつけるだろう商品を待ちこがれた。

卒業後、就職準備のためにソウルに移った。頼れる人もなく、殺人的に物価の高いこの大都市では、お金がなければ息をする資格がないも同然だった。窓もない考試院《コシウォン》の賃料が月に三三万ウォン、ＴＯＥＩＣ塾の受講費と勉強会の教材費など、定期的な出費もバカにならない。「ソウルでは息をしているだけで一〇〇万ウォンかかる」という話は本当だった。正式な就職も急がなければならないが、当面の生活費はさらに急を要した。午前中を自由に使うことができ、給料もそう悪くないのがまさに塾講師の仕事だった。ソウル市内の大学出身ではないものの、キ・ファヨンは中国語語学試験の上級資格を持っており、中国・青島《チンタオ》大学で交換留学生として六カ月間学んだ経験もあった。面接をした塾長は好意的で、受講生が増えたらインセンティブもあげようと約束してくれた。午前はマーケティング会社に志願するため履歴書を書いたり面接に通ったりし、午後には塾で中国語を教える生活が七カ月続いた。MJコミュニケーションズに出勤する前日の夜まで授業をしていた。その塾の運営者がキム・セジュンであり、シン・ヘジュは相談室長だった。

キム・セジュンを思いだしたのは、ある一夜のためだ。いくらがんばっても思いだせないその一夜。例の動画を見て、自分自身が見慣れない人間のように感じられたその瞬間、記憶から削除された数時間が突然声をかけてきたように思えた。すっかり忘れていたはずの、忘れてしまってもかまわなかったはずのその数時間が、頭の中でノックしているかのような。もちろん依然その夜のことは思いだせなかった。しかしその夜を取り巻く何かがキ・ファヨンに信号を送っていた。あるいは、警報を。

じっくりとその日の記憶をたどってみた。午後六時三十分、二コマの授業を終えて夕食の弁当を食べていたとき、キム・セジュンが声をかけてきた。この後ビール一杯やりませんか。ためらっているとこうつけ加えてきた。ああ、口説こうなんて思ってませんよ、僕もクールな男ですからご心配なく。春休みの特別講座のこととかも相談したいし。カリキュラムを変えて、キ先生の名前も前面に出してみようかなって……。「つきあおうよ」、というキム・セジュンの二度目のアタックを拒絶したのがその一週間前だ。恋愛なんて考えられなかった。食べていくお金もたりない状態で、時間だって節約しなければならなかった。塾講師として成功しようというつもりもないし、このままここにいるわけにもいかない。ブランドネーミストをめざすにはまずマーケティング会社に就職しなければ。就職できるまではほかのなにごとも始めないつもりだった。しかもキム・セジュンはキ・ファヨンより八歳も上の離婚経験者だ。年上の離婚者だから恋愛対象としてアウトというわけではないが、キ・ファヨンの好みではなかった。こちらの意思を無視してバッグやスカーフをプレゼントしてくるのも気が重かった。授業の雰囲気がよくなったからとか受講生が増えたからとか理由をつけてはいたが、キム・セジュンのアタックの後そのプレゼントの意味が明白になり、困惑した。

ご好意はありがたく思っています、でも私の状況もご存知かと……今はただ、前だけを見て突き進みたいんです。きっとわかってくださいますよね……。キム・セジュンが気を悪くしないよう、最大限丁重に断ろうとあぶら汗をかくほどだった。二度目のアタックを断るときは、少し怖いと感じた。この人は女の言葉をちゃんと聞いていないんじゃないか。幸いその後キム・セジュンは妙な態度をとってこなかった。ビールを飲もうと誘ってきたのも仕事の話をするためだそうだし、特に断る理由はなかった。しかも冷たいビールがほしかった。先日面接を受けた会社から不採用通知を受けたのがその日、昼食をとっていたときだ。わざわざ電話してきた人事課の職員は言った。ダメですよ、フェイスブックの投稿には注意しないと。社会に対する不満が多い人みたいに見られるでしょ。近ごろの企業はSNS投稿や写真まで全部チェックするんです。社会的な配慮から地方大出身者たちを採用しはするけど、そのぶん品性とか価値観が大事になるってわけで。あ、私が電話したことは内緒ですよ。同郷の人だからほっとけなかっただけなんで。

キ・ファヨンはフェイスブックのどの投稿が問題だったのか聞こうとしたが、人事課の職員は電話を切ってしまった。しかしその程度の情報でもありがたかった。ただ「社会的な配慮」から地方大出身者を採用してくれる企業は少ないだけにそこに期待していた。また志願すればいいじゃないか、と自分をなぐさめたが、どの企業も自分を望んでいないのかもしれないという挫折感がむずむずと、自動的にはい上がってきた。冷たいビールがほしかった。

授業を終え、マグカップを洗いに休憩室に入っていくと、相談室長のシン・ヘジュがコーヒーを飲んでいた。そして言った。キ先生、塾長には気をつけなさいね。何をですか？　何ていうかその、変わった趣味があるっていうか……危険、っていうか。シン・ヘジュがなぜそんなおかしなことを言うのか、そのときは理解できなかった。三年も一緒に仕事をしている上司のかげ口を言っているようでもあり、授業のカリキュラムを相談するために仕事終わりに会うことを誤解しているようでもあり、うっすら不快に感じたことを記憶している。シン・ヘジュ自身ちょっと変な人なんだろうか、と疑いもした。

キム・セジュンと一緒に塾近くの居酒屋で青島ビールを飲んだ。やりたい仕事に就くためにやりたくない仕事をすることへの、いらだちとあせりのようなものを洗い流したかった。その日居酒屋で、キ・ファヨンは一杯目を一気に飲みほし、トイレに行って、それから二杯目を飲んだ。そこから記憶がない。起きてみるとモーテルの部屋だった。普段飲む量から考えるとありえない話だ。ビール二杯で酔うなんて、それも気を失って眠りこけるなんて。何かおかしい。しかし服はちゃんと着ている状態で、体に異常もなかった。全身が凝っていたが、それが特別な理由から、たとえばキム・セジュンとのセックスのせいなのかはわからない。キ・ファヨンはその数時間が思いだせなかった。何もなかったのだ、万が一あったとしても記憶にないのだから、ないことにすればいい。そう考えた。そして今日、シン・ヘジュに会いにいく道でキ・ファヨンは妙な気分になった。私はその一夜を忘れてしまったけれど、その一夜はずっと私を離さずにいるのではないか、という。

24

「キ先生、何かあったんですね？」

キ・ファヨンが席に着くなりシン・ヘジュはたずねた。連絡をとり合う仲でもないのに突然電話をかけてきて、一度も見せたことのないジーンズ姿で化粧っ気のない顔にマスクをし、暗い顔つきまでして訪ねてきたのだから「何かあった」ように見えるのは当然だ、とキ・ファヨンは思った。シン・ヘジュはベージュのパンツに白いブラウス、ワインレッドのカーディガンを羽織っていた。うっすらウェーブのかかったボブヘアは六カ月前と同じだ。四十四歳の実年齢よりはるかに若く見える。キ・ファヨンはマスクをとって軽く会釈した。

「塾長に関すること、でしょ？」

「……まだ確実じゃないんです。心証だけで……」

キ・ファヨンは二人分のコーヒーを注文した。シン・ヘジュは慎重な顔つきでキ・ファヨンを見つめながら、話が始まるのを待っていた。

「あのときの室長のお話のことで……塾長の趣味が変わってて、危険だっておっしゃいましたよね」

「ええ、そう言いましたね」

「なぜです？　何かあったんでしょうか」

「まあ、あったと言えばあったとも……。塾長が離婚して一人で暮らしているのは知ってるでしょ？　独身なんだから別に女性とつきあったっていいんだけど、若い女性が好きみたいで。仕事上そうたくさん出会いもないし、結局相手は講師になるんですよ。若い講師を見るとほっておけないみたい。キ先生みたいに大学を卒業したばかりの、七、八歳差のある女性たちに迫っていってね。離婚した前妻も七歳下の人だったそうだし……若い女性に目のない男って、感じ悪いけどまあ、よくあることよね。ただおかしなことに、別れ方がいつも普通じゃないんですよ」

「普通じゃない？」

「別れ際に必ず、多かれ少なかれ騒ぎが起きるもんだから。塾の代表と講師がつきあって別れたら、講師のほうが塾を辞めるのはまあ当然でしょう。でも辞めるという言葉もなしに突然欠勤して連絡がつかなくなったり、そうかと思うとある日急にやって来て激しく言い争ったり。あせったのは私ですよ。講師のいない授業を穴埋めしなきゃならないから、予定を変えてリスニングテストをしたりして、もう忙しくて」

「どうしてそんなふうに……」

「私にもくわしい事情はわかりません。近ごろの若い人たちは軽くつきあって軽く別れるとかいうのに、どうしてああ騒々しいんだろうとばかり思ってましたよ。でも私が『変わった趣味』って言ったのは……何と言えばいいか、とにかく、変なものを見ちゃって」

キ・ファヨンの心の中で鋭い鉄の音が響いた。呼び出しブザーが鳴って、キ・ファヨンはコーヒーを二杯取りに行き、また席に着いた。

「変なもの、ですか？」

「見てはいけないものと言うべきか……とにかくその日相談室に来た人がいたんだけど、渡すべき案内書を切らしていたの。印刷業者に注文したものが少し遅れていて。急いでいたからパソコンにあるデータをプリントアウトしようとしたけど、案内デスクのパソコンが調子悪かったもんだから、塾長のノートパソコンを使おうと塾長室に入って行ったんですよ。前にもそんなことがあったから、塾長もたいして気にしないだろうと思って。ノートパソコンはついてました。画面にいくつかウィンドウが開いていて。急いでいたから見もせずに全部最小化して下におろして、ホーム画面のプログラムフォルダからファイルを探して、印刷ボタンを押して。それからまたウィンドウを画面に開けておこうとしたんだけど……そしたらそこに変なものが……あったのよ」

「……動画ですか？」

シン・ヘジュはなぜわかった、とたずねるかわりにゆっくりうなずいた。

「裸の女性だったけど、顔を見わけられました。イ先生といって、キ先生が入ってくる前の講師で。そのころ二人はかなり深い関係だったんでしょうね。一緒に出勤して退勤も一緒、食事も二人きり。あんまり堂々としてるから、いよいよ結婚するつもりかなって思ってましたよ。でも一週間くらいして、その講師が急に欠勤したの。その日だけでなく続けて……。塾長はというと、イ先生は辞めたから講師の求人を出すようにって」

「セックス動画ですか?」

「そうなんだけど、普通にしているんじゃなくて……シックスナインっていうのか、それをしている動画で」

シン・ヘジュはそんな体位のセックスを初めて見たという驚きを懸命におさえていた。体位はどうでもよいのだから。

「それで、どうなさったんですか?」

「どうするも何も、知らんふりするしかないと思いましたよ。ああして撮られているってイ先生が知っていたのかと疑いはしたけど、私が関わることじゃないと思って。そもそもごくプライベートなことだから聞いてみるのも何だし。でも数日後にイ先生が塾にやって来てね。受講生たちが帰った後で、講師たちは夕食のため食堂に行って、塾長と私だけだったの。イ先生は私に挨拶もせず塾長室に入って行って。大声で言い合っていたわけじゃないけど、二人の話し声が教務室にいる私に全部聞こえたの」

シン・ヘジュは少しの間黙り、さらに真剣な顔つきでキ・ファヨンと目を合わせた。大事なのはここからだ、という意味だとキ・ファヨンは思った。

「何てことをしたんだと、なぜ動画をあんなところに上げたんだと問いただしてました。動画を撮られていたのをイ先生は知らなかったみたい。塾長とお酒を飲んでモーテルまで行ったのは覚えているけれど、その後の記憶がないと言ってました。ビール二杯しか飲まないのに、あんなふうに気を失うのは何か怪しい、って。薬を飲ませたんじゃないか、レイプしたんじゃないか、強かん罪で罰を受けさせてやると声を高めたんです。私が見た動画のことだと考えると、塾長がこっそり撮影したようだし、その動画がインターネットのどこかに流れているとしたら最初に流したのは塾長に間違いないでしょう。だったら当然、処罰を受けなきゃならないじゃない。でも塾長の答えときたら、第三者の私が聞いてもあきれましたよ。俺がやったって証拠があるのか、俺がレイプしたって証拠があるのか、ＩＤは匿名だし、今さら体液の採取もできないだろうに、どうやって俺を告発するんだ、こんな調子ですよ。イ先生が泣きながら聞いてました。何で私にあんなことを、私が何をしたっていうの、って」

「何て答えてました？」

「おまえの両親こそ何で結婚に反対するんだ、えらそうに俺を拒絶するなんて、そう言いました。あとで知ったけどイ先生が逆にお金を払ったみたい。動画を削除してもらう対価に」

シン・ヘジュの話をキ・ファヨンは落ち着いて聞いていた。酒、薬、セックス、動画、拒絶、流す、対価、金。キ・ファヨンとは関係ない別の人の話だったが、すべてキ・ファヨンの話だ。キ・ファヨンは自分に何が起こったのか、いや、キム・セジュンが自分に何をしでかしたのかすべて理解した。いったいなぜ、誰がなぜそんなことを、と延々問い続けてもわからなかった理由が明白になった。拒絶の報いだ。好意を拒絶した報い、約束にそむいた報い、キム・セジュンは報いを受けさせようとしたのだ。

「そっちの方面のことはよく知らないんだけど、塾長は本当に処罰されないのかしら。私だってすごく驚いたのに、当事者はどれほどだろうって……。塾長が細かいことを気にする性格で執念深い人だってのは知ってたけど、あそこまでとはね。あれ以来顔を見るのもいやで。中年の既婚女性に迫ったりはしないでしょうけど、そんな人と同じ空間にいること自体、不快なのは確かよ。この業界で四十を越えた女を相談室長に雇ってくれるところもほかになくて、仕方なく続けているけど……近いうちに辞めようかとも思ってるの。そんなときにキ先生が電話をくれたから、塾長がまた何かやったのかと」

言葉を終えてシン・ヘジュは腕時計を見た。塾に戻らなければならない時間のようだ。キ・ファヨンはあせった。

「室長、助けてください。あいつのスマホを見なくちゃ、ノートパソコンも。明日キム・セジュンが出勤して授業に入ったら私が塾に行きます。三十分あればいいんです。あいつが気づかないように手を貸してください」

「キ先生の動画もあるんですか？」

その質問にいいえ、と答えられたならどんなにいいか。キ・ファヨンはくずれ落ちそうな気持ちを引きしめて言った。

「キム・セジュンのしわざみたいです」

「動画があっても告訴さえできないのに、方法があるんですか?」

「探します。あいつに罰を受けさせる方法を探します。あんなこと二度とできないようにしないと」

「そうね、そうですとも。薬を盛るなんて、レイプするなんて、まったく悪質にもほどがあるわ」

レイプ、という単語がシン・ヘジュの口から出てきてキ・ファヨンは驚いた。動画の中の女性はレイプされたのだろうか? セックスを楽しんでいるように見えたあの女性は自分の意思に反してセックスをさせられていたのだろうか? 一度もそう考えたことはなかった。女性が抵抗していたようにはまったく見えなかった。体位を変えようとする男の誘導にしたがって、あえぎ声まで出していた。誰が見ても女性はセックスの快感を楽しんでいるように見えた。自分の目にもそう見えていたので、あのセックス自体に問題があるとは思いもしなかった。相手に知らせずセックスの場面を撮影し、誰でも見られるようにしたことだけを大きな罪だと考えていた。しかしキム・セジュンはキ・ファヨンの気を失わせていた。そんな状況で性関係に同意するしないの選択は不可能だ。性関係を望むか望まないかを考えること自体できなかったのだ。キ・ファヨンの体はキ・ファヨンの意思にしたがって動いていたのではなく、キム・セジュンの意思を反映していた。すべてがキ・ファヨンの意思と「関係なく」行われた。それならば動画の中のあの女性はレイプされている、性暴力被害者なのか？　私は、レイプ、されたのか。そんな考えが激しい吹雪のように、頭の中で勝手に暴れまわった。

「塾長のスマホのロック解除パターンは知ってます？」

「いえ、教えてください」

「ㄷの字から上に向かって棒が一本。こんなふうに」

シン・ヘジュはテーブルの上に模様を描いた。キ・ファヨンはきれいに整えられたシン・ヘジュの指先を見つめながら、こらえていた涙を溢れさせた。泣くまいと努力しても涙が流れた。シン・ヘジュはコーヒーカップを持っていたキ・ファヨンの手をとった。

「キ先生、大変だろうけど、気を確かにね」

「……はい」

「くわしい事情は知らないけど、キ先生は悪くないんだから。狂犬に嚙まれたとでも思うのよ。狂犬が嚙む相手を選ぶもんですか、ただそこにいた人に嚙みつくだけなんだから。だから、ものすごく運が悪かったんだと考えて。ただ運が悪かったんだと」

キ・ファヨンはうなずいた。シン・ヘジュの言葉どおり、ただものすごく運が悪かったことにしようと努めたが、うまくいかなかった。狂犬を見わけられなかった私が悪いんです、という言葉が口の中でぐるぐる回った。しかも狂犬に嚙まれたからって、人生が突然モノクロ映画になりはしない。狂犬に嚙まれたことを世間の人たちに知られるのではと恐れて、こんなにガチガチに自分を包んで歩く必要もない。キム・セジュンは狂犬ではない。狂犬よりも恐ろしい、「女に拒絶された男」だ。女にその報いを受けさせようとする、執念深くて邪悪な男。男なのだ。

25

帰宅ラッシュを過ぎた地下鉄は閑散としていた。キ・ファヨンは出入り口の手すりに寄りかかった。電車が地上に出ると雨がやんだソウルの夜景が見える。仕事帰りの電車でちょうどこうして立ちながら、一日がんばってすごし疲れ果てた目で高層ビルの光を眺めたことが、とても遠くに感じられた。また涙が流れた。自分の意思ではどうにもならないこの涙は、二度と以前に戻れないことを示すしるしのようだ。ブルルッ、という振動にキ・ファヨンは体をびくつかせた。いつものスマホのバイブ音にも肝をつぶすほど驚いてしまう。見慣れたはずのものすべてが、初めて目の前にあらわれるかのように襲撃してきた。地下鉄も地下鉄内の人々も、広告も車内アナウンスもソウルの夜景も、すべてが見慣れない。キ・ファヨンは振動しているスマホを取り出した。キ・ウヨン、兄だ。少しためらったがスマホ側面のボタンを押して、バイブ音が出ないようにした。兄の声を聞きたくなかった。いや兄の声を聞きたくないのではなく、その声で正気を失うかもしれない自分の意気地のなさが怖かった。

――電話しなさい。今すぐ。

短いメッセージが届いた。兄があのことを知ったのではないか、一瞬胸がヒヤリとした。幼いころから判事になることを夢見ていた兄は優秀な成績で法学部に合格したが、翌年再び大学修学能力試験を受けて教育大に進学した。判事は自分の仕事ではないと言っていた。毎年夏にはハワイへ避暑に行くという同期たちの、祖父、父、父方の伯父、母方の叔父がみな法曹だという先輩たちの仕事なんだと言った。だから教師になる、と無表情で話す兄を見ながら、キ・ファヨンは美容師であるシングルマザーの子どもが見られる夢の限界というものを、初めて考えた。兄は採用試験の競争率がソウルより低い京畿道《キョンギド》で志願し、今は議政府《ウィジョンブ》市の小学校で教えている。万一兄があのことを知ったら、どうなるだろうか。考えただけでもゾッとした。地下鉄を降り家に歩いて行く間も、兄からの電話は鳴り続く。電源を切ってしまおうかと考えていたとき、誰かの声がした。

「どうして電話に出ないんだ」

キ・ファヨンが住んでいるワンルームアパートの前に兄が立っていた。

「会社にも行かなかったのか？」

帽子とマスクをつけジーンズをはいたキ・ファヨンをじろりと見て言った。

「とりあえず入ろう」

兄はキ・ファヨンを先に立たせた。玄関を開け部屋に入ってしばらくたっても、兄は口を開かない。白い塀の赤い落書きでも見るようにキ・ファヨンを見て、冷蔵庫から水を出してごくりと飲み込んだ。腹からグルルと音がした。夕飯も食べずに妹を待っていたようだ。キ・ファヨンはベッドに腰かけた。兄はいすにまっすぐ座りキ・ファヨンを見つめて言った。

「警察に通報は？」

キ・ファヨンは一度うなずいた。

「デジタル葬儀社だか何だか、そういうとこが早いそうだが。そこは行ってみたか？」

「うん」

「至急金が要るって言ったのはこのことだったんだな」

キ・ファヨンは答えなかった。六〇〇万ウォン貸してくれというキ・ファヨンの言葉に兄は何ごとかと聞いたが、とにかく必要だからとだけ答えたのだった。一カ月に二〇〇万ウォンずつ、三カ月分をあらかじめ払わないと作業を始められない、とデジタル葬儀社は言った。六〇〇万ウォンの金と、その十倍分は消耗することになる時間、計り知れない苦痛、それらすべてを乗り切ろうとしているところだった。

「会社にはまだ知られていないな？　絶対に知られたらだめだ」

「そんなの思い通りにいくと思う？」

「だったらどうしてこんなことをしでかしたんだ！」

兄は声を荒らげた。ふだん少しも感情を表に出さず、今もあきらかに怒りをこらえている様子だったが、限界があったようだ。

「どこで……知ったの？」

「ヒョンスから電話があったんだ。これはファヨンじゃないかって。このあざは中学のとき自分が打った球に当たって、真っ青なあざになった痕じゃないかってな」

ヒョンス、ああ、あのヒョンス。ずいぶん久しぶりに聞く名だ。中学のときから近所に住んでいた故郷の友だちだった。キ・ファヨンの家族が都会に引っ越して自然と連絡がとだえたのだが、兄とはやりとりがあったようだ。

「ヒョンスが驚いてたよ。野球好きで野球コミュニティに出入りしてたら、そこに上がっていたんだと。ギャラリーにおかしな動画や女の写真を上げるやつらがときどきいて、そんなものだろうと見ていたらどう見てもファヨンのようだと。これ以上広がる前に早く削除しろと。そこだけで一日のヒット数が一五〇万だそうだ。いったいおまえ……」

一五〇万、という数字はどれほど多いのだろうか。大勢の人から動画を見られていることに、何の現実感もわかなかった。

「野球コミュニティに上げられてるくらいだ、おおかたのサイトに広がってると見なきゃならないだろう。どれだけ広がってるかわかってるか？　え？　わかってるのかおまえは！」

「わかってる。……大声、立てないで」

「大韓民国の男たちがみんな見ることになったんだよ、おまえがあんなことやらかしてるのを。二十五歳の小娘が、インターンの分際で男と寝て歩いてるなんて会社が知ったら結構だな。おまえみたいなインターン誰が採用するか！」

「大声立てるな！　兄さんが言わなくても私は十分つらいんだよ。私が悪いんじゃないのにどうして罰を受けなきゃなんないの？」

「おまえが悪いだろ、あんなやつと寝たんだから！　変態野郎がうじゃうじゃいる危険な世の中で誰とでも寝やがって！　世の中甘く見てるのか？　人生なんかちょろいと思ってるのか？　一歩踏み間違えれば崖の底だ。いつ転がり落ちるかわからないんだよ。どうしてそんなこともわきまえずむやみに遊びまわるんだ？　そんなんで結婚できるか？　どんなやつが好き好んでおまえなんかと！……誰だ？　誰なんだ相手の野郎は。つかまえてぶち込まないと」

「わからない」

「誰かわからない？」

「覚えてない」

「酒を飲んだのか？」

「……うん」

「このバカ女！」

「もう出てけ、帰れ！」

「何をえらそうに！　あんな野郎とあんなことしでかして、少しは母さんのことも考えたらどうだ！　自慢の娘を支えようと還暦を越えても一日中立ち仕事して。母さんの苦労を知ってるなら早く就職して金を稼いで結婚しようと考えるのが普通だろ、どうしてそんなに無分別で奔放なんだ！　え？　自由の代価がどんなものか、やっとわかったか！」

兄は冷水を飲んで深く息を吸い込んだ。声が落ち着いた。

「さっさと何とかするんだ。また金が必要なら言いなさい」

「帰れ」

兄が出て行った。ガチャッと玄関が閉まる音が聞こえると、また涙が溢れてきた。奔放だから、世の中を甘く見ているからこんな苦痛を味わうだって？　むやみに遊びまわって誰とでも寝て歩くからこんな目にあったって？　血をわけた肉親までそう言ってくる。狂犬を避けられなかったおまえが悪いと、狂犬を見わけられないおまえの愚かさのせいだと。

キ・ファヨンはベッドに横たわり、ひとしきり泣いた。目が開かなくなるほど泣いてから起き上がり、兄が言っていた野球コミュニティにアクセスした。しばらく捜し回って動画を見つけた。熱烈なコメント群はソラネットにも劣らない。デジタル葬儀社は何をしているのかと腹が立った。ものすごい速さで広がっていくものを抑えきれはしまいと思いつつも大金を出したのに。結局は自分の役目だった。朝起きるなり前日夜中まで見て回ったサイトをまた調べ始める。ソラネットのギャラリーを回って写真を検索し、イルベ、DCインサイドなどの男性向けコミュニティを回り、フェイスブック、ツイッター、タンブラーまで検索する。デジタル葬儀社「評判ドットコム」では毎日数十個のサイトをモニタリングしてその結果を知らせてはくれたが、少しも安心できなかった。自分がネットにアクセスしていない瞬間、どこでまた動画が広がっているかという恐れからアクセスを止められなかった。食事中でも、トイレでも、時間さえあればネットをさまよっているかもしれない動画を捜し、うんざりするほど孤独な探索を続けるしかなかった。「永劫回帰」というニーチェの言葉が浮かんだ。円形に繰り返し流れ続ける時間から、永遠に抜け出せなくなったような気がした。

メッセージの着信音が鳴った。「評判ドットコム」が二つのリンクを送ってきた。急いで最初のアドレスをクリックした。ついさっき見た野球コミュニティだった。二つ目をクリックした。きらびやかな女体の饗宴が繰り広げられている、「あそこドットコム」という成人サイトだった。ホーム画面では数十本の露骨なポルノ動画が再生されていた。学校の制服を着た女が過度に大きな胸をゆらして誘惑していたり、ベッドに横たわり性器を刺激して自慰をしているおかっぱ頭の女もいる。ここでは、女は誰もが胸と性器だった。乳首と尻、太ももと唇だった。体。女の体。男たちのファンタジーである女の体がぎっしりとつまったところ。ここにあの動画があると？　キ・ファヨンは右側下段のバナー広告を見た。「感想アップで一〇〇〇ポイント無料贈呈」と書いてあった。バナーをクリックした。投稿リストが並び、その上に動画が自動で再生されていた。長い髪、突き出された尻、鎖骨の斑点、キ・ファヨンだった。バナーの下に広告文句が流れた。素人女性がいっぱい、顧客満足度最高。

「プロ」の女性ではなく「素人」女性を用意しているという性売買業者広告にこの動画が使われていた。評判ドットコムはこの業者に動画の削除を要求し、業者側の答えを待っているところだと伝えてきた。万一削除要請に応じない場合、法的な対応が必要になるとも。そのときスマホが振動した。

——おまえを見ながらもらしてるよ。おこづかいデートしない？

「送信者不明」が送ってきたカカオトークメッセージだった。携帯電話でこんなメッセージを受けたのは初めてだった。おこづかいデート？　誰がこんな……。鋭い鉄の音が耳元で大きく響いた。不吉な予感が噴き上がる。キ・ファヨンはソラネットにアクセスし、また掲示板の中を捜し始めた。その間にもメッセージ受信は続いた。

——リレーが特技だってね。五人とやってみない？　いくらならＯＫ？
——雑巾女《ぞうきん》、肛門掘られるの好きそうだな。
——僕ちょっと趣味が変わってるんですけど……ビデオ通話って可能？

ギャラリーを見ていると、ある投稿が目にとまった。

男を食いものにして女神のふりをする雑巾女が、
またどこで誰をカモにしているかと思うと夜も眠れません。
キムチは切ったほうが食べやすいですよね。
兄貴方、このキムチ女を切り刻んでやってください。
電話番号　010-6677-****

キ・ファヨンの携帯番号が投稿されていた。続けざまに送られてくるメッセージの発信者はソラネットユーザーたちに間違いなかった。キムチ女を切り刻んでくれという投稿主の要請に応え、「ソラネットの兄貴」たちが飛びかかっていた。キ・ファヨンといういけにえに向かってまた餓鬼《がき》のように喰らいついていた。のど元まで息が詰まり、呼吸するのも大変だった。体中の力が抜けていった。どうにか息を吐き出すと、体がからっぽになったかのようだった。自分が存在しているという感覚がなくなった。その瞬間、キ・ファヨンは存在しないかのように存在した。再び息をし始めたとき、からっぽになってしまった体の中から強烈に込みあげてくるものがあった。怒りと羞恥心、無気力と憂鬱、挫折と悲しみ、この数日間キ・ファヨンを苦しめてきたすべての感情をなぎたおすただ一つの意志が湧きあがった。クソ野郎、殺してやる、必ず私の手で、おまえを殺してやる。縮こまっていた体をゆっくり伸ばした。もう逃げるところはない。その事実が、これからすべきことを教えてくれた。追い詰められたけものはこんな心境だろうか。河を渡るしかないのなら、引き返せないのなら渡ろう、そう決心した。餓鬼どもに噛みちぎられ、ボロボロになったまま静かに死を待ってばかりはいられない。私ののどをかき切って血を搾り取ろうとする者たちに見せてやるんだ、まだ生きているいけにえに何ができるかを……。涙はもう流れなかった。二度と泣くまいと唇を噛みしめ誓った。検索をした。「睡眠薬購入方法」。検索リストに上がった記事を一つひとつ読み始めた。

26

ヒジュンは玄関を開け、靴を脱いだ。リビングに入らずその場で静かに立っていた。例の件のあとにできた新しい習慣だ。何か違和感はないか、微妙に変わったことはないか、誰かの体臭が混じっていないか……ヒジュンの家が知らせてくれる、ヒジュンだけに聞き取れる警告のようなものを確認する習慣だ。

今この家にヒジュン以外の人間はいないようだ。が、何かがある。においだ。普段とは何か違うにおいが霧のように静かにヒジュンの鼻をかすめた。引っこ抜かれたまま長いこと放置された雑草のようなにおい。とうとう来たぞ、という警告音が響いた。ヒジュンは注意深くリビングに行き、食卓にバッグを置いてにおいを追った。寝室に入って部屋を見回す。かすかだが、確かに違うにおいがした。鏡台の前に立った。白い容器の化粧水と乳液が並び、その横に保湿クリームとコンパクトが置いてある。ボディローションとリップスティック、ヘアエッセンスと綿棒を目で追い、逆三角形型のシャワーコロンに視線を留めた。ガラスびんの口をおおう丸い形のふたが、少し開いていた。

今朝ふたを閉めなかったのか。そんなはずはなかった。いつもどおり出勤準備を終えたヒジュンは部屋を出る直前、うなじと手首にシャワーコロンを少し振りかけ、ふたを閉めた。びんの口とふたがしっかり合えばカチッと軽快な音がする。ヒジュンにとって新しい一日が始まる音だった。今日もいつもどおりだった。確かにそうだった。

落ち着こうと努めた。リビングへ戻り、食卓に置いた缶ビールとスルメを持ってノートパソコンの前に座った。卓上時計からカメラチップを出しノートパソコンにつなげる。毎日帰宅すればやっているだけに今ではかなり手慣れていた。二倍速で見ていたが三倍速、四倍速、五倍速と速度を上げていった。十時、十二時、十三時、十五時、十六時、時刻を示す数字が高速で進んでいったが、何も起こらない画面はむしろ時間が止まっているように見えた。退屈な画面に何かがとらえられたのは二缶目のビールのふたを開けたときだった。何かがあらわれた。まるで影のように、ふらりと、予告もなく、誰かがあらわれた。ヒジュンの指はすばやく停止ボタンを押した。寝室の入り口に誰かのうしろ姿が見える。カーキ色のジャンパーにジーンズをはき、野球帽をかぶっていた。

心臓がバクバク言い始めた。画面は十九時二十分で止まっている。ヒジュンが家に帰るわずか一時間前だった。その人物が玄関を開け家に入ってくる瞬間はカメラの位置上、とらえられなかった。ヒジュンの家に最初の一歩を踏み入れた瞬間が見られないせいで、彼はまるで煙のように、風のようにあらわれたかに見えた。ヒジュンは画面の中のうしろ姿を穴が開くほど凝視した。うしろ姿のその人物が今にも振り返り、見つめている自分に飛びかかってきそうな気がして、ヒジュンは再生ボタンを押した。

男はゆっくりと寝室へ入っていった。まるでからくり人形がすーっと動いているように無駄がなく、静かな動きだった。帽子の影のせいで顔の識別は難しい。男は鏡台まで歩いて行きシャワーコロンをつまみ上げた。ふたを開け香りをかいで、しばらく動かなかった。シャワーコロンを再び下に置いた。そして机と本棚を順番に見ていたが、本を一冊取り出して開いていた。うしろ姿しか見えないのでどの本なのかわからない。数分たってから本を戻し振り返った。ヒジュンは停止ボタンを押して机に近づいた。男が立っていた位置から本棚を見た。薬学概論、生理学、有機化学実験、そんなタイトルが目に入る。専門書を置いてある場所だ。何かがねじれるような奇妙な感じがした。ノートパソコンのところに戻り再生ボタンを押した。男はクローゼットのほうへ近づき扉を開けた。ハンガーにかかった紺のトレンチコートをそっとなでていた。ヒジュンが大学に入学したとき母が買ってくれた服だ。母から最後にもらったプレゼントで、ヒジュンがいちばん大事にしている服だった。男はまた振り返ってクローゼット横の五段の引き出しを一つひとつ開けて見た。下から二番目の引き出しにはブラジャーやパンツなどの下着が入れてあった。男はベージュのパンツを取り上げにおいをかいだ。ヒジュンはまた停止ボタンを押した。下着が入っている引き出しを開けた。いちばん上に置かれたベージュのパンツをつまみあげゴミ箱に捨てた。残りの缶ビールをいっきに飲みほし、またノートパソコン画面の前に座って映像を再生させた。

男は引き出しを閉め、ベッドに腰かけた。灰色ストライプの掛け布団をなで、そのまま横になりしばらく動かなかった。帽子が少し上にずれたが顔を識別するには足りなかった。数分たって起き上がる。しわくちゃになったシャツを伸ばし、帽子を脱いでまた目深にかぶった。ヒジュンは映像を前に戻して帽子を脱いだ男の顔をうかがった。ひげを剃っていないらしい、黒っぽいあごをした男の顔を拡大した。少し曲がったワシ鼻に気づいた瞬間、ビールにむせてしばらくゲホゲホせきをした。ノートパソコンの画面に飛び散ったビールの泡の下で、男の顔が揺れているように見える。男はペク・チョルジンだった。

27

ペク・チョルジン、彼があらわれた。彼が私の部屋に入ってきた。

何もなかったよ、愛してるから、あんまり好きだから、だから。あの夜、江原道《カンウォンド》・平昌《ピョンチャン》のペンションで彼はヒジュンに言った。いまだに彼の湿った声が忘れられないのに。彼があらわれた。ヒジュンは動画を再生し続け、同じところを何度も見た。彼に間違いなかった。ペク・チョルジン。彼がどうして。いったいなぜ。

ペク・チョルジンが登場する四分二十七秒の動画をノートパソコンに保存した。彼はあらわれたときと同じように、突然消えた。静かに出てきて、黙って引っ込んだ。ヒジュンのベッドで裸のヒジュンの写真に精液を振りかけるような、異常なこともしでかさなかった。するとあの犯人は別にいるのだろうか。あるいはペク・チョルジンが今日に限っておとなしくしていただけだろうか。「おとなしく」？　他人の家に許可もなく入って来て、他人のものをさわってあさる男をおとなしいだなんて、私も確実におかしくなってるな、とヒジュンはつぶやいた。ただ「雑巾女、いつやらせてくれる？」と送ってきたのがペク・チョルジンかはまだわからない。

ヒジュンは少し悩んだが、シン・ドゥソン先輩に電話をかけた。大学時代は薬学科の学生会長で、同窓会の総務もしていたため卒業生たちの消息に明るい人だ。何よりあの事件を担当し処理してくれたのがシン・ドゥソン先輩だった。消息の絶えたペク・チョルジンがその後どうしているか、知っているとしたら彼しかいない。

「先輩、私ヒジュンです。ク・ヒジュン」

「お、ヒジュン！　久しぶりだね、元気そうな声だ」

「ええ、先輩も。あの、今忙しいですか？」

「今飲み会だけど、すぐ終わるよ。あとで電話する」

「はい、待ってます」

シン・ドゥソン先輩の電話を待ちながら、ヒジュンはまた動画を見た。帽子を脱いだ瞬間だけあらわれたペク・チョルジンの顔を、何度ものぞき込んだ。そうするうちに、急に何もかもがいやになってきた。やっと手に入れた普通の生活をまた奪っていくペク・チョルジンに、猛烈な怒りが湧きあがる。動画を持って警察署へ行き、住居侵入した彼を処罰して終わらせればいいのでは、と思った。今すぐにでもそうしたかった。しかし心の片隅で静かな声が聞こえた。声はこう言った。なぜそんなことをしでかしたのか、理由を知りたくない？　ペク・チョルジンと会うべきなんじゃない？　すぐ別の声が猛抗議した。それで何を確かめようってＭの？　理由を知ってどうするの？　罪を犯したら罰を受ければいい。あのときも、今も、過ちを犯したのは彼だ。罪を犯した理由まで私が知る必要ある？　私がなぜそんなことしなくちゃならないの？　ペク・チョルジンのせいで私は十分苦しんだんだ。静かな声も負けなかった。ペク・チョルジンが退学になったとき、うれしかった？　違うよね。一人の男の人生を台なしにしてしまったという罪悪感を、まったく感じなかったと言える？　別の声が叫んだ。罪悪感？　何で私がそんなもの感じなくちゃならないの？　私は被害者だ！　苦痛を受けたのは私なんだよ！

君のせいで一人の男の人生が台なしになったんだ、と言ったのはペク・チョルジンでも、シン・ドゥソン先輩でもない、特に親しくもない学科の同期ウ・ソジンだった。それもウ・ソジンがペク・チョルジンの親友だったからで、ペク・チョルジンが本当に前途有望な青年だからそう言ったわけではなかった。ペク・チョルジンは立派でもなく目立ちもしない、平凡な学生だった。平凡な学生というのがだいたいそうであるように、ペク・チョルジンも講義をサボりはしないが際立って活躍もせず、アルバイトでもあるのか講義が終わればそっと学校をあとにした。学科行事に顔を出しはしたが最後まで残ったことはなく、成績も悪くはなかったが奨学金を申請するほどでもない、言うなれば「そこそこ」の学生だった。

そんな学生だったペク・チョルジンがヒジュンの人生に歩み寄ってきたのは薬科大一年の夏休み、医療奉仕に行った江原道華川《ファチョン》のある山里でのことだった。医科大と薬科大、それぞれの学生会が共同で行っていた、年に一度の医療奉仕活動だ。薬学科の学生は二人一組で江原道奥地の村を回り、お年寄りの飲んでいる薬を点検し服薬指導をする。そのときのヒジュンのパートナーが、学科同期のペク・チョルジンだった。ほとんど言葉を交わしたことがなかったが、慣れない山奥の村でがんこなお年寄りを相手に一緒に活動することで、案外と親しくなっていった。ペク・チョルジンは口数こそ少ないが礼儀正しく、積極的に何かを主導したりはしないが一度仕事を引き受けると誠実にやり遂げた。いるようないないような存在感ながら、特にヒジュンの言葉によく笑うペク・チョルジンが気になっていった。四泊五日の医療奉仕を終えてソウルへ戻るバスの中で、ヒジュンはペク・チョルジンに言った。つきあおうよ。

彼との交際も「そこそこ」だった。でもそれがヒジュンは気に入った。私たちつきあってますよ！　とキャンパス内で恋愛模様を生中継する、そんな連中にはうんざりだった。二人ともそれぞれ自分のすべきことをがんばり、会えば他のカップルがするようなことをして、そんなふうにつきあった。最初のセックスはヒジュンの家でした。二人とも初めてでおろおろしながら終えたものだが、悪くはなかった。他の人とはできない、何よりもプライベートなことをわかちあう感覚は格別だった。秋の学期が始まった。学期が終わる前、ペク・チョルジンは軍隊に行った。ヒジュンは別れるつもりはなく、ペク・チョルジンも何とも言わなかった。そうして二人は恋人関係を維持したまま、軍人の休暇期間に合わせた短いデートをしながら一年半あまりをすごした。彼氏が軍隊にいると言っても、ヒジュンは別にさびしくなかった。体は離れていても心はつながっていると感じていた。しかも奨学金をもらうため学科の勉強に手を抜けず、アルバイトと勉強会までこなそうとすれば時間は常に足りない状態だった。ペク・チョルジンの上等兵としての最後の休暇は、学科の合宿日程と重なった。二人は久しぶりにそろって学科行事に参加することになった。そうして平昌のあるペンションで、それは起こった。

ペク・チョルジンの退学が決まったとき、ウ・ソジンがヒジュンにこう言った。君のせいで一人の男の人生が台なしになったんだ。もちろん全員がそんな態度ではなかった。ほかの何人かは「そんなやつだとは知らなかった」と、世界一の悪党のようにペク・チョルジンをののしった。そうしてののしりながら、あいつとちがって自分はそんな男ではない、と言いたいようだった。一人の男の人生を台なしにした女と、悪党に「やられた」女、そのどちらもヒジュンの真実とは無関係だった。

「真実」は何だろう。実際に何が起きたのだろう。ヒジュンは数え切れないほどその問いを自分に投げかけた。何もなかったよ、愛してるから、あんまり好きだから、とペク・チョルジンが言ったとき、ヒジュンはその言葉を言葉どおりに信じたかった。いっそその言葉が真実であったならと願った。本当に何も起こらなかったことを、だからヒジュンの生活が前と同じであることを、無傷であることを、願った。

二年前のその夜がブラックホールになってヒジュンを吸い込もうとする瞬間、電話のベルが鳴った。シン・ドゥソン先輩だった。

「ヒジュン、声を聞けて本当にうれしいよ。何かあったの？」

「先輩、ひょっとして消息を知ってますか？　ペク・チョルジンの」

「ああチョルジン？　どうしたの急に」

「その、何となく、ちょっと気になって」

「そうかそうか、心配だよね、うまくやってるか。あいつ浮き沈み激しいから。学校を辞めて、まずはそのまま会社に入ったんだ。伯父さんが経営してる会社なんだけど、性に合わないとかですぐ辞めちゃってね。その後は上海で衣類の事業をするとか言ってしばらく連絡が来たり来なかったり……中国に何カ月いたんだっけかなあ、ある日帰国したって電話が来て、一度会ったよ。また大学に入るために勉強するって言ってた。その後は連絡とれてないな。大学に行ったのかもわからない。それが今年初めあたりの話だよ、確か」

「じゃあその後どうしてるかは……」

「うん、知らないんだ。同期の連中にも連絡してないみたいだし」

ペク・チョルジンのその後を先輩が知らないのなら、誰も知らないだろうと思われた。

「先輩が知ってる番号教えてください、ペク・チョルジンの電話番号」

「どうして？　連絡するつもり？」

「もしかすると……」

「メールで送ってあげるよ。やっぱりヒジュンは優しいな。電話するといいよ。もう過ぎたことなんだから振り払っちゃいな。生きてりゃもっと大変なことも経験するし、そうやって大人になっていくんだから。ともかく元気でね。同窓会にも参加するんだよ。『ヒジュンはどうしてる』って気にしてる先輩も後輩もたくさんいるんだから。ね？」

「……はい」

時間がたったからって何でも解決するわけじゃないんです、と言いたかったが、ヒジュンは「はい」とだけ答えて電話を切った。大人になっていくために通過するたくさんの経験の中の一つにすぎない、と先輩は言う。ヒジュンもそう考えようと努めた時期があった。平昌から帰ったあとも以前と変わらず講義を聞き、同期たちと酒を飲み、アルバイトをした。そのうちに季節が変わって大学が長期休暇に入った。ヒジュンはあいかわらず学費と生活費を稼ぐためアルバイトを二つ三つかけもちし、TOEIC塾に通い、勉強会に参加した。するべきことがあるのはありがたかった。体を動かしていなければ学費も生活費も出てこない「どろのスプーン」〔訳注・裕福な家庭に生まれることを意味する「銀のスプーンをくわえて生まれる」という英語の慣用句から、その反対に貧しい家庭に生まれることをそう呼ぶ〕の境遇を幸いに感じるほどだった。

当時は平凡な日常を奪われたくなくて必死になっていたのだと、あとでわかった。それでも必死になればなるほど日常がゆがんでいった。長期休暇も終盤になり始業日が近づいてくると、日に日に息がつまっていくようだった。唇がはれ上がり、刃物で切りつけられるような胸の痛みにおそわれ、歩いていても急に座り込むことが多くなった。結局ひどい不調で倒れてしまった。朦朧《もうろう》とした意識の中でずっと声が聞こえていた。やめろ、やめろってば！　すぐ終わるよ、愛してるならこのくらいいいじゃないか。痛くなくするから。大声出すぞ！

体が何一つ言うことをきかなくなった。泣いて泣いて泣き続けた。そうしてヒジュンは悟った。体が記憶していたのだ。酒に酔っていても、ヒジュンの体はその日、その時間に起きたことを一つ残らず記憶していた。湿っぽい手のひら、サムギョプサルと酒のにおいが混ざった息、すっぱくてグニャグニャしたペニス、ざらついて、ねばっこい感触。ヒジュンがいっさい望まず、許してもいない不快で不吉な手つきとしぐさ。ヒジュンの体はその夜の暴力を一瞬たりとも忘れたことがなかったのだ。大声出すぞ！　という、小さいが切迫した自らの叫びの意味を、ヒジュンは今になって理解した。酒に酔って朦朧としているからって私にそんなことをしてはいけない、ということだ。愛しているならなおさらダメだということだ。私が覚えていないだろうとたかをくくって、なかったことにするなんて許さない。そんなことをされて私の体が黙っていたのなら、私自身が悲惨な道を選んだことになってしまう。

やるべきことは明らかだった。ペク・チョルジンに謝罪させなければ。彼は私にしたことを謝罪し、許しを求めるべきだ。ペク・チョルジンにメッセージを送った。兵長になった彼は、夜にはスマホを使えるからメールしてくれと言っていた。

――私、謝罪してもらわないと。謝って。心を込めて。

返信はすぐに来た。

――何を？

――合宿のときに起こったこと。

――合宿？　ああ、あれ。まだそれですねてるの？

――すねてるんじゃない。君のしたことについて謝罪がほしい。

――ごめんね。

――本当に悪かったと思ってる？　何が悪かったの？

――俺ちょっと強引だったから。

――ちょっと強引だった？　そんなんじゃない、あれは性暴力だよ。

――そこまで言うことないだろ。君も楽しんでたぞ。でもちょっと無理強いしちゃったのは悪かったよ。


私が楽しんでた？　ちょっと無理強いしちゃった？　ペク・チョルジンはあの夜の何を記憶しているのだろうか、彼は今、痴話ゲンカでもしているつもりなのだろうか。


――君は、私に性暴力を振るったんだよ。愛しているなんて言いながら、許されないことなのに。

――どうしたんだよ。楽しんでたじゃないか。あえぎ声が今でも生々しいよ。

――何言ってるの？

――楽しんでないのにあえぎ声が出る？　あれ気持ちいいときに出す声じゃん。

――嘘つくな、ふざけるな！


あえぎ声を出したなんて、そんなはずがない。いくら酔っていてもあんな状況であえぎ声を出す女はいないはずだ。

――君さ、酒に酔って覚えてないみたいだけど、ホントに気持ちよさそうだったよ？　君のあえぎ声聞いてますます興奮しちゃったんだから。嘘なんかつくわけないじゃんか。

――そんなはずない。性暴力を認めて、謝るんだ。じゃなきゃ訴える。

――ジュン、どうしたんだよ。俺のこと愛してなかったの？

――愛してたよ、君が私をレイプする前までは。

――レイプ？　俺が君をレイプしたって？　どうしてそんな言い方するんだ？　俺たちいつもどおりにしただけだよ。酒のせいでちょっと荒っぽくはなったけど。

――違う。ペク・チョルジン、全然違う！

――ひょっとして俺がきらいになったの？　別れたいならそう言えよ。なんで真面目な人間をレイプ犯に仕立てるんだ？　理由は？

――理由？　私が望んでなかったのに続けたじゃないか。やめろって、したくないって言ったのにやめなかった。それが理由だよ、それがレイプなんだよ。


しばらく返信がなかったペク・チョルジンが、最後にメッセージを送ってきた。

――クソ、やれるもんならやってみろ。だけどこっちにゃたくさんあるんだよ、写真と、動画がな。何を撮ったかは想像に任せるよ。ソラネットに上げりゃベストがとれるだろうな。それだけは覚えとけ。

28

ヒジュンはそのとき初めてソラネットという名前を聞いた。ソラネット。何をしているところなのかは当然、知らなかった。ヘル・コリアの隠された地獄、女の体をいけにえに狂乱のカーニバルが繰り広げられるその場所を、そのときまで知らなかったのだ。初めてそこにアクセスし、掲示された記事や写真を見た夜、ヒジュンは正気でいられなかった。ペク・チョルジンが何を撮ったのか、撮ったものをどうしようというのかは、ソラネットに上がっている動画からおしはかることができた。ペク・チョルジンがそんなこと、彼氏がそんなこと。嘘だ。嘘でなければならなかった。撮ったとしてもせいぜい二人の自撮り写真だろう。遊園地のバイキングの前でVサインして爽やかに笑っている姿だとか、ビールジョッキを持ち上げた軍服のペク・チョルジンと軍帽をかぶったヒジュンだろう。ほかにあるはずがない。ソラネットでベストをとるほどのものを撮られているなんて、一度も気づいたことがない。ペク・チョルジンがこっそり撮影したのか？　まさか、そんなことをするわけが。彼がどうして、何のために？

ヒジュンはその夜夢を見た。映画『ブレードランナー２０４９』の一場面だ。大都市の通りを闊歩している裸の女の巨大なホログラム映像が出てきた。肌が明るいあんず色に輝くその女は、乳首をあらわに陰部の毛も見せながら人々の間を風のように通って行った。ホログラムの女は生きている人間ではなく、イメージとしてだけ存在している虚像だった。その映像を見た人々は指差し、クスクス笑い、ズボンからペニスを出して自慰する者もいた。その女の顔に見覚えがあると思いながら、ヒジュンは眠りから覚めた。その顔は、胸は、尻は、ヒジュンのものだった。撮られた者の恐怖、撮られたかもしれない者の不安が、永遠に終わらない葬送曲のようにヒジュンを取りまいた。

その後ペク・チョルジンは加害者陳述書にこう書いた。ヒジュンの体を隠れて撮影したというのは嘘です。ヒジュンが私をレイプ犯として追いつめるので、ついそう言ってしまったのです。しかしヒジュンの不安は消えなかった。いつでも、どこでも、自分の体の写真がばらまかれ得るという恐れは決してなくならなかった。あいつも撮らなかったって言ってるじゃん。ないものをどうやってネットに流すの？　たとえ流したとしてもそれが君のものかどうかなんて誰もわからないよ。成人サイトに出回っている写真かもしれないじゃないか。学科の友人たちの言葉がヒジュンには何のなぐさめにもならなかった。

それは世間が言う「羞恥心」ではなかった。「性的羞恥心」という言葉では、ヒジュンの感情を説明できなかった。羞恥心。自分を恥ずかしいと感じること。ヒジュンは自問自答した。私は私が恥ずかしいのか？　いや、恥ずかしくなかった。怒っていた。腹が立って不安で憂鬱だった。恐ろしくて怖くて悲しかった。しかし、恥ずかしくはなかった。ヒジュンが招待したわけでもない、招かれざる客がしでかしたことをなぜヒジュンが恥じなければならないのか。過ちを犯したのは彼だ。むりやり他人の体にさわる権利は誰にもないのだ。たとえ恋人でも、相手が入ってこないでほしいという境界線を越える権利はないのだ。むりやりさわり、境界線を越えた彼の過ちだ。彼が罰を受けなければならない。しかし友人たちの視線は、世間の視線は「そうではない」と言っているようだった。ヒジュンは悟った。体について主張する権利が、女にはないのだと。その体は私のものではない、という女の言葉は何の証明にもならない。一度男の視線にとらえられた体は、真実とは関係なく、その体を持つ女の意思とも関係なく、消費されるのだ。「君の体を撮った」とペク・チョルジンが言った瞬間、実際に誰の体であれ、それはすでにヒジュンの体になった。それでも降伏はしない、絶対に負けないんだ、そう言いながらヒジュンは泣いた。

学期が始まるなりシン・ドゥソン先輩を訪ね、ペク・チョルジンがしたことを知らせた。ヒジュンの言葉を黙って聞いていたシン・ドゥソン先輩の最初の言葉はこうだった。そんなことをするやつには見えないけど。じゃあ私が嘘をついているってことですか、とたずねるヒジュンの顔を見て、先輩は真面目な顔つきになった。そしてすぐに性暴力対策委員会を開くことにした。問題を大きくするなという反発もあった。主に男子学生だった。ヒジュンはペク・チョルジンにされたことを認識できないほど酔っていたのだし、「性的羞恥心」を感じなかったはずだ。しかも二人は恋人同士で、セックスする関係だ。そんな理由から彼らはペク・チョルジンの行為が性暴力にあたらないのでは、と疑問を呈した。ヒジュンは加害者の公開謝罪文と退学を望んだ。昨日除隊したばかりのペク・チョルジンに退学処分とはあまりに厳しすぎないか、というシン・ドゥソン先輩の非常に注意深い質問に、ヒジュンは答えた。では、私がこの大学を去るほかありません。対策委員会が開かれ、真実をめぐるペク・チョルジンとの攻防が始まった。真実はそうたやすく明らかにならなかった。全員が納得できる形であらわれはしなかった。ヒジュン自身も何度も道に迷った。今みたいに、何が正しいのかわからないまま時間が流れていった。しかし一つだけ確かなことがあった。ウ・ソジンに「君のせいで一人の男の人生が台なしになったんだ」と言われ、ヒジュンははっきり悟ったのだ。世間は性暴力犯罪が起きたとき、台なしになるべきなのは加害者ではなく、被害者だと考えている、と。

そうしてペク・チョルジンは大学を去った。しばらくは「厳しすぎる処分を受けたもんだ」と彼に同情する学科同期たちと、何度か一緒に飲んでいたそうだ。シン・ドゥソン先輩も二度ほど彼と会い、人生が終わったわけじゃないんだから元気を出せ、となぐさめの言葉をかけたという。ヒジュンは彼がうまくやっていけることを願った。それでこそ思う存分憎むことができるから。しかし彼はうまくやっていけなかったのだ。ヒジュンへの一方的な接近がそれを物語っていた。

ヒジュンはシン・ドゥソン先輩が知らせてくれた電話番号をしばらく見つめていた。電話をかけた。呼び出し音が鳴る間中、電話を切ってしまいたい気持ちと闘わなければならなかった。八回目の呼び出し音が鳴っても、相手は電話を取らなかった。ヒジュンは電話を切り、ショートメールを送った。ヒジュンだよ。電話して。

29

ジスは会社のビルの前で、出勤する男性社員の鞄をちらちら探っていた。ムホ駅交差点の招待客募集記事が上がったあの日、マーケティング本部の四チームとも法人カードを使った「公式の」飲み会はしていない。もちろん、だからといって状況が変わるわけではなかった。うっかり法人カードを忘れていったのかもしれないし、二番目の招待客の言う飲み会というのが会社の飲み会とは限らない。何より二番目の招待客が上げた写真の中の社員証、そしてストラップの色も変わらぬ事実だ。

ジスは行くところまで行ってやろうと決めた。普段より一時間早く出勤し、会社の前に立った。肩にショルダーバッグをかけ、片手に書類封筒、別の手にはカフェラテを持ち、待ち合わせでもしているように見せかけた。一時間以上立ち続ける覚悟で足が楽なローファーをはいてきた。午前七時三十分をすぎるとビルの入り口は出勤する社員たちで混み始める。規定の出勤時間は八時三十分だったが、一時間も早く出勤する者たちが数えきれないほどいた。ジスはこれほど勤勉に会社生活をしている人たちがいるのかと、今さらながら驚いた。もちろんジスだって出勤時間一分前に息せき切って到着するほど非常識ではなかったが、それよりずっと早く来て仕事を始めている人々を見ると違和感すら覚えた。人より一時間早く出勤しているからって人より優秀とは限らないが、立派に見えるのは確かだ。

自分が早く出勤した理由が気恥ずかしくなった。自分とは何の関係もないことに、それも無駄に終わるかもしれないことに貴重な朝の時間を消費してしまっているんじゃないか……。ちらりと疑ったりもした。早く来た勢いでオフィスに上がって、一時間先に仕事を始める彼らのように業務に集中するほうが生産的なのでは、という考えもふとよぎった。しかし、とジスは首を振った。いや、無駄なことじゃない。ムホ駅交差点のあの女性のためであり、キ・ファヨンのためでもある。そして私自身のためでも。女性をレイプし不安におとしいれるやつをつかまえることであり、安全な社会を作るためのことじゃないか。これより大事なことなんてないんだ、とりあえずは。

十一月はじめの朝は肌寒いどころか寒かった。ジスはこわばった首を回してカフェラテをひとくち飲んだ。男性社員のビジネスバッグを見逃すまいと、タカのような目でビルに入っていく者たちを監視した。たくさんの鞄が検査台に載ったようにジスの視線を通過した。黒や茶色の長方形の鞄がもっとも多いが、バックパックを背負う若い社員たちや、トートバッグをさげている者もいた。ジスはトイレに行きたくなったが、どうせ出勤時間に合わせてオフィスに上がるのだから、がまんすることにした。時計を見ようと視線を移した瞬間、茶色の鞄が目に飛び込んだ。しかし社員証のストラップは黄色だった。その横の紫色のストラップの社員証を持った者はバックパックを背負っている。社員たちはロビーに設置されたセキュリティゲートに社員証をタッチさせて通るので、ビルの入り口で社員証を取り出している。おかげで鞄と社員証のストラップの色を同時に確認できた。

時計を見ると八時十分をすぎていた。あと十分だけいようと思いながらまたカフェラテをひとくち飲んだ。そのときすっきりした身だしなみの男が時計を見ながらビルへ入って行こうとし、ジスを見ておや、と反応した。男は紫色のストラップの身分証を手に、なぜ入らないのと聞いてきた。ちょっと待ち合わせしてて、と答えながら、ジスは彼がさげた鞄を見た。茶色の革の鞄。鞄の正面に大きなポケットがあり、スマホが入っているのかふくらんでいた。スナップボタンから一センチほど離れたところにシワがよっていた。下のほうには十ウォン硬貨大の色あせた部分があった。鞄を穴が開くほど見つめているジスに気づき、男がどうしたのという顔をした。ジスはあ、今、何時かなあ、と言いながら顔を背けてスマホを見た。急にがまんできないほど尿意が強くなった。男のあとからビルに入り、一階のトイレに駆け込んだ。勢いのいいおしっこの音を聞きながら、ジスはシヒョンの言葉を思いだした。怪しい人がいるんだ、カン・ピルジュ先輩。

30

「言ってみ？　何でカン・ピルジュチーム長が怪しいって？」

「それはその、キ・ファヨンとつきあってるみたいだったし」

「そうは聞こえなかったけど？　変な趣味がどうこう言ってたじゃん」

「え？　そんなこと言ったっけ？」

「こらイ・シヒョン！」

ジスはあせっていた。革の鞄の持ち主はカン・ピルジュチーム長だ。ヒジュンが指摘していた鞄の特徴もひととおり当てはまる。もちろんそれで写真の中の鞄だと断言することはできなかった。似てるだけで別物の可能性もある。鞄の下のほうの色あせた部分とシワで百パーセント断定することもできなかった。革の鞄にはどこかしらシワがよるものだし、鞄を何度も床に置けば下の部分が色あせてくる確率は高い。鞄の特徴のほかに、何か確実なものが必要だった。それをシヒョンが教えてくれる気がした。

「これを言っちゃったら僕は裏切り者だよ！　男同士の秘密を売った転向者で内部告発者になっちゃうんだ」

「そこまで大それたこと？」

「大それたことじゃなくて、くだらなすぎるんだよ。くだらない上にいやらしいから恥ずかしいんだ、そんな秘密をわかちあってるのが」

「恥をしのんでこそ真の男だよ！　それに世の中を変えるのは内部告発者じゃないか。立派な人間になるチャンスを逃しちゃダメだ！」

「……何かジスさ、近ごろ口がうまくなったよね。そういうの教えてくれる塾にでも通ってんの？」

「今真面目な話をしてるんだよ。私にとってすごく大事なことなんだ。シヒョン、言わない気ならもう友だちやめるよ」

シヒョンはジスの真剣な顔を見つめた。右手を上げ眉をかきながら考えに沈んでいたが、とうとう口を開いた。シヒョンが聞かせてくれた話は衝撃的だった。カン・ピルジュのようなまともな男がそんなことをするなんて……男たちの遊び場がソラネットだけではないということを、内部告発者はバツが悪そうに静かな声で聞かせてくれた。ジスは考えた。やはり女は男ってものを知らない。裏切られてから「そんな男だとは思わなかった」と後悔するだけだ。

カン・ピルジュとシヒョンは同じ大学出身で、同じサークルの先輩と後輩でもあった。サークルの誰かがカカオトークのグループを作り、男の先輩後輩同士であれこれやりとりするようになった。シヒョンがグループに招待されたとき、カン・ピルジュもすでに入っていた。初めは三、四人の親しい者だけで仕事のグチを言ってはなぐさめ合ったり、就職活動の情報交換をしたりなど、それなりに有益な空間だった。そのうちほかの者たちも合流していって、参加者が十二名くらいまで増えた。数が増えるほど雰囲気は散漫になり、ときには単におもしろいからと、ネットで見つかった映像が上がってきたりした。小型犬を連れて地下鉄に乗りフンを始末せず、身元をさらされた「犬糞女」。前に立っている老人に最後まで席をゆずらない「無礼女」。どれも「非常識女」と題してネットに出回っている映像だった。グループのメンバーたちは道徳心のかけらもない女たちを思う存分ののしりながら、あんな女とつきあったら人生おしまいだと結論づけていた。

そのうち「どぎついもの」が上がり始めた。シヒョンの記憶によればグループの雰囲気が完全に変わったきっかけは、公務員試験の受験生だった後輩が上げた映像だ。鷺梁津《ノリャンジン》の道路脇で酒に酔って倒れている女性を高校生らしき二人の男が引きずっていき、服を脱がせ胸を触っている映像だった。撮影しているのもあきらかに高校生仲間で、脱がせろ、いい体してんな、一発やる？　おっぱい最高だ、ポルノでも撮ってみるか？　とけらけら笑う声が生々しく聞こえてきた。この映像に、グループのほぼ全員がコメントしていた。鷺梁津って天国だったんだな、酔った女が転がってるとはいい国だなあ、続編期待してるぞ……。その後も裸の女性の写真や動画がたびたび上がってきた。あの映像を上げた後輩をはじめ何人かが中心になって、男性向けコミュニティでベストをとった人気映像を共有しだしたのだ。

そんな雰囲気をさらに過熱させる事件が起こった。それまでは主にネットに出回っている知らない女性の写真と動画を上げてののしる程度だったが、一枚の写真が状況を変えた。長い髪、鎖骨が浮き出たスリムな体、みずみずしい若さを強調する紅色の乳首の女性の写真だった。ただそれだけ見ても驚くようなことはない。みんなに歓声を上げさせたのは写真の説明書きだった。

——今つきあっているセフレ。「おじぎセフレ」（させてくれるならおじぎをしてもいいほど容姿が優れた女性）のわりにお高く止まってないまともな女だ。うちの会社のインターンだけど、インターンを食ったからってクビにはならないだろう。商品クチコミ歓迎。

——その乳首！　一〇〇〇万ドルの価値はあるな！！！

——「おじぎセフレ」！　うらやましい〜、僕なんて袋セフレ（袋を顔にかぶせてようやく食えるほ

ど容姿がダメな女）にばっかり引っかかってますよ。現世はダメだこりゃ（泣）
——その鎖骨にビシャッともらしたいですね。
——さすが先輩、クールです〜。目の保養ありがたいです。ついでにお尻も見せてください
よ。
——僕の手、今どこに向かってるでしょう？　ハァハァ……。
——なあ、俺のセフレと交換しようぜ。二人あげるからさ。

「商品クチコミ」は大盛り上がりだった。知らない女性ではなく自分と関係のある女性を、それも裸の姿を共有しているということが、メンバーたちを興奮させるのに十分だった。彼ら全員を熱狂させた張本人がまさしくカン・ピルジュだ。大企業系列で出世しているカン・ピルジュが自分たちと一緒に低俗な遊びで楽しんでいることが妙な安心感を与えたし、同時にこれほどの女性をセフレとして軽く扱っているクールさが多少の嫉妬心を起こさせ、雰囲気を盛り上げていった。すべては遊びとして消費されていた。女性の裸は男たちがわかちあってもたいして問題にならない最高の消耗品だった。写真の中の女性がシヒョンの知っているキ・ファヨンだと気づき、シヒョンは遊びに参加できなかった。知らない女性についてああだこうだ言うことも楽しいとは思わなかったが、それでも手軽なストレス解消法なのだろう。写真の中の女性たちは生きている人間というよりも人形やマネキン、あるいは性的な演技に合意したポルノ俳優のように思えて、特別不愉快には感じなかった。しかしこれは違う。キ・ファヨンは毎日

顔を合わせる会社の同僚であり、人格と、夢と、希望を持った生きている存在だ。そんな相手に対して、これはいけないのではと思った。しかしシヒョンはそんなメッセージを書くことができなかった。せっかくおもしろがってるのに、ちょっとした遊びでストレスを解消してるだけなのに真面目なこと言いやがって、と皮肉られるのが目に見えていた。笑わせようとしてるのに深刻に悩みだす、冗談の通じない石頭……そう思われるより沈黙したほうがマシだった。卑怯だったが、どうしようもなかった。

「どうしようもなかった？　ふざけんな！」

ジスはシヒョンを殴りそうな勢いだった。君が腹を立てるのも当然だ、というようにシヒョンは肩をすぼめて見せるだけだった。

「ごめんね……」

「悪いとは思ってんだ。あんたも共犯だよ。そんな写真見ること自体性暴力だ、視線の性暴力だよ！」

「そこまで言わなくても……。悪いと思ってるのは事実だよ。だけど僕だって裏切り者になる覚悟でこうして話してるんだから」

「大げさなんだよ。『女の胸見てぺちゃくちゃクチコミしてました』、そんなのばらしたくらいで裏切りだの内部告発だの」

「だってくだらないし、いやらしいだろ？　男どもってくだらないだろ？　だから女の人たちに知られちゃダメなんだよ。男どもが女の人をそんなふうにあつかって遊んでるなんてこと、知られちゃダメなんだってば。誰も男とつきあったりセックスしたりなんてしなくなるだろ？　男が格好つけてまともなフリしたって誰も信じないだろ？　だから女の人に知られちゃいけないんだ。女の人は知っちゃダメなんだ。男同士の暗黙のルールみたいなもんだよ」

「バッカじゃないの⁉　そんなんでよく勃つよな」

ジスはひとこと吐いて生クリームビールをごくりと飲みこんだ。シヒョンはすっくと席を立ったが、ジスに腕をつかまれた。しかたなくまた座ったが、硬い表情でジスから目をそらしていた。

「ごめん、あんたのことじゃないんだ。ただあんまり腹が立って。男どもに、世の中に、腹が立っておかしくなりそうで。でも何をどうしていいかわかんなくて暴言が出るんだよ……そこんとこわかってね」

二人はしばらく黙って座っていた。ジスは怒っている場合ではないことに気づいた。

「つまりこうか。カン・ピルジュがキ・ファヨンの写真を上げた、ってことはあきらかに彼が撮ったわけで、写真を撮ったなら動画だって撮れると。それを、ソラネットに上げた……？」

「そりゃカン・ピルジュ先輩しかいないでしょ」

「本当にわからないな男って。キ・ファヨンはカン・ピルジュがそんな人じゃないって確信してたよ。私もそうだったし。あの人全然そんな男に見えないじゃん」

「〝そんな男〟は別に特別な存在じゃないんだけど」

「今さらながら思い知ったよ。で、その写真まだあるね？」

「消されたよ。もう数カ月前だし自動削除されたはず」

「何やってんだよ！　証拠を残しとかなきゃダメだろが！」

「証拠って何の？　男にとっちゃただの遊びなんだってば。モバイルゲームみたいなもんだよ。マーベルフューチャーファイトやってるからってクズ扱いはされないでしょ？　まあネトゲで廃人になった人もいるけど……とにかくゲームみたいなもんなんだって」

「その遊び方何とかなんない？　どうして遊び道具にされた女性のことは一ミリも考えないんだろ」

「女の人に配慮するなんて男らしくない証拠だよ。女の人を軽く、ぞんざいに、くだらないものとして扱えるほど男らしいって思われるんだ。だけどね、男がみんなそうなりたがってるわけじゃないよ。そういう文化にいやけがさしてる男もいるんだ、僕みたいに」

「まあ、あんたも男として生きづらいんだろうよ。でも女の生きづらさと比べられるかね」

ジスはビールジョッキを持ち上げ乾杯をうながした。シヒョンもジョッキを持ってカチンとあてた。もし自分がシヒョンの立場だったらどうするだろう、とジスは考えた。石頭と非難されるのが怖くて口を閉ざすだろうか？　あるいは何とレッテルを貼られようとも間違いを指摘するだろうか？　または、ただ黙ってグループから離れるだろうか？　簡単に答えることはできなかった。グループのメンバーは長い年月をともにすごした友人たち、先輩たちだ。そのネットワークを丸ごと失う危険をおかして、彼らに背を向けられるだろうか。ジスにも自信がなかった。

「ところでカン・ピルジュがさ、ほかのもの上げたことある？」

「ほかのものって何？」

「キ・ファヨンじゃなくて、ほかの女性を撮ったもの」

「うーん……どうかな、覚えてない」

「グループ掲示板探せばいいじゃない」

「あんなにたくさんあるのに全部見ろって？ そんなことしなくたって先輩に間違いないってば」

「そうだね、もう十分かもしれない……んだけど、まだあるんだよ。実はほかの件が」

そんなことだろうと思った、という表情でシヒョンは言った。

「ジス、まだ僕に話してないことがあるでしょ」

「もしもだけど、知ってたら教えてくれる？ カン・ピルジュチーム長のスマホのロック解除パターン」

シヒョンはあきれたようにジスを見つめた。ジスはもうこれ以上シヒョンに隠していられない気がしていた。シヒョンの助けを借りるため、ムホ駅交差点の招待客事件を話してやる必要があるだろう。残ったビールをいっきに飲みほし、シヒョンを見つめた。そして話した。

「招待客のこと、知ってるよね。ソラネットに毎晩上がってくる招待客募集投稿。十月二十四日土曜日深夜にもムホ駅交差点から記事が上がって、三人の男が招待されたんだ。その五日後、招待客の一人が写真と一緒に〝後記〟を上げたんだけど、そこに……見つかったんだ。だから確認しなきゃならない。カン・ピルジュのスマホに写真があるか、カン・ピルジュがその写真を撮ったのか、カン・ピルジュが招待客だったのかをね」

シヒョンはまさか、という顔でジスを見つめた。まさか、そんなことまで？　あのカン・ピルジュ先輩が？　そう聞きたいようだった。「そんな男」は別に特別な存在じゃない、と何もかも経験しつくし人生に疲れたような内部告発者の顔で言っていたが、今の表情からすると「そんな男」についての彼の想像力もジスとたいして変わらないのだろう。ジスはヒジュンが写真で発見したことを教えてやった。そして今朝出勤する同僚たちを探りながら自分が発見したこと、今後カン・ピルジュのスマホから発見すべきものも。シヒョンは黙ってジスの説明を聞いた。

「それで、カン・ピルジュ先輩のスマホにその写真があったとして……どうするの？」

「警察に通報しなきゃ」

「何の罪で通報するの？」

「そりゃ集団レイプに加わった犯人としてだよ」

「でも性犯罪って被害女性が通報しなきゃいけないんじゃないの？　親告罪っていってさ」

「まだ親告罪だと思ってんの？　二〇一三年に改正されたじゃん。世の中の動きにもうちょい関心持てってって」

「そうだっけ？　でも被害者がいなきゃ犯罪が成立しないんじゃないの？　被害にあったって主張する人がいないのに加害者を逮捕できる？」

シヒョンの質問にジスはすぐ答えられなかった。そこまで考えていなかった。招待客の募集記事とコメント、そして後記を見ればあきらかに性犯罪は起きており、それも招待主と三人の招待客による集団レイプだったから、荷担した者が誰かあきらかにすればいいと考えていた。しかし被害にあった女性が名乗り出なければ、加害事実自体が成立しないかもしれないのだ。頭が痛くなってきた。

「それは……後で考えることにして、まずは証拠の確保に力を合わせよう」

「力を合わせよう？」

「シヒョン、助けてくれるよね。カン・ピルジュは公私混同しないようでいても、あんたにはやっぱり気軽に接してるじゃない。書類を整理させたり、ミーティングの日程を調整させたり、たいがいあんたにさせてるもん。外勤にもあんたを連れて行くし。カン・ピルジュの周辺をうろうろしてもおかしくないのはあんただけだよ」

「それほど部下を信頼してる上司を裏切れってこと？　僕にそんな悪役を任せようっての？」

「内部告発者が世界を変えるんだって言ったじゃん。それにまだ確実じゃないんだから。ちがったら幸いだし、そうだったら正義のためにしなきゃならないことだし。だからスマホ調べて。あ、ノートパソコンも」

「あの、君さ、今友だちに犯罪行為を命じてるってわかってる？」

「うん、今回はしかたない」

「絶交されたほうがマシだったかも」

「その女性のことを考えてみな。どうしてあんなことができるの？　生きている人に対して、どうしてあんなことが？　すぐつかまえなくちゃ。変態野郎どもをすぐにとっつかまえてぶち込むんだ！」

シヒョンはこわばった顔でジョッキを手にした。正義もいいけどとんだ苦労だよ、とつぶやきながら酒を飲んだ。

第5章

デッドライン

31

二〇階建てのビル上部に堂々と掲げられた「MJコミュニケーションズ」のロゴを、キ・ファヨンはしばし眺めた。紫色のストラップがついた社員証を手にしながらも、すぐには中に入れずにいた。初めてこのビルに入った日を思いだす。韓国屈指のブランドネーミストになってやる！ という力強い覚悟で回転ドアを通過し、インターンたちの集合場所へ向かったものだ。所属チームが決まりオフィスの席をあてがわれた後も、毎朝社員証を見つめてわくわくしながら出勤していた。本当に入社したかった会社だから、必ず正社員になるぞと心に決めて、生き残るために最善を尽くしてきた。それなのに今日、会社のビルとロゴを見ても、深く沈んだ心には何の波紋も起きない。自分を取りまくものすべてが、こんなにもあっという間に変わってしまうなんて。キ・ファヨンは回転ドアを通りながら考えた。

会社を休み続けるわけにはいかなかった。「インターン業務能力向上」プログラムが終わり、評価報告のデッドラインももうすぐだ。五名のインターン中キ・ファヨンの広告企画案発表だけがまだだった。昨日カン・ピルジュが電話をかけてきて、今日発表をしなければ評価対象にさえなれなくなると教えてくれた。万が一発表できなければ、正社員になれる可能性もゼロになるということだ。

ほぼ一週間ぶりに出勤した会社は一見何も変わっていないようでいて、すべてが微妙に変わっていた。周囲の視線が何だか違う。誰もあからさまにいやなことを言いはしないが、親の葬儀でもないのに何日も休暇をとったインターン社員をよく思うわけがなかった。しかも韓流ブームの東南アジアに向けた広告受注が殺到している状況で、社員たちは息つく暇もないほど忙しい。こんなときに家のことを言いわけに何日も出勤しないインターンなんて、誰が見てもこの会社に骨を埋める覚悟のない者だ。キ・ファヨンが何より大切なものを奪われ、苦痛にさいなまれていようとも社員たちには何の関係もない。いや、知るよしもなかった。むしろもっとも大切なものを盗まれたことも、それが何なのかも、誰にも知られないようにしっかりと隠さなければならなかった。

恐ろしいほどのさびしさが押し寄せてきた。自分をのぞいて、世界の時間は悠々と流れている。自分の時間だけ別に流れている。普通の時間は自分の指の間をすり抜けていくようだった。きびすを返してオフィスを出て行きたい気持ちをおさえ、キ・ファヨンは席に着いた。会社に来たのだからとにかく仕事をしようと、ノートパソコンをつけた。向かいのパーテーションの上にユ・サンヒョクの顔が見える。こちらを見つめながらいやな薄笑いを浮かべているその顔から、キ・ファヨンは何ともいえない悪意を読み取った。あいつは見たんだろうか。私が映った動画を見て、それであんな顔をしているんだろうか……。

事務作業、会議録の作成、それから日程表のアップデートと、押し寄せる業務を片づけながら午前はせわしなく過ぎていった。カン・ピルジュチーム長とほかの社員たちは昼食に出かけていった。キ・ファヨンは胃の調子が悪いと言いわけをして、一緒に行かなかった。ジスが会社の前のパン屋でサンドイッチとコーヒーを買って来てくれた。キ・ファヨンは文書作成をしながらそれを食べた。午後も休む間もなく仕事が押し寄せる。あっという間に四時になった。チームの社員が一人二人と立ち上がり会議室に向かっていくのを見て、キ・ファヨンは印刷しておいた書類を持って席を立った。会議室のスクリーン前に立ったキ・ファヨンを見て、ユ・サンヒョクがまたいやな薄笑いを浮かべた。キ・ファヨンはユ・サンヒョクからも、マーケティング本部第二チームからも、MJコミュニケーションズからも逃げたい気持ちを必死でおさえ込んだ。手のひらが湿ってきて、背筋に冷や汗が流れる。カン・ピルジュが始めるようにと目で合図した。キ・ファヨンは軽く咳払いして呼吸を整えた。自分が震えているのではないかと心配になったが、幸い声は普段と変わらなかった。

「それをひとくち食べたとき、誰かのことを思いだしたなら、その人こそがあなたの最後の拠り所です」

パワーポイントの次のページを画面に映した。

「ここは鷺梁津《ノリャンジン》の有料自習室です。ジャージ姿の女性就活生が休憩室に入ってきました。手に持っていた買い物袋から大事そうに何かを取り出します。オレンジチーズタルトです。プラスチックナイフでタルトを半分に切った後、ひとくち、ふたくち食べます。タルトの半分を残したまま、再びそっと箱に入れ、席が空いている誰かの机の上にタルトを置きました。しばらくしてその誰かが席に戻り、タルトを発見します。付箋が貼ってありました。『昨日はコーヒーをわけてくれてありがとう。半分の量でちょうどよかったよ』。メモを読んだ人の笑顔がクローズアップされます。同じジャージ姿の女性就活生です」

「えっ？　女？」

「最後まで聞きましょう」

「ええ、女性です。女性の友情というコンセプトです。広告に登場する二人はコーヒーを半分ずつ飲み、タルトも半分にわけて食べる仲です。半分だなんて、食べ残しなんてあげられない、というのなら親密な関係ではありませんよね。経済的に余裕があればそうする必要もありませんし。まだそんな余裕もなくて、完全なものをあげることはできないけれど、自分が食べておいしかったものを半分でもわけてあげたい、そんな気持ちを気軽に示せる相手、それが友だちだと思います。女同士の友情は成り立たないと言う人もいるでしょう。女性たちが親しくすればレズビアンと決めつける人も。実際は性的指向と関係なく、女性たちは友情を強く求めています。友だちを大切にしています。それを盛り込んでみたいと思いました。商品の名前は『半々《パンバン》タルト』」

しばらく口を開く人がいなかった。みんなキ・ファヨンの企画案が意外だという表情だった。キ・ファヨン自身もこんな内容を発表するだろうとは予想していなかったのだ。はじめはキャリアも恋も成功させたエリート女性が、モルディブですてきな休暇を過ごして帰り、日常に戻る前の夜、タルトを食べて「私は、私が好き」と言う場面を構想していた。世界に向かってかっこよく羽ばたいていく自信満々なナルシスト女性はキ・ファヨン自身の夢でもあり、多くの女性のロマンでもあったから。けれどトン・ジスの発表を聞いて、コンセプトが微妙にかぶっている部分を修正しなければと考えていた。そして例の動画の存在を伝え聞いた日、家に帰るバスのうしろに乗った高校生らしき二人の女の子の会話を偶然聞いて、完全に方向転換することにしたのだ。特にどうってことのない会話だった。今回の試験、全滅だよ……とか細い声が言うと、その横からがさつな声が大げさ虫だな！　と突っ込んだ。

「本当だってば、英語二つも間違えたんだから」

「知らねーよ。もう消えちゃえば？」

「成績落ちたらおこづかいも減らされちゃうんだよ？　あんたにハンバーガーもおごってあげられないなんてさ、悲しくない？」

「そこはおこづかいけずってでもハンバーガーおごってよ」

「何でそこまでしてあげなきゃなんないの」

「そりゃ私がかわいいから」

「オエッ」

か細い声が吐くまねをすると、おそらく背中をひっぱたく音がした。痛っ！　と声を立てるか細い声に、がさつな声が言った。

「何だよお、私のことかわいいって言ったじゃん！　決して嘘をつかないあんたのその口が、昨日言ってたよ？」

「決して嘘をつかないこの口で今日言いなおすよ。あんたはブサイク！　顔がNG」

「火星にでも避難しな！　私を怒らせたらどうなるかわかんないよ」

「あ、でも前髪をこうやって半分にわければ……」

か細い声ががさつな声の前髪をいじっているようだった。

「わければさらにかわいい？」

「……ノーコメント」

「今日という今日は話し合いで解決しなそうだなあ、おい」

「うーん、あんたは整形したほうがいいのか、それとも生まれなおしたほうがいいのか。最強の難易度だよこの問題は」

「友だちじゃなくて敵だったのかオマエ」

何が面白いのか、二人はけらけら笑った。容姿についてノーコメントと言っても、友だちじゃなくて敵だと言っても、すぐ笑う。笑いの余韻が消えるころ、がさつな声が言った。

「悪いけど私、英語全部正解だったんだよね」

「嘘っ！　あの難しいの全部？　そんな人間じゃないやつ存在すんの？」

「ここにいらっしゃるじゃない、そんなお方が。ほらほら」

「ううっ、もう絶交だ！　英語で満点とるような人間じゃないやつと友だちでなんかいられないよ。今この瞬間から私たち友だちじゃないからね」

「てか友だちだったっけ？　恋人だと思ってたわ」

「アホか！　消えろ！」

二人はまた笑いだした。高校生たちがよくかわすような特に中身もない会話で、キ・ファヨン自身も高校時代は親友とそんなふうにはしゃいでいた。昨日はかわいいと言って今日は顔が

NGと言う、その一貫性のなさも二人の間では問題にならない。成績が自分よりいいから絶交しようと言う相手に「恋人だと思ってた」と応じる天然さに、例の動画で頭がいっぱいだったキ・ファヨンも思わず笑みを浮かべた。彼らが使う言葉は単語そのものの意味に関係なく、二人の間を自由に行き来している感じだ。アホか、消えろ、絶交、大げさ虫……ほかの相手には使わない言葉が遠慮なく溢れだすのだが、その言葉は誰も傷つけていなかった。あれが友だちってものじゃないだろうか、ああいうのが友だちの仲じゃないだろうか。ブサイクと言われたら火星に行けと答えられる友だち、かつてはいたのに今はいないそんな友だちを恋しがっている自分に気がつく。

ヨンジュを思いだした。コ・ヨンジュ。相棒と呼べた唯一の友だち。あれは高校二年の四月だったと思う。キ・ファヨンはトイレでパンツについた血の跡を見つけて、さらに制服のスカートのお尻の部分にまでかなり大きなシミを発見して途方に暮れていた。ちょうど体操着も家に置いてきてしまったため着替える服も、腰に巻く服もない。そのときコ・ヨンジュがトイレに入ってきて、暗い顔でスカートのうしろの部分を鏡に映しているキ・ファヨンを見て言った。体操着あるよ、貸してあげる。ナプキンは持ってる？　何も言わず立っているキ・ファヨンを見てコ・ヨンジュはうなずいた。五分後、コ・ヨンジュは生理用ナプキンと体操着のズボンを持ってあらわれ、体操着をキ・ファヨンに渡そうとしながら言った。あ、でも私が着たほうがいいかな。体育の時間でもないのに体操着着てたら担任に見つかって減点くらうもんね。学級委員の私が着たほうがいいや。適当に言いわけできるから。ちょっと待ってて。コ・

ヨンジュは個室に入って着替え、自分の制服のスカートをキ・ファヨンに渡してくれた。キ・ファヨンは便器の上に座って着替えた。コ・ヨンジュは洗濯したばかりのスカートをはいてきたのか、洗い立ての服からただようような、ほのかなミントの香りがした。スカートは腰の部分が少しゆるかったが丈は短く、幅もきつめだった。個室から出てキ・ファヨンが言った。ありがとう。ところでスカート縮めたの？　学級委員もそんなことしてるなんて思わなかった。コ・ヨンジュが言った。のっぺりしたスカートでダサく見られたら、やだもん。キ・ファヨンは驚いた。学級委員でもダサいと思われるのはいやなものなのか。勉強ができて先生たちからかわいがられて友だちの間でも人気のあるコ・ヨンジュみたいな子も、そんなことを気にしてたんだ。優等生のコ・ヨンジュも人の視線に何も感じずにはいられない女子高校生なんだと知ると妙に安心できたし、そんな心情を率直に話してくれたことに胸がじいんとした。何より淡々と人助けをするコ・ヨンジュの余裕がうらやましくて、好ましかった。翌日キ・ファヨンはコ・ヨンジュのスカートをきれいに洗い、アイロンをかけて返した。ブルーベリーヨーグルトスムージーと一緒に。さらに次の週、中間テストが終わると一緒にマーベル映画『アベンジャーズ』を観に行った。キ・ファヨンが誘い、チケットも買っておいた。キ・ファヨンが誰かと親しくなろうと積極的に近づいていったのは、このときが初めてだった。

二人は表立った相棒ではなかった。コ・ヨンジュはすごい人気者で、もとから取り巻きのグループがいた。でも学校での夜間自習がいやになってしまったときや、ほとんど眠らずに勉強した大事な試験を終えて遊ばずにはいられない週末の午後など、ときどき二人だけで会っては一緒に映画を観て、ピザを食べて、ゲームをした。チムジルパン〔訳注・韓国都市部に多いサウナ、浴場をそなえた施設。軽食や仮眠もとれる〕ではお互いの頭でゆで卵を割って食べ、お湯の中でどっちの胸が大きいか比べたりもした。高校三年生になりクラスが分かれても、二人は相棒だった。キ・ファヨンはそう考えていた。あんたのこと考えながら描いたよと、二人が遊んでいる物語を十コマにもならない漫画にして渡してくれる友だち。唇をかきむしるクセがあったキ・ファヨンにバラ色のリップクリームをプレゼントして、「唇痛めつけるのもいい加減にしな」と言ってくれる友だち。そんな友だちが相棒じゃなくて何だというのだ。

二人の女子高校生がバスのうしろの席から立ち上がった。出口まで歩きながら脇腹をつついたり、鞄についたぬいぐるみを引っ張ったりとふざけ合っている。二人とも制服のスカートを縮めているのか、ずいぶんきつめに見えた。バスを降りる彼らのうしろ姿を見て、無性にコ・ヨンジュに会いたくなった。コ・ヨンジュが隣にいてくれたら、あんな動画くらいささいなことに思えそうだった。そういうものだったんだ。友だちというのはそういうものだったんだ。そうだ、ネイティブアメリカンの言葉では、友だちのことを「私の悲しみを背負っていく者」と言うんだった。誰かが押しつぶされそうなほどの悲しみを背負っていたら、それを一緒に背負って歩く者、って。その言葉のはかり知れない深さを感じながら、キ・ファヨンはただ涙を流した。バスが出発した。窓の外にさっきの高校生の一人が見えた。バスを降りてから家に向かう方向が違うようだ。ああして二人はしばらくの間別れて、明日の朝、日が昇ればまた会うのだろう。「生まれなおしたほうが」とふざけながら、「火星に避難しな」とやり込めながら。

そのときキ・ファヨンは決心した。友情、女たちの友情で広告を創ってみよう。顧客の価値創出とか記憶のはしごとか、3C分析とかいうマーケティング理論と関係なく、自分自身が創りたい、そんなものを創ってみようと。

「女性たちの友情と言いますけど、どうにもレズビアンっぽさが出てしまってますよ。特に何かをわけて食べるというのは唾液が混ざることを類推させますし。これ、普通の女性に食べさせられますかね?」

二人の女子高校生のことを思いめぐらしていたキ・ファヨンは、社員のイ・ジファンの声に我に返った。居心地の悪い沈黙が破られた。

「二万四〇〇〇ウォンのタルトもわけあわなきゃならないほど貧しいなんて、同情しちゃいますね。同情の対象には誰も感情移入しないでしょう。自分と対象とを分離しようとするだけで。そうなるとゲームオーバーですよ」

キム・ミンスが言った。キ・ファヨンが答えた。

「同情というより、もっと深いあわれみなんです。そこから友情が始まることもあります。二人が貧しいのは事実でしょう。けれども若くて夢があるのだから、同情される理由はありません。ただ人生のある時点で、もっとも小さく弱い立場に置かれた互いを理解し、共感しているんです。そんな想いをこのオレンジチーズタルトで伝えているわけです」

言葉を終えるなりキ・ファヨンは泣き崩れそうだった。コ・ヨンジュに会ってひとしきり号泣すれば、何もかもどうってことないように思える気がした。もっとも小さくなった自分を理解してくれる存在、友だちという名前の他人を、キ・ファヨンも強く求めていたのだろうか。友だちなんて必要ないように振るまっていたのは仮面にすぎなかったのか。涙を流さないよう天井を見つめた。絶対泣かないと決めたじゃないか。泣くな、ここで泣いたらいけない。耐えられるはずだ。私は泣かない。

「何も女性同士じゃなくてもいいんじゃないですか？　女性の友情を不可能だとは言いませんけど、女性同士じゃなければ共感できない理由が、ここにはあらわれていないでしょう。ちょっとピンとこないんですよね、私には何だか不十分に思えます。むしろ恋愛だったら理解できますよ。あわれみから始まる愛、そっちのほうがまだ意味があるんじゃありませんか？まあ、ありきたりなストーリーになるでしょうけど」

ユ・サンヒョクが黙っているわけがなかった。

「広告ですべての因果関係が表現されなければならないとは思いません。瞬間的に湧きあがる感性、気づき、それをきっかけにした考察、それで十分だと思います」

「もちろんそうですけど、誤解の余地がないようにしないと。私もイ・ジファン先輩の指摘に全面的に同意です。誰が見てもレズっぽいでしょ？　しかも貧乏でうじうじしたレズですよ？　こんな広告、誰が気に入るんです？」

「僕は好きですけど」

シヒョンだった。

「僕の友人たち、女性の友人たちは男性と同じくらい義理堅いし、友だちを大事にしてます。

そのうえ男性同士ならプライドが邪魔して絶対できないこともできてます。タルトをわけあって食べるとかね。お互いに貧しいことを認めて、おいしいけれど少し高いものはわけあって食べることができるんです、この広告みたいに」

「イ・シヒョンさんの感性が女の子っぽいのは以前から知ってましたけどね。その感覚は普遍的なものじゃないってことですよ、私が言いたいのは」

「ユ・サンヒョクさんは以前からよく普遍的、普遍的っておっしゃいますけど、何を根拠に普遍的かどうかを判断されるのか教えてくださいますか？」

「そんなの、根拠も何も必要ないでしょ。現実的にですね、シヒョンさん、あれは友情なんかじゃなくて、うじうじした何かですよ。タルトを一人一つ買って食べる金がないなら、もっと安いアンパンとか、そういうのを食べりゃいいんです。どうしてタルトじゃなきゃいけないんです？　わざわざ一つを半分にして食べるほど大したものですかね？」

「それを大したものにするのが広告じゃないですか。僕たち今アンパンの広告をしてるわけじゃないんだから。塾の教材が高いから二人で買って、一緒に見るのと似たようなものでしょう」

「教材は必要なものだけど、こんなタルトは食べなくても何の問題もないただの菓子でしょうがよ」

「食べなくてもいいものを食べさせるのが広告の力じゃありませんか？　ユ・サンヒョクさんの論理でいくならどうして広告するんです？　ユ・サンヒョクさんの広告案も必要ないっ

てことになるじゃないですか」

「そりゃ女がこういうの好きだから作ってあげようって話で。どっちにしろたかがタルトに共感だ友情だ……大げさすぎるんですよ」

カン・ピルジュの表情が硬くなっていったが、ユ・サンヒョクは気づかないまま「たかがタルト」と強調していた。ユ・サンヒョクにマーケティングマンとしての墓穴を掘らせているシヒョンの挑発を、全員驚きながら聞いているようだった。キ・ファヨンは二人の対話が自分とはまったく関係ないように感じられた。普段ならユ・サンヒョクに鋭い攻撃をしかけるところだが、そんな意思も、そうまでする意味も、今のキ・ファヨンにはなかった。泣かないよう努めるだけで精いっぱいだ。時計を見た。五時をすぎている。遅れないよう木洞《モクトン》に着くには、今出発しなければならない。そのとき会議室のドアをノックする音がして、すぐドアが開いた。二、三度顔を見たことのある経営戦略本部の社員が入ってきて、カン・ピルジュチーム長に挨拶し小声で何か話した。社内掲示板、という単語がキ・ファヨンの耳をかすめていった。カン・ピルジュはうなずくと一同を見て、今日の会議はこれで終わりにしましょうと立ち上がった。インターンの発表の後にいつも出している課題も省略した。キ・ファヨンはユ・サンヒョクのいやな薄笑いを後に会議室を抜け出した。

32

オフィスを出て行くカン・ピルジュをキ・ファヨンが呼び止めた。

「すみません、用事があるので先に帰らせてください」

カン・ピルジュが言った。

「今日はチームの会食があるんだけど、参加できないかな？」

「難しそうです」

「それならしかたないけど……夜になってからでもいいから、一緒にお茶しないか」

そのひとことに一瞬、キ・ファヨンは凍りついた。私に話があるということだろうか。彼も見たんだろうか。彼も、私を見たんだろうか。だとしたら私はどうすればいいんだろう。キ・ファヨンは首を振った。今そこまで考える余裕がなかった。

キ・ファヨンはビルを出てタクシーをつかまえると、シン・ヘジュに出発したというメッセージを送った。シン・ヘジュからはキム・セジュンがまだ出勤していないからゆっくり来るようにとの返事がきた。タクシーはオリンピック大通りに入った。そろそろ帰宅時間の渋滞が始まろうとしていたが、まあまあ速度を出せるほどの余裕があった。キ・ファヨンは窓から漢《ハン》江《ガン》を眺めた。夕日を受けて、ダイヤモンドのかけらのように光る水面が美しかった。平日夕刻、ここちよいスピードで走る車の中で漢江を眺めているこの時間が、人生最後の楽しみのように感じられた。

木洞に着き、塾の近くのカフェに入ってホイップクリームをたっぷりのせたカフェモカを注文した。席に着いてから十五分もたたないうちに、三杯目のコーヒーを飲んでいた。キ・ファヨンの舌は苦み、酸味、甘みを交互に求めた。舌が望むまま苦く酸っぱく甘い味のコーヒーを順に飲んだが、結局満足できなかった。何かを待つことに慣れていないせいかもしれない。しかも今は、何かを待つちょっとしたときめきみたいなものなど一切期待できない状況だ。奇妙な興奮と不安定な闘志のようなものが、呼吸と一緒に出ていっては入ってくる。コーヒーをもう一杯頼みたかったが、親切そうでいて機械的な声の店員と何度も顔を合わせるのがいやで、我慢した。

塾長出勤。十分後に来て。シン・ヘジュのメッセージが来た。興奮と闘志が心臓に集結してくる。トイレに行き、手を洗った。鏡に映った顔を見つめる。クマの濃い、硬い粘土細工のような無表情な顔だ。これまで選ぶことのなかった、あの黒い傘のように感じられた。習慣的にバッグからコンパクトを出し、化粧を直そうとしてやめた。目の下のクマを隠してピンク色のチークを乗せたところで、何が変わるというのか。

塾は静かだった。講師の声と、MP3ファイルから流れてくる中国人女性の声がときどき教室の外にもれてくるだけだ。六つある教室はどこも授業中らしく、すべて明かりがついていた。キム・セジュンはいつも塾でいちばん大きな教室で、中国語会話試験上級コースを教えていた。アメリカ留学から戻り、再び中国に留学した彼のもともとの専攻は経営学だ。IT関連企業への投資で大損し、中国で化粧品業者を買収して事業を始めたが、それも結局借金をかかえたまたたむことになった。それでも中国語だけは流暢だったので副業として中国語講師を始め、こざっぱりした風貌と話術で受講生を増やし、そこそこ評判になった。その後木洞で名のある中国語学院を買収、運営して三年になる。塾講師として稼いでいても、キム・セジュンが依然事業家としての夢を諦めていないことをキ・ファヨンは知っていた。キ・ファヨンがブランドネーミストを夢見て中国語を教えていたように、キム・セジュンも若い事業家を夢見て中国語を教えているのだ。したい仕事をするために、したくない仕事で生計をたてなければならないみじめさを、二人はともに感じていたのかもしれない。

塾の入り口から右側の教務室へと、足音をたてずに近づいた。教務室に誰がいるのか、ガラス扉を通して探った。シン・ヘジュ室長一人が席に着いて出入り口を見つめている。キ・ファヨンを見ると立ち上がって扉を開けた。緊張した表情がありありと浮かんでいる。キ・ファヨンはそんな共謀者の顔を見て、ふと迷惑をかけていることが申しわけなくなった。

「今日に限って妙にぐずぐずしてたんですよ。何だか知らないけどスマホをいじくり回していて、五分も遅れて教室に入っていったの。あと三、四十分くらいは教室から出てこないはずよ。私が入り口で見張ってますから、震えたりしないで」

震えるなという言葉を聞いて、キ・ファヨンは自分が今震えているんだろうかと考えた。他人のスマホとノートパソコンを無断で調べるなんて、確かに平気でできることじゃない。シン・ヘジュは教務室を出てすぐ隣の塾長室へ入っていった。壁も床もすべてが白い空間に、机と本棚だけがぽつんと置いてある。

「もし塾長が出てきたら私が声をかけるから、そのすきに相談室へ入って行くんですよ」

塾長室は出入り口のほかに右側にもう一つドアがあり、相談室につながっている。シン・ヘジュは相談室へ通じるドアを少し開けたままにして出て行った。キ・ファヨンはキム・セジュンの席に座った。机の左側には十四インチの青いアップルノートパソコンがあり、右側には授業の教材として使っている分厚い本が何冊か重ねてある。その本の上に真っ白なスマホが置いてあった。キ・ファヨンも見たことのあるキム・セジュンのスマホだ。鼓動が速まっているのを感じた。スマホをとってボタンを押す。スポーツカーの前でサングラスをかけた男の写真が映り、「画面を押してロックを解除してください」というメッセージがキ・ファヨンを催促してきた。右手の親指で画面を押すと「パターンを入力してください」という言葉と共に九個の点が三つずつ配列される。スマホを使っている者なら一日に数十回も顔を合わせる画面だが、キ・ファヨンはまるでスマホという機器に初めて触る狩猟民みたいに勝手がわからず、ぎこちない。ㄷの字に線を一つ足す簡単なパターンを、三回も試してようやく完遂できた。ロックが解除されメニューが表示される。キ・ファヨンは呼吸を整え、しばし周囲の音に耳を傾けた。塾は静かだった。MP3の女性の声も聞こえない。

ギャラリーを探して写真と動画を調べ始めた。自動車の写真が圧倒的に多く、スポーツクラブで撮ったような腕の筋肉と腹筋をあらわにした自撮り写真もある。ときどき飲み会で撮った写真も出てきたりした。塾の生徒らしき二十歳くらいの女性たちと一緒に教室で撮った写真も多かった。まさかこの人たちにも何かしているんじゃ……という疑いが浮かんだころ、自分の写真が見つかった。教室の黒板の前で笑っている写真だった。もちろん服は着ている。いつこんなのを撮られたのか、記憶にない写真だ。キム・セジュンのこととなるとなぜこう記憶に空白が多いのか、頭を壁に叩きつけたい気分だった。その後また自動車の写真とワインが入ったグラスの写真が通り過ぎると、動画が出てきた。ぶれた画面で停止されていて内容がわからない。震える手で動画を再生する。そのときドアの外でシン・ヘジュの声が聞こえた。

「塾長、何か必要なものでも？」

キ・ファヨンはスマホを置くと足音を殺して相談室へ通じるドアへ歩いていった。

「次回の会話試験っていつでしたっけ？」

「十二月四日です」

「そうそう、四日だ！　ど忘れしちゃって」

その後は声が聞こえなかった。一、二分ほどたってシン・ヘジュが静かに塾長室のドアを開け入ってきた。

「教室に入っていきましたよ」

キ・ファヨンは再びキム・セジュンの席に戻り、スマホの動画を再生した。スポーツカーを運転しているカーレーサーの映像だった。スマホの動画をすべて調べたが、キ・ファヨンが登場するものはなかった。スマホの画面を閉じ、ノートパソコンを開けた。電源が入っていなかった。電源ボタンを押して起動されるのを待った。その間に時計を見た。午後六時十分になろうとしている。休憩時間まであと二十分ほど残っていた。ノートパソコンのスタート画面が映った。ファイル管理者からギャラリーフォルダを探し調べ始める。スマホと同じでスポーツカーとワインの写真が圧倒的に多く、ときどき女性の写真もあった。次に動画ファイルを探し始めた。soranet《ソラネット》というアルファベットの名前の付いたフォルダを見つけた。首筋のうしろがひやりとする。フォルダを開けるとさらに四つのフォルダが並んでいた。やはりアルファベットの名前だ。hee《ヒ》、sook《スク》、ran《ラン》、young《ヨン》。直感的に女性名の末尾の字だと気づいた。youngというフォルダをクリックする。五個のファイルが整列している。ファイル名は前の部分がすべて２０１５０２１１だ。いちばん前のものを再生した。男と女が出てきた。男が女のブラジャーを上にあげ女の乳首をなめていた。女はくすぐったそうに笑った。男がまた女の胸に口を当てた。女はああっ、と声を立て、痛あい！　と叫ぶ。酒に酔っているようだった。言葉を話しているのではなく、ただ音を発しているように聞こえる。男が女のブラジャーをすっかり脱がせた。女はキ・ファヨンだ。男は、やはりキム・セジュンだった。クソ野郎、私をこの地獄に突き落としたのは、おまえだったんだ。カメラはキ・ファヨンとキム・セジュンの横顔を鮮明に映し出していた。二つめの動画ファイルをクリックした。あえぎ声が流れだしキ・ファヨンの顔が見える。ソラネットに上がった映像だった。キム・セジュンの顔はあらわれなかった。だからこれをソラネットに上げたのだろう。キ・ファヨンはキーホルダーにつけたＵＳＢを出しノートパソコンに挿した。soranetというフォルダ全体をＵＳＢにコピーする。少し時間がかかった。こんなにもあせって何かを待つのは生まれて初めてだ。ようやくＵＳＢに新しいフォルダができたのを確認し、ノートパソコンを閉じた。そのときまたドアの外で声が聞こえた。

「塾長、また何か？」

「ああ大丈夫です。仕事のほうを続けてください」

カツカツと塾長室に歩いてくる足音を聞きながら、キ・ファヨンは細く開けられた相談室のドアから出て行った。そっと相談室のドアを閉めた瞬間、塾長室のドアを開ける音が聞こえた。続けて数歩の足音と、どさっといすに座る音がして、それ以降は静かになった。キ・ファヨンの額からは汗がふき出し、足が震えた。相談室のドアが開いてシン・ヘジュが入ってきた。右手の人差し指を唇に当てながらドアを指差した。そっと抜け出しなさい、というサインだと理解した。足音を立てず外に出ようとするとシン・ヘジュがぎゅっと手を握り、負けないでね、と口だけ動かして見せた。キ・ファヨンはうなずいて、ありがとうございます、と口の動きで答えた。ちょうど塾の門を出た瞬間、何か強い力がキ・ファヨンの頭をつかんできた。キ・ファヨンは驚いて息もできずにその場で立ち止まった。一秒、二秒と氷のように固まっていたが何も起こらない。強い力は消えた。うしろを振り返った。誰もいない。何だったんだろう、単なる気のせいだろうか。もうそれ以上はためらわず、急いで階段を降りてタクシーをつかまえた。とめていた息を吐き出して、ジスにメッセージを送った。

――お願いがあるんだけど。

――何？

――薬がいるの。薬剤師の友だちがいるんだよね。

——何の薬?
——睡眠薬。
——え? 何に使うの? 会って話そうよ。
——今夜会おう。連絡する。

33

ジスはシヒョンに目くばせした。早く! と口も動かして見せた。カン・ピルジュチーム長の席は空いている。会議時間に入って来た社員と一緒にどこかへ行ったまま戻って来ないのだ。硬い表情の社員と、さらに硬い表情のカン・ピルジュを見るに、おそらくそう簡単に戻って来られないだろう。ジスとシヒョン以外には、キム・ミンスだけがオフィスにいた。キ・ファヨンは用事があると早々に帰ったし、イ・ジファンとキム・ジュンヒョクは協力企業の社員が来訪したため一階のカフェに降りていった。ユ・サンヒョクはどこかで仮眠でもとっているのか、会議が終わってからずっと姿が見えない。

シヒョンはカン・ピルジュチーム長の空席を眺めながら、右手で眉毛をぼりぼりかいた。ジスはまた早く! と叫ぶように口を動かした。カン・ピルジュの机にはノートパソコンが置いてあり、スマホも置いてある。急いでいて持っていけなかったようだ。こんなチャンスはそうそう訪れない。今日すでに二回ほどチャンスがあったが、シヒョンはすべて逃してしまった。役に立たないやつだよ、まったく！　ジスはぶつくさ言った。一日中シヒョンの動きばかり注視していたのだ。午前にカン・ピルジュがキム・タック製パン所の広報チーム社員と会議室へ入って行ったとき、シヒョンは一応、動きはした。シヒョンが立ち上がりカン・ピルジュの机に近づいた瞬間、キム・ジュンヒョクがやってきて急いで契約書が必要だとカン・ピルジュの机を引っかき回したため、シヒョンは引き返した。とりあえずノートパソコンでも調べてみろとジスが催促すると、シヒョンは胃の調子が悪いと言いわけして昼食時間にオフィスに残った。しかしキ・ファヨンも残って仕事をしていたためカン・ピルジュの机に近づけなかった。最後のチャンスだ、早く！　急げ！　ジスはシヒョンにメッセージを送った。シヒョンは立ち上がった。

カン・ピルジュの机に近づいた。キム・ミンスが自分を見ていないか確認し、こっそりいすに座る。何かを探すようにしばらくごそごそやっていたが、机の上に積まれたファイルを触ったのか紙束が床に落ちて大きな音を立てた。キム・ミンスが顔を上げシヒョンを見て言った。

「どうした？」

「あ、別に、何でも。ちょっと、探しものがありまして」

「探しものって？」

「あ、だから、その……何だっけ？」

驚いたシヒョンはめちゃくちゃあわてているが、見ているジスのほうがよけいに驚いていた。その程度の答えも考えておかなかったとは！　あんなに臨機応変ってものを知らない人間が社会生活を送ろうなんて、そりゃさぞかし苦労するだろうよ……そう考えてため息をついた。

「見つかった？　日程表」

ジスが聞くと、シヒョンもようやく答えられた。

「ああ！　日程表探してたんだった」

「オンライン広報日程表？　俺が持ってるよ。ちょっと待ってな」

キム・ミンスにそう言われ、シヒョンはまた迷子のヒヨコのようにうろうろしはじめた。キム・ミンスがシヒョンのところに書類を持っていく。ジスはあんな無能なやつに頼ったりせず自分が直接動くべきだったと後悔しながら、シヒョンを見つめた。

シヒョンは書類を受け取ってどうも、と言った。そして気分転換に外の風に当たりませんか、とキム・ミンスを誘って出て行った。一分後、シヒョンからメッセージが来た。僕がキム・ミンスをつかまえておくから、君がやって。臨機応変というものをまったく知らないやつではなかった。ジスは素早くカン・ピルジュチーム長の机に向かった。いすに座るとギシッときしむ音がする。肝を冷やした。急にシヒョンの気持ちが理解できた。うしろめたいことをすればびくびくしてしまうのだ。それが普通の人間だ。しかしあの男たちは、どうして女の裸を隠し撮りしてアップするなんてできるんだろう。それくらい並の男でもやり遂げられるのか？　肝っ玉など必要ない、そんな程度のことなのか？

オフィスには誰もいない。しかもカン・ピルジュの席は向き合って配置されている社員らの机をすべて見通せる位置にあり、仕切りまで張られていて、近くに来なければそこで誰が何をしているのかわからない。万が一誰かが入って来た場合の、日程表を探しているという言いわけも準備してある。おっと、それはシヒョン救出に使ってしまったから、ほかの言いわけを考えないと。今朝チーム長が勉強しておくようにと言っていた、「東南アジアの韓流とマーケティングの現状」という資料を探していることにしよう。

頭の中でこんな考えをめぐらせカン・ピルジュのスマホに手を伸ばした。ロック解除はシヒョンがパターンを教えてくれたので問題ない。急いでギャラリーを開いた。写真は全部で三十六枚。写真を撮るのが特別好きではないようだ。最初の写真は、ドラえもんのフィギュアだった。他の写真もアトム、アンパンマン、シュレックなど、いろいろなフィギュアだ。カン・ピルジュはフィギュアが好きなのか？　それともフィギュアを集めるのが趣味なのか、ただフィギュアの写真を見るのが楽しいのか、よくわからなかった。何せフィギュアの写真ばかりだ。いくら調べても他の写真は出てこない。ジスはスマホを切ってノートパソコンを開いた。マウスを動かすと画面にパワーポイントファイルが表示された。ホーム画面にしてギャラリーを探す。やはり女の写真や動画はない。トン・ジスは背もたれに頭をおいた。

「どうしたんです」

太く低い声が聞こえた。ジスはぎくっと驚いてバネが弾けるようにいすから立ち上がった。いつの間に来ていたのか、カン・ピルジュがジスを見下ろしていた。

「あ、だから、そうだ、書類、書類を探していたんです」

ジスは声が震えないよう必死になりながら、早口で答えてカン・ピルジュの席から離れた。カン・ピルジュは何の書類なのかも聞かず、ジスがどいたばかりの席に座った。オフィスを出たときよりもいっそう顔つきが硬くなっている。部下が無断で自分の席に着いていたからか、それともさっき席を外すことになった件のためなのかわからないが、それ以上ジスに関心を示さなかったので、ジスも何も言わず席に着いた。しばらくしてシヒョンがキム・ミンスと一緒に戻って来た。どんな面白い話をしていたのか、キム・ミンスがくすくす笑っていた。シヒョンは席に着くなりメッセージを送ってきた。

——あった？

——なかった。

——スマホとノートパソコンどっちも？

——どっちも。

——そっか。

——チーム長、スマホ変えた？

——ううん。同じiPhone使ってるみたいだけど。

食事に行きましょう、とカン・ピルジュが言った。いつの間にか硬い表情がほぐれ、ふだんのこざっぱりした顔に戻っている。ジスは頭が痛くなってきた。

34

ジスの箸は高そうな陶器の皿の上をさまよっていた。アヒルの水炊きと豆腐の煮物、干したスケトウダラ、タコ炒めとニンニクの醤油漬け、牡蠣のジョンと焼き海苔まで、韓国料理でそろった膳は何とも豪華だ。高級韓国料理店で会食をするのは業務能力向上プログラムを終えたインターン社員たちの労苦をねぎらうためだと、カン・ピルジュチーム長は言った。しかしジスにはこれといって口にしたい料理がなく、箸を上げたり置いたりしてばかりだった。豪華な膳にはいつまでたってもなじめず、二〇を超えるおかずを見るとこれだけあれば一週間は食べられるのに……と無駄に悔しくなるのだが、今日はそんな気持ちすら起きなかった。

カン・ピルジュではないのだろうか。疑うのは間違っていたのだろうか。と言ってもサークルのグループ掲示板に上げたという写真は何なんだ。そうだ。茶色の革の鞄、紫色のストラップ、グループ掲示板のキ・ファヨンの写真。カン・ピルジュへの疑いは合理的だった。スマホで撮った写真や動画をオンラインストレージやクラウド、USBなど、すでにほかのデータ保存場所に移しているのかもしれない。そこまで調べるにはどうすれば？　本当にCSI要員にでもならないと無理なのだろうか。じれったかった。今すぐにでも飲み会が終わればいいのに、という気持ちで席に着いていた。そんなジスの様子に誰も注意を払っていない。チーム長と社員たち、インターンたちは、今日の午前マーケティング本部が出してきた「東南アジアの韓流とマーケティングの現状」という報告書について、真面目に話し合っていた。もとから力を入れている東南アジア地域のマーケティング事業を、さらに拡大させる計画だそうだ。タイ、マレーシア、フィリピン、ベトナムなどで、韓流ブームはすでに巨大な市場を作り出している。市場を先取りするには今こそ現地の支社を増やし、人材を補強する積極的な戦略をとらなくてはうんぬん。カン・ピルジュをはじめどの社員たちも、会社の成長を左右するこの重要な戦略に自分がどうかかわっていけるかと考え込んでいた。

ジスはもやしナムルのあえものを箸でつまんで口に入れ、何度かもぐもぐやった。米とナムルが唾液と混ざってねばついたところを飲み込もうと、さらに一生懸命嚙んだ。うまく嚙めなかったもやしが奥歯の間にはさまってしまったようだ。ジスは箸を置いた。隣に座っているイ・ジファンにトイレに行ってきますと伝え、ポーチを持って部屋を出た。便器に座ってポーチからデンタルフロスを出し、適当な長さに切る。フロスを奥歯の間に入れてつな引きするように動かした。フロスとともに白っぽいもやしの繊維と黒い海苔のカスが出てきたのを見て、何とも言えず、どうでもいいと感じた。突然何もかもがどうでもよく、バカらしく感じられた。キ・ファヨンの動画を撮った男の意図も、酒に酔った女をはずかしめようと〝招待〟をする男の意図も、すべてどうでもいい。くだらない。あまりにもくだらなくていやらしいから女性に知られたくないんだ、とシヒョンが言ったとおり、本当に何の価値もない。国を守るためでもなく、死に瀕した人を助けるためでもなく、危機におちいった者を救うためでもない。ただおのれの下半身の欲求のために、一瞬で排出して終わりの快楽なんかのために女性の体を物色し、奪い取り、さらしものにしている。そんなどうでもいい遊びのために消費される女たちばかりが、どうでもいい意図がもたらす決してどうでもよくない重荷を背負わされている。そんな世の中も、そんなこの国も、フロスについている食べカスのように何の価値もなく、くだらない。ジスはフロスをゴミ箱に捨て、手を洗った。

トイレから出て戻ると、みんな部屋から出ていくところだった。いつものようにチーム長と社員たちは先に帰り、インターンだけで二次会に行くようだ。ジスは行きたくなかった。飲み会のたびに彼らが交わす話も発する言葉も、酒を飲むほど乱暴になってゆく態度も神経にさわって、同席するのがいやだった。しかし今日はユ・サンヒョクがジスを引きとめた。話があると言う。シヒョンはユ・サンヒョクと論戦したわだかまりが残っていそうなものなのに、何ごともなかったようについて来た。この無神経さは生まれつきなのか学習されたものなのか。それとも彼にとっては人脈の維持にすぎないのか、または単に懐が深いのか……。

飲み屋はほぼ満席だった。空いているのはトイレ脇のテーブルだけだ。ユ・サンヒョクがのしのし歩いていって座った。その隣にキム・ミンス、向かいにシヒョンとジスが席を占めた。生クリームビールと干しダラを頼むとビールが先に出てきた。乾杯してビールジョッキを置くなりユ・サンヒョクがシヒョンに聞いた。

「おまえキ・ファヨンのこと好きなのか?」

そこはジスも気になってはいた。

「え? どうして?」

「ああやって味方すれば振り向いてくれるとでも思ってんのか? あの冷酷な女が」

「誰の味方をするとかって話じゃありませんよ。ただ僕の考えを言っただけです。それよりサンヒョクさん、本当にサンヒョクさんのためを思って言うんですけど……時代が変わったんですよ。女性に対してキムチ女だの、男を食いものにするだの、あんなこと言っちゃダメです」

「キムチ女をキムチ女って呼んじゃダメなのか？　実の父を父とも呼べぬ洪吉童《ホンギルドン》かよ〔訳注・朝鮮時代の小説『洪吉童伝』の主人公。母が奴婢だったため両班《ヤンバン》である父を父と呼ぶことが許されなかった〕。今日なんか完全にレズビアンだってカミングアウトしてたろ。レズのキムチ女なんて初めて見るよな、証拠写真でも撮っときゃよかった」

「……あの、本気でサンヒョクさんが心配なんですけど。カン・ピルジュチーム長も渋い顔してましたよ」

「チーム長が？　何でだよ！　俺が何か悪いことしたのかよ！　ファクトを言ったまでじゃないか、ファクトを！」

「ところで話って何ですか？　私約束があって」

ジスがユ・サンヒョクの言葉を遮った。

「今後キ・ファヨンのせいで会社が騒がしくなるぞって話だ。おまえたちも知っておいたほうがいいと思ってな」

不吉な予感がした。シヒョンもそう感じたらしく、ジスをちらりと見た。

「ソラネットに動画が上がったんだ。キ・ファヨンがどっかの誰かとヤッてる動画がな」

やはりユ・サンヒョクに知られてしまった。こうなるともう会社中に知られるのも時間の問題だ。

「あちこちのコミュニティや、成人サイトにも上がってる。光の速度で拡散中ってわけだ」

「おまえが拡散させてんじゃないの？」

キム・ミンスがニヤニヤしながらユ・サンヒョクにたずねた。

「そんな必要ないさ。すごい人気でどこで上がってもベストを取って回ってんだから」

「スター誕生だな」

「電話番号までさらされたの知ってるか？　キ・ファヨン、あいつ今ごろメール爆撃にあってるぞ」

「電話番号がさらされた⁉　それじゃあどうなるんです！」

ジスが驚いて聞いた。

「どうなるも何も。猫も杓子もキ・ファヨンにショートメール送ってるだろ。やりたいんだけど一回いくら？　三人でやらない？　とかな。俺が送ったんじゃないぞ、誤解すんなよ」

「誰かの罠にはまったんだろうけどな。あいつがしてきたことへの罰と思えばあの程度じゃ足りないくらいだ。男をクソ扱いしてるキムチ女には当然の報いさ」

キム・ミンスが言うとシヒョンが応えた。

「そんな目にあっていい人なんかいませんよ」

「どうして人の言うことにいちいち反抗するんだよ。おまえキ・ファヨンと寝たのか？　彼氏気取りか？　ったくガキのくせに知ったような口ききやがって」

ジスはキ・ファヨンから来たメッセージを思いだした。睡眠薬がほしいというのは、まさか。汚らしいメール爆撃によくない決断でもしてしまったのか。不安になった。キ・ファヨンに会わなければ。メッセージを送った。

——今どこ?

——会社の近く。

——会おう、今すぐ。

返信がなかなか来ない。ユ・サンヒョクの話は続いていた。

「ともかくあんなのが正社員になったらどうなる? 会社の名誉は地に落ちるだろ? だからこの俺が社内掲示板で訴えたわけさ。会社の名誉のために迅速な処置を取るべきだ、ってな。キ・ファヨンがうちの会社に勤めてるって知られたらどうなるか。やれやれ! 考えただけでも……」

「社内掲示板で訴えた?」

席を立とうとしていたジスはユ・サンヒョクの言葉に座りなおした。カン・ピルジュのスマホを調べるチャンスばかりうかがっていて、今日は社内掲示板を見ていなかった。会議中に経営戦略本部の社員がカン・ピルジュを呼びに来たのは、きっとそのせいだ。もうだめだ。社内の全員にキ・ファヨンのことが知られてしまった。

「グローバル広告水準は全国トップ、東南アジア広告水準も独走中、天下のＭＪコミュニケーションズの女性社員がポルノスター！……なんてネットニュースのメインに上がる前に止めなくちゃならんだろ。愛社精神ゆえにしたことさ」

「何でキ・ファヨンがポルノスターになるんです？　盗撮動画を拡散された被害者なんですよ！」

どうしてそんなことを、そんなに簡単に言うことができるのか。ユ・サンヒョクがどんなにきらいでも同僚としての礼儀は保とうと努力してきたのに、その努力にウンコ混じりの冷や水を浴びせられたようだった。シヒョンが顔をプルプル横に振って見せても無視した。キ・ファヨンから返信が来た。


――ハンドレッドマイルズに来て。


返信を読んでいる間もユ・サンヒョクは言葉を続けていた。

「男がそんなことわきまえて見るわけねえだろ。一度ソラネットに上がったら全部ポルノになるんだよ。エロとして消費されるんだ。盗撮ならよけいいいじゃないか。こっそりのぞくほうが断然面白いもんな」

「キ・ファヨンは何も悪いことしてないでしょう！　男とセックスすると罪になるんですか？　サンヒョクさんはセックスしないんですか？　それを隠し撮りしてネットに上げたやか？

つが罰を受けるべきじゃないですか。キ・ファヨンが何をしたっていうんです？　被害者でしょうが！」

「どこをどう見たらあいつが被害者になるんだよ。あんな堂々とした被害者っているか？　近ごろはヤッてるとこ隠し撮りされてもあんなふうに胸張ってえらそうにしてられるんだな。昔なら黙って姿を消すのが当たり前だったのによ。シヒョンの言うとおり、時代が変わったっちゃあ変わったな」

「変わるべきでしょうよ。泥棒したやつが監獄に行くべきなのに、泥棒にあった人が侮辱されていいんですか？　それが正しいんですか？」

「そりゃあしっかり気をつけずに罠にはまるのが悪いんだ。一人で何でもできるお利口さんのくせに、人を見る目はなかったみたいだな。ま、おかげで俺たちもいいもん見させてもらったけど」

　ジスは勢いよく立ち上がった。

「この野郎ほざきやがって、てめえらだって同じ変態だよ！　いいもの見させてもらっただと？　てめえらも犯罪者だ、レイプ犯と違わねえよ！　愛社精神だって？　あきれて息もできねえよ、鼻の穴二つあるから何とかなるけどな！　地方の三流大出だってバカにしてた相手にちっとも勝てないもんだから、そうやって追い出そうと悪あがきしてんだろ！　みえみえだっつうの」

「……おい！　おまえどういうつもりだ!?」

キム・ミンスがカッとなって叫ぶ。シヒョンがジスの腕にすがりついたが、ジスは止まらなかった。

「キ・ファヨンが自分と寝てくれないから悔しいんだろ？　恥ずかしいんだろ？　できそこないのゴミどもが！　毎日毎日ネット画像拡散してコメントするのに忙しいんだろ？　けっこうなこった！　ほかにすることねえのかこのマヌケども」

「このクソ女が何つった、言わせておけば！　その口、引き裂くぞ！」

「あーあキム・ミンス、今イルベに入り浸ってるって自白したな？　イルベのやつら、女が正しいこと言えば引き裂くとか何とか言うんだってな。何だよ、殴るか？　アザができた顔を撮ってソラネットに上げるか？　それじゃイマイチか、そっか、裸の女が好きなんだもんな。脱ごうか？　私が脱いでやろうか？　しかしまともに勃《た》つのかね、このクズどもは」

キム・ミンスが勢いよく立ち上がりジスに飛びかかる。シヒョンが止めようと間に立つ。ジスに向かった拳はシヒョンの顔に命中した。シヒョンが机に突っ伏して倒れるとビールジョッキが床に落ち、鋭い音を立てて割れた。皿がひっくり返って干しダラが散らばる。満席だった居酒屋は静かになり、全員がジスのほうを見つめた。店の主人が走って来てもみ合っている二人を止めた。ユ・サンヒョクは口をポカンと開けたままだ。ジスは息を荒らげながらも、ビールジョッキが飛んできそうになるとすばやく席を抜け出した。やいクソ女、どこへ逃げる！

今日がきさまの命日だ！

キム・ミンスの罵倒がジスの後頭部に突き刺さる。ジスは居酒屋を出て早足で横断歩道の前に来た。シヒョンが追って来る。

「ついて来んな」

「どこ行くの」

「関係ないだろ！　あいつらと遊んでな、あの汚ねえ野郎どもと！」

なぜこう毎度、シヒョンの前でばかり口が悪くなるのか。ジスは少しすまない気がしたが、シヒョンをいたわってやる余裕が今はなかった。それもこれも宿命だろうと考えて、青い明かりのついた横断歩道を大股に渡って行った。あんな男どもと人脈のためにつきあってきた時間をゴミ箱にねじ込みたくなる。人脈は人間と作るもので、ゴミと作るものではない。問題はこの世がゴミだらけなことだ。ただでさえ戦場みたいな職場でゴミまでよけながらやっていくなんて、ジャングルで敵の攻撃を避けるほうがマシじゃないかと鼻息を荒らげてつぶやいた。鼻の穴を広げてぶつぶつ言っているジスを、通りすぎる人々が不審そうにちらちら見ていた。

35

白髪の年老いた男性が薬局の扉を開けて入って来た。ヒジュンは手にしていた新薬服用法の案内書を下ろして老人と向き合う。老人はヒジュンの顔を見るといきなり大声をあげた。

「薬剤師を出せ！」

「私が薬剤師ですが、どうなさいましたか？」

「薬剤師を出せと言っとるだろ！　アルバイトなんぞに用はない」

老人はヒジュンの先輩薬剤師を訪ねてきたのだろうが、先輩はセミナー参加のため留守だった。

「今は代表薬剤師が不在なんです。私も薬剤師ですので私にお話しくだされば」

「どうしてこんな薬を出すんだ！　処方箋どおりにしろと念を押したのに勝手に薬を変えおって。血圧が下がらなくてどうもおかしいと思ったんだ。確認してみたら前回の薬と違うじゃないか」

老人は薬の袋をデスクの上に放り出した。バルサルタン160ミリ、血圧薬だ。

「お名前を教えてくださいますか。処方箋を確認しますので」

老人の名前で出た処方箋を確認してみると、バルサルタン160ミリで間違いない。老人に処方箋どおり薬を出していると説明したが、老人はとにかくディオバン160ミリで処方してくれとゆずらなかった。薬剤師でもないくせに何がわかるんだ、と言いながら。ヒジュンは老人の顔面に薬剤師資格証を押しつけてやりたいのをかろうじてこらえ、先輩薬剤師にSOSを送った。先輩と通話すると老人はおとなしくなった。ちゃんとわしにわかるように説明しなきゃダメだろう、処方箋だけ指してああだこうだ言い立ててどうするんだ、そう吐き捨てて薬局を出て行った。最後まで私の落ち度だと言い張る老人をうらんでもしかたない。帰ってビールでも飲むのが心の健康のためだ。帰宅しようとガウンを脱ぎ、バッグを手に取るとスマホが鳴った。番号を見て胸が激しく打ち鳴らされた。五回目のベルで電話に出た。

「……俺だよ、ペク・チョルジン」

長い間言葉を失っていた人が再び声を発したかのように、ペク・チョルジンの声はぎこちなく、聞き慣れない。ヒジュンは何も言わずに次の言葉を待った。

「電話するの遅くなっちゃったな。ちょっと出かけてたんだ」

「そう」

ペク・チョルジンはしばらく黙っていた。彼がまた電話を切ってしまうかもしれないと思いながらも、ヒジュンはなかなか口を開くことができなかった。

「仕事終わるのいつ？」

「もう帰るところ」

「じゃあ近所の公園で会おうか？」

「そうだね」

ヒジュンは電話を切りながらいすに座った。二年ぶりだ。ペク・チョルジンが学校を去った後、個人的な接触は一切なかった。一時は恋人だったけれど、もはや加害者と被害者の関係になってしまった二人が会う理由も、動機もなかった。しかしヒジュンは部屋に侵入した者がペク・チョルジンだと知った瞬間、妙なことだが、彼に会わなければと思った。彼はヒジュンの部屋に許可なく立ち入った。彼が侵入してベッドに横たわる映像もある。その映像を持ってすぐにでも警察署へ行き、彼を住居侵入罪で逮捕してもらうこともできた。しかしその前に聞きたかった。なぜあんなことをしたのか、なぜいまだに一方的に近づいてくるのか。いや、本当に聞きたいのはこれかもしれない。あの夜、二年前平昌《ピョンチャン》でのあの夜、なぜ愛している恋人にあんなことをしたのか。性暴力対策委員会が提出を要求した加害者陳述書でペク・チョルジンは、ヒジュンとは愛し合っている仲であり、酒に酔って少々荒っぽく接しただけだ、と繰り返した。ペク・チョルジンの謝罪文、ある男子学生からの反論、二次加害をやめろという女子学生からの支持、そして謝罪をひるがえすペク・チョルジンの大字報〔訳注・意見や主張の書かれた壁新聞のようなもの。韓国の大学でよく見られる〕……それらすべてを経験してきたヒジュンだ。なぜ今になって彼に会わねばと考えるのだろう。彼とどんな話ができるのか。話ができたところで何が変わるのか。ヒジュンにとって、あの件はまだ終わっていないのだろうか。

公園の入り口右手には松林に続く細い道があって、その道沿いのベンチにペク・チョルジンが座っている。ヒジュンが近づくと彼は立ち上がった。普通の背丈、普通の肉づき、特別な印象を与えない普通の顔……ペク・チョルジンと対面すると、これまでの時間がすっかり蒸発してしまいそうな気がした。まるでついさっき起こったことのように、平昌のあの夜が再び、ヒジュンの目の前にあらわれそうだった。

それでもヒジュンはペク・チョルジンの前に立ち、彼をまっすぐ見つめて言った。

「少し歩こうか」

ペク・チョルジンはうなずいた。十一月の冷たい空気は清涼で、何の異物も混じっていないかのようだ。ヒジュンが歩きだして、彼も歩きだす。街灯の光を受けて素朴な形の影ができた。ウォーキング中の人々が二人をよけて歩いて行く。歩きの速いヒジュンについて行こうとペク・チョルジンは多少急ぎつつ、一定の間隔以上は近づかないよう努めていた。つきあい始めたころ、相手の歩幅に合わせようと互いに気をつかったのを思いだす。ヒジュンはわざとゆっくり歩き、ペク・チョルジンは今みたいに急いでいたものだ。二人並んで歩くことは二度とないだろうと考えながら、ヒジュンはどうでもよさそうにたずねた。

「どこへ行ってたって?」

「済州島《チェジュド》へ」

「仕事で?」

「まあ、そんなとこ。翰林《ハルリム》でカフェをやってる友だちが手伝ってくれって言うから。ついでに済州島が住みやすいかどうか見てこようと思って」

「どうだった?」

ペク・チョルジンはふっと笑った。二人の歩幅が自然と合っていた。カアッ、カアッ、と鳴き声がした。つづいて真っ黒なカラスの群れが松林のほうへ飛んでいく。ヒジュンは単刀直入に聞いた。

「どうしてあんなことを」

「何?」

「どうして私の部屋に入った?」

ペク・チョルジンは驚いた顔をした。

「どうして……わかったの?」

「カメラを設置しておいたんだ。君が何をしてたのか、全部撮ってあるよ。あのときみたいに何もなかったって言いたいだろうけど、私は知ってるんだよ。見たんだから」

ヒジュンはまたたずねた。

「どうしてあんなことを」

ペク・チョルジンは歩みをとめて、近くのベンチに座った。ヒジュンはベンチの端に尻をのせた。

「本当に悪気はなかったんだ……って言ったら信じてくれる？　フェイスブックで君の写真を見たよ。ウ・ソジンのフェイスブックからチャン・ヘギョン経由で、君のアカウントに流れついて。すごくうまくいってそうに見えた。ギリシャ旅行で撮った写真とか、飲み会で友だちと撮った写真とかも見たよ。少し頭にきた。自分が性暴力被害者だと主張してた人が、こんなにうまくいってもいいのかよって思ったんだ。俺は人生台なしになってどうしようもなくて死にたい気分なのに、君ばかりうまくいってるのが、最初は頭にきたんだ」

「だから侵入した？　私に何かしてやろうとして」

「そんなんじゃない！　頭にきたのは確かだよ。そうだよ、大学にだけは通わせてくれって頼んだのに拒絶されたこと、ずっとうらんでた。本当に退学になるほど悪いことだったのか、悪かったとしても十分謝ったんじゃないかって思ってたよ。自主退学してからは仕事もうまくいかなくて、勉強しなおしながらずいぶん君のことうらんださ。大学にさえ通い続けていれば、君みたいに薬剤師になれたのに、そう思ったんだよ」

「幸せになっちゃいけない人間なの？　私は」

「そういう意味じゃなくて……今は違うよ。君には悪いことしたと思ってる。頭にきてうらむ気持ちになっても、やっぱりすまなくて。頭にくるけどすまない気持ちで」

「頭にきて、すまない気持ち……」

ペク・チョルジンの言葉を繰り返した。彼はそんなヒジュンを見つめている。ヒジュンはのどがカラカラに渇いてきた。

「酒に酔ってたって言いわけしたけど、俺はわかってたんだと思う。君に悪いことをしたって。あえぎ声、君が出したって言ったけど、そんな楽しそうな声じゃなかった。俺は知ってたんだ。あえぎ声というよりうなり声だった。怒りとか失望とか、そんなようなものが混ざったものだって、俺は知ってた。それでもやめなかったんだ。別にいいだろって、君も楽しむはずだって自分をだましながら」

ヒジュンは、呼吸のリズムがめちゃくちゃになってきているのを感じた。この二年間一日たりとも忘れることのできなかった、あの夜の情景が浮かぶ。江原道《カンウォンド》・平昌のペンションでのあの夜。合宿は和気あいあいとした雰囲気で終わろうとしていた。百人ほどの学生が輪になって座り、学科生活や卒業後の進路について悩みをわかちあい、ゲームをして酒を飲む。ペク・チョルジンは三本線、上等兵の階級章をつけた軍服姿で、久しぶりの大学生活とマッコリを満喫していた。ヒジュンもペク・チョルジンもいつもよりたくさん飲んで、酔っていった。午前〇時過ぎ、ヒジュンは二人の後輩女子と二階の部屋へ上がり、先に寝床に入った。ペク・チョルジンはもう少し、と言いながらちらほら残っている後輩たちと酒を飲み続けた。

ヒジュンは明け方に目を覚ました。何だか息苦しい気がして、体のあちこちがかゆい。寝起きの、意識がぼんやりした状態で最初に見たのは人の顔だった。ヒジュンの胸の上に人の顔があった。とっさに幽霊かと思い、総毛立つほどの恐怖を感じた。暗闇に目が慣れてくると、その真っ黒なものが幽霊ではなく人間で、彼氏のペク・チョルジンとわかった。ベッドの上の窓からうっすらと月明かりがさしている。酔いと驚きで息ができなくなりそうだった。ペク・チョルジンはヒジュンの脚の間にひざをついて座り、ズボンを太ももまでおろしている。ヒジュンのシャツはボタンが外され、ブラジャーまで外されていた。下半身を手探りしてみた。素肌に触れた。ペク・チョルジンが何をしているのかわかった。

チョルジン、何してんの。

ヒジュンの声が部屋の中で渦巻いた。部屋には誰もいない。後輩二人と一緒に来たはずなのに、みんなどこへ行ったんだろう。ペク・チョルジンは人差し指を唇にあて、シッと言った。そしてヒジュンの脚の間に体を押し入れた。

やめろ、やめろってば！

すぐ終わるよ、痛くなくするから。

大声出すぞ！

ヒジュンの声は厳粛だったが、震えていた。大声を立てようとすると口をふさがれた。ペク・チョルジンの手をつかもうとしたが、ものすごい腕力でヒジュンを押さえ込んでくる。体をよじり脚を突き動かして暴れたが、ペク・チョルジンはヒジュンの脚の間にまっすぐ勃ったペニスを押しつけた。挿入がうまくいかず、今度は手でペニスを持って入れようとする。ヒジュンはペク・チョルジンの手をはがそうと必死になって言った。

もうやめろ、頼むから。

愛してるならこのくらいいいじゃないか。四カ月ぶりに会ったんだよ？ 俺に会いたくなかったの？

ペク・チョルジンは酒と肉のにおいを漂わせて言った。ヒジュンはそのにおいを避けて顔を背けた。目を閉じた。ペク・チョルジンの言うとおり、射精までいくらもかからなかった。ペク・チョルジンはヒジュンの体から降り、ズボンを上げてそのまま寝入った。ヒジュンの体にのっけられた彼の腕が鉛のように重い。そのとき足音がして、ドアが開いた。おい兵士殿、今日はよかったなあ、という言葉が笑い声と混ざる。すぐにドアが閉まった。ヒジュンの顔に月明かりがさした。何なんだ。これは何なんだ。ペク・チョルジンは今私に何をしたんだ。私はレイプされたのか？ レイプ？ どこかの学生が被害にあい、どこかの会社員が被害にあい、某芸能人が被害にあったというそれを、女ならいつ被害にあってもおかしくないと恐れながら一度も、たった一度も自分のこととして考えたことがなかったそれを、私は今、されたのか？ それも彼氏から……。レイプ、という言葉を思い浮かべるなり、その後の人生が割れたガラスの壁のように崩れていく気がした。痛みを覚えた。まるで海から巨大な暴風が押し寄せてヒジュンのすべてをちりぢりに飛ばして行ったような、空虚な痛みだった。

ソウルに帰るバスの中、ペク・チョルジンはヒジュンの隣でずっと眠っていた。ペク・チョルジンの横顔をにらみながら、ヒジュンは自分にたずねた。どうする？　これからどうしよう？　何もなかったことにできる？　酔っちゃいけなかったのに。酒を飲んだとしても、体を触られて気づかないほど酔っちゃいけなかったのに。自責の念が押し寄せる。このまま何もなかったことにしちゃダメかな。いや、本当に何もなかったんじゃないかな。他の恋人たちみたく、お互い好きでしたことにしちゃダメかな……。ヒジュンは目を閉じたが、まぶたが熱くなって目を開けた。目を開ければとめどなく涙が流れ落ちるので、また目を閉じた。目を閉じることも開けることもできないまま、閉じて開けてを繰り返しながら、深い水の底に沈んでいくようだった。

「何もなかったわけじゃなかった。俺は知ってたんだ」

ペク・チョルジンの声に、ヒジュンの意識はムホ公園の街灯の下に戻ってきた。

「だから、悪かったよ。いくら酒に酔っていても、あんなに乱暴に迫っていくのはいけないことだよな。ずっと心にひっかかってた。それでも愛してるならわかってくれるだろうって、軽く考えてたんだ。軍隊から休暇で戻って来た彼氏なんだから、そのくらい許してくれるだろうって、そんな身勝手な気持ちで片づけてしまってたんだよ。レイプ犯って言葉を君から聞いた瞬間、すごく頭にきたし、怖くなった。酒の上の失態を性暴力と言われて、当惑したよ。この先大変なことが起きるんじゃないかと怖くなって、怒った勢いもあってああ言ったんだ。君が怯えて黙ってくれるように、大ごとにならないように、そう願って。あのときどうしてソラネットってサイトが思い浮かんだのか、なぜそれを口にしたのか……今考えてみると本当に情けないし、カッコ悪いよ。あんな情けなくてカッコ悪い自分が、いまだに頭にくる。それから……」

「それから？」

「信じないだろうけど、写真は本当に全部消したんだ。スマホはそもそも初期化したし。あのときも言ったじゃないか。写真はないって、ソラネットに上げる写真なんかないって。でも君はスマホを出せ、今すぐ押収してくれって半狂乱で泣き叫んだよな。あのときは理解できなかった。消したって言ってるのに、何で信じられないのか。あとでヘギョンから聞いたよ。俺のあの言葉のせいで君がどれほど苦痛を味わったか。君がソラネットをのぞいてみるだろうなんて、考えもしなかった。俺も高校生のとき数回のぞいただけなんだ。まさかと思ったんだよ。俺がソラネットに写真を上げると、ジュンが……君が本気で思ってたなんて」

「ソラネットに上げるつもりはなかったってこと？」

「怒った拍子に口走ったんだ。君が事を大きくするんじゃないかと怖くなって」

当惑して、怒った拍子に吐いた言葉、ソラネット。自分がレイプした彼女に、それ以上騒ぎ立てるなと脅すときに吐く言葉、ソラネット。高校時代に何度かのぞいただけというペク・チョルジンも、ソラネットが女たちにどんな感情を抱かせるのか正確に知っていた。羞恥心と恐怖、恐れと不安、そして無気力。自分がしたことをおおい隠してなかったことにしたい彼氏は、彼女が羞恥心に屈服し恐怖のため無気力になることを願いながら、ソラネットと口にした。その場所で何が、何のために繰り広げられているのか、ペク・チョルジンは正確にわかっていた。事実それは男なら誰でも知っていることかもしれない。女を屈服させる方法として誰に教わらなくても知っている、男たちが共有する秘蔵の武器のようなものなのかも。普段のペク・チョルジンは誠実で、責任感の強い人間だった。他人を乱暴に扱ったりせず、他人の弱点をついて面目をつぶし優越感にひたるような人間でもなかった。そんな彼が窮地に追いやられ彼女を黙らせなければと感じたとき、大事に眠らせてあった、しかしいつでも取り出して使える秘蔵の武器が、我知らず力を発揮してしまったのかもしれない。女を屈服させるのにこれ以上強力なものがありえない方法を前にして、誠実で責任感の強いペク・チョルジンでさえ、無意識にほかの退路を遮断してしまったのかもしれない。ペク・チョルジン。彼はヒジュンの彼氏である前に、ただの男だったのだろうか。

「どんな写真だったの」

「だからその、ただの顔写真だよ。俺の横ですやすや眠ってる姿が可愛くて、それで何枚か。裸じゃないよ。ただ大切にしまっておきたくて撮ったんだ」

「それで、頭にきてすまない気持ちで、私の部屋に侵入したと」

「それはその、だから、君がどうしてるか気になって。先輩に会いにこの町に来たら、君が近所に住んでるって聞いたんだ。ヴェルサイユ・ハイツ、簡単に見つかったよ。同窓会の住所録に番地まで載ってたから。玄関のドアロックに知ってる番号を入力してみたんだ。前に住んでたところと同じ0322、実家で飼ってた犬の誕生日だって言ってたろ? ただ何となく押してみたんだよ。入ろうなんて考えもなしに。そしたらガチャッと開いたもんだから。それで入ってみただけで……」

「のぞいてたくせに、私がシャワー浴びてるのを。私の裸をのぞいてたよね？」

「君をのぞいてた？　違う、あのとき部屋に入ったのが最初で、その前にも後にも何もしてないよ。ただ君がうまくやってるのかって……部屋に入ったからってそんなことわかるわけじゃないけど、とにかく気になって。きちんと片づいた君の部屋に入ったら、楽しかったころに戻った気がしたよ。君が着てたコート、一緒に勉強した本、化粧品のにおいとか……なつかしいものがいっぱいで。二人の仲がこんなになったのは、どのみち俺のせいだ。明白すぎる事実を確かめて、耐えられないくらいしんどくなった」

　嘘を言っているようではなかった。じゃあ誰なんだ。ペク・チョルジンでなければ誰なのだ。犯人がほかにいるという事実に怖くなったが、ペク・チョルジンでなかったことにはほっとした。なぜほっとしたのだろう。彼が裸をのぞかなかったからといって、彼の起こしたことが許されるわけはないのに。

「もう二度とするんじゃない。気になるとか心配だとか、勝手な気持ちで。悪気がなかったとしても、されたほうからすれば悪いことなんだから。わかる？」

「今はわかってる。二度としないよ」

「誰に対してもするんじゃないよ。ペク・チョルジン。いいね」

　ペク・チョルジンはうなずき、ひざにのせて組んだ両手を見つめていた。そして言った。

「ジュン、俺、済州島の散歩道を歩きながら悟ったんだ。俺が大学をやめさせられて、仕事もうまくいってないからって、自動的に罪をつぐなえるわけじゃなかったんだって。この二年間君をうらんで自分に腹を立ててたけど、いつも胸が苦しくて気持ちが晴れなかった。いちばん大切な何かをどこかに置いたまま、抜けがらだけで生きてる感じかな。涯月《エウォル》のカフェに座って、遠くの暗い海に浮かんでるイカ漁船の小さな明かりを見ながら、突然気づいたんだ。俺は心から君に謝ったことがなかったって。許しを求めたことがなかったんだって」

ペク・チョルジンの声が湿っていた。

「ジュン、ごめんよ。君を傷つけてごめん。言いわけばかりして逃げようとしたこと、本当にごめん。遅すぎるかもしれないけど、許して……ほしい。俺を許してほしい」

ペク・チョルジンはうつむいたまま、両手で顔をおおった。肩が震えていた。

「……どうして私にあんなことしたんだよ。愛してるとか言いながら、どうして。君は私にとって、すごく大切な人だったのに、どうして、あんなこと……」

ヒジュンは泣き出した。突然の、心の底から突き上がってくるような涙。自分でも驚いた。この二年で泣きたくなった瞬間は数えきれないが、泣くまいと我慢してきたし、他人の前ではなおさら強く振るまっていた。それなのにほかでもないペク・チョルジンの前で、自分を傷つけたペク・チョルジンの前で、ヒジュンはむせび泣いていた。ペク・チョルジン、彼が憎くて、許せなかった。死ぬまで許すまいと心に決めながら何とか生きてきた。友人たちにも心を許せなかった。順調に営みを続ける世間がうらめしかった。親しい者からあんなことをされたという、取り返しのつかない事実を日々確認しながら、いっそ私さえ消えてしまえばこれ以上静かな解決策はないんじゃないか……そんな考えと闘ってきた時間。憎んで、うらんで、怒って、自分を責めながら耐えてきた時間が、激しい涙になって流れ落ちた。ペク・チョルジンもさっきより激しく肩を震わせている。しばらくむせび泣いてから、ヒジュンは言った。

「許しを求めるのに、遅すぎることなんてないよ」

君が謝ったから、許してほしいと言ったから、これで終わりにできそうだ。ヒジュンはそう言ってまた泣いた。公園の闇が深くなっていった。林にとまったカラスの群れは街灯の光を受けて、翼を穏やかな銀色に光らせている。ヒジュンはバッグからティッシュを取り出し、涙をふいて洟《はな》をかんだ。

「頭にきてすまない気持ち……私もだよ。君のこと考えるとき、私もそう思ってた」

ペク・チョルジンが顔を上げ、ヒジュンの横顔を見つめた。

「すまないって、どうして?」

「おかしいよね。君に対してすまない気持ちなんて一ミリもないと思ってた。すまないと思う理由がないんだから。君が悪いことをしたんであって、その償いをするのは当然だから。それでも心の片隅にすまないって気持ちがあったんだ。学校にだけは通わせてくれって頼んでるのに、一時は愛し合っていた仲なのに、一瞬の失敗のために高すぎる代償を払わせてるんじゃないかって。あの日受けた傷を思いだすのもつらいのに、そんな傷を負わせた相手に罪悪感まで感じなきゃならないなんて、本当にムカついた」

「憎めばいいんだよ。憎むだけでいい」

「頭ではわかってるんだ。君の人生が台なしになろうが、それは私の知ったことじゃない。私に責任なんてない。君の人生がうまくいってたなら、けっこうなこった、あの悪党め！　って気楽に憎めたのに。でも、うまくいってないじゃないか。傷つけられたのは私なのに、私だって必死で生きる気力をしぼりだしてるのに、何で君はそうやって生きられないんだよ。どうして君のほうが被害者みたいに、あわれっぽく振るまうんだよ。いつまでそうやって生きるんだよ」

ペク・チョルジンは顔を上げ、前方を見つめた。ヒジュンは続けた。

「ペク・チョルジン、私は君にしっかり生きてほしい。ダメになってほしくない。あんなことが起こらなければよかったけど、起こってしまったし、傷も負った。私はその傷に飲み込まれまいとして、本当に一生懸命ここまで来たんだよ。君だって大変だったとは思う。慎重で、誠実で、責任感の強い人間だったんだから」

だから好きだったんだ、ペク・チョルジン。

「うまく……やってみるよ。ジュンのためにも、しっかり生きてく」

ヒジュンは立ち上がり、手を差し出した。ペク・チョルジンが手をとった。彼の手は彼の目元と同じくらい湿っていた。

「心から私にすまないと思うなら、これからしっかり生きるんだよ。それから……二度と〝ジュン〟って呼ぶな」

ヒジュンは公園の街灯の下を抜け、通りに出た。冷たい初冬の風が、しばらく涙の跡にしみた。スマホを出し、電話をかける。もしもし、ヴェルサイユ・ハイツの入居者ですけど。引っ越すことにしました。ええ、契約期間が残っているのは知ってます。ただ事情があって。できるだけ早く引っ越したいんです。ええ、仲介業者に連絡しておきます。はい、これで失礼します。

36

キ・ファヨンはカフェ「ハンドレッドマイルズ」の二階に、一人で座っていた。カン・ピルジュのいた席には、彼が残していったコーヒーカップだけが味気なく置いてある。もう会うのはやめましょう。と、キ・ファヨンは彼に言った。彼は何も言わなかった。理由もたずねなかった。ただコーヒーをひとくち飲んで、キ・ファヨンの顔を見つめるだけだった。

カン・ピルジュはあの動画を見たような気がする。ほかの男とセックスする彼女を見ても、そんな目をしていられるものだろうか。キ・ファヨンは感情のこもっていないカン・ピルジュの目を見ながらそう考えていた。私ならどうするだろう。カン・ピルジュがほかの女とセックスしている映像を見たら、私はどうするだろう。見当もつかなかった。嫉妬するだろうし、動画の中の女を思い浮かべては苦しむだろう。しかしそれを理由に別れるかといえば、わからなかった。カン・ピルジュみたいな男が、女と一度もセックスしないまま三十を過ぎることはないだろう。大学時代から少なくとも三、四人とはつきあっているだろうし、もちろん寝ただろう。自然なことだ。しかし恋人同士が自然にすることとはいえ、その隠密な行為が表に出れば、また別の感情を呼び起こすものじゃないか。見せてよいものと、見せてはいけないものがある。見せてはいけないはずのものを見せられたら、どんなに当然だ自然だと言われても意味がない。その瞬間から感情に支配されるのだから。結局感情の問題だ。キ・ファヨン自身もそんな感情を制御する自信がないし、感情を制御することで自分らしく生きられなくなる気がして、だからこうして関係を終わらせたかったのかもしれない。見せてはいけないものを一度でも見せられたら、それは私たちの感情を永遠に支配する。キ・ファヨンが望んだことでも、許可したことでもないという事実は重要ではない。感情は真実に揺るがされない。

キ・ファヨンが終わりにしようと言わなかったら、カン・ピルジュはどうしていただろう。あの動画がネットのどこかに出回っていると知っていても、それがいつでも大勢の者に見られうると知っていても、彼は私とつきあい続ける自信があっただろうか。不特定多数が私の裸を消費していると知っても、彼は二人の関係をそこなわず、感情を制御し続ける自信があったろうか。キ・ファヨンには自信がなかった。そしていやだった。自分が悪いわけでもないのに、すまない気持ちで彼に接しなければならないなんて、キ・ファヨンとしても願い下げだった。終わらせるのがお互いのためだろう。セックスのたびに何となく萎縮してしまう自分にうんざりしながら、二人の関係をこじらせる前に。そしてこの先の計画をやり遂げる前に、この関係を終わらせるべきだとも考えた。ある者を地獄に突き落とそうとしているなら、ほかの人を自分とつなげておいてはいけない。

二人が別れる瞬間は、つきあい始める瞬間と同じく「クール」だった。好きになってくっついて、いやになって別れる。ほかに必要なことなどないと考えてきた。それでも一つ、彼にたずねたいことがあった。裸の私を撮ったことありますか？ 彼は即答しなかった。なぜそんなことを聞くの、とも言わない。黙っていたがやがて答えた。ないよ。ほかの女性は？ ない。そう、なぜあんなことをしたのか聞こうと思ったんだけど。カン・ピルジュは鞄を持って立ち上がった。キ・ファヨンは立ち上がらなかった。彼が離れた空席を眺める。本当に聞いてみたかったのは別のことだ。私たち、そもそも始まってたんですか？

37

キ・ファヨンは誰かが近づいてくる気配を感じ、ゆっくり視線を移した。怒った顔をした小ぶりの雪だるまみたいなトン・ジスが立っている。ジスの顔を眺めてから、上着のおなかのあたりに視線をとめた。干しダラがボタンホールにはさまっている。相手の視線を追ったジスが干しダラを発見し、急いで取って口に入れ、もぐもぐやった。何があった？ とたずねるキ・ファヨンの視線を黙って受けながら、ジスはいすにかけた。

「トン・ジス、わかってるよ。私のこと心配してるんでしょ」

「そうだよ、心配してるよ。睡眠薬なんて言うから……何に使うの？ 自分で飲むわけじゃないよね」

「私が飲むわけないじゃない。ほかのことに使うの」

「……ユ・サンヒョクが、社内掲示板にあんたのことを書き込んだって」

「今見た」

「……大丈夫？」

「大丈夫……じゃない。大丈夫ではいられないよ。でもユ・サンヒョクのせいじゃない。どうせいつかは知られることだから。あんな卑劣な方法をとるとは思わなかったけど」

ユ・サンヒョクの幼稚なやり方に、キ・ファヨンは思っていたほど腹が立たなかった。どのみち知られることだし、会社に知られずにすむことでもない。キ・ファヨンはジスをじいっと見つめた。トン・ジスという人間は本当に澄んだ目をしているな。そう考えながらキ・ファヨンは話し始めた。長く、苦痛に満ちた話だ。古い話だが、この先の話でもあった。


トン・ジス、地獄がどうして地獄なのか知ってる？　抜け出せないからだよ。罠にはまったような感じがして、それが永遠に続きそうな予感がするところ。それが地獄なんだよ。私は今地獄にいるんだ。

動画の中の女が自分だと気づいた瞬間、まるで自分が二つにさけたみたいに感じた。二つにさけたまま永遠に生きなきゃならないんじゃないか、そんな怖さを一瞬も忘れられない。その体……肉のかたまりは、キ・ファヨンであると同時にキ・ファヨンじゃない。キ・ファヨンの体だけど、別の人間がその体に宿ったみたい。映像の中の私と、それを見ている私は同じ人間じゃない。同じなわけないじゃない。セックスのほかにできることもしたいこともなく、ポルノ俳優みたいに男を受け入れてるあの肉のかたまりが、キ・ファヨンなわけないじゃない。生きている人間なら持っているはずのにおい、感情、考え、未来、個性、好み……そんなものがすっかり除かれて、ただ肉のかたまりとして存在している。そんなのが私なわけないじゃない。

世間の人たちがみんな私の裸を見ているとしか思えない。すれ違う人たちの無神経な視線に、まず体が驚いて走り出そうとしてしまう。走り出そうとする体を何とかおさえても、胸が激しく鳴り続ける。あの人は見たんだろうか。もう見たんだろうか。私を知っているのか。私を見わけたのか。知りあいがみんな私の胸と尻を見たかもしれない。そんな恐れが吹き荒れる。私が会っている人全員、快楽にひたった私のあえぎ声を聞いたのかもしれない。そんな不安も大きくなるばかり。すれ違うすべての目のなぐさみ者になり下がってしまう。そう考えると、私が今いるここは地獄だと実感する。私の体を小さく、小さく、米つぶくらいに小さくして、ついにはあとかたもなく消し去る以外に、この恐れから抜け出す方法はないんじゃないかってときどき思う。

やっとわかったよ、ジス。死にたいっていうのは、息をしたくないって意味じゃないんだ。人生を終わらせたいわけでもない。ただ人生のある瞬間を、悲劇になってしまったその時間を終わらせたいという、切実な意思表明なんだよ。そんな意味で私は死にたい。この恐れを終わりにしたいから。もちろん死にゃしないから、心配しないで。私のことを娼婦だ、雑巾《ぞうきん》みたいな女だってののしるやつを放ったまま死ねるわけないじゃない。私をそんな目にあわせる権利は誰にもない。私を脱がせて雑巾とののしる権利なんて、誰にもないんだ。だからひるまずに、堂々と対処しようと頑張ってるんだよ。恥ずかしさに苦しむ被害者じゃなく、奪われたものを取り返す強い被害者として生き抜くんだ。私はキ・ファヨンなんだから。

羞恥心を感じないのかって？　本当に恥ずかしくないのかって？　みんなそう聞きたがるだろうね。こう答えるよ。重要なのは実際に羞恥心を感じないかどうかじゃない、羞恥心を感じまいと決心したことだ。恥ずかしがるまいと誓ったことが重要なんだ、って。そんなの思いどおりにいくのか？　って聞かれるかもね。思いどおりにいくわけないのは、女ならわかる。だから私は何度も何度も誓い続けるんだ。「雑巾」という言葉が致命的な傷を与えようとしても突っぱねよう。「雑巾」と言われた瞬間どうしても縮み上がってしまう自分を、必ず立ち直らせよう、って。

私の感情が、私という人間の本質から生じているなんて、そんなの嘘。羞恥心ってのは本能でもなければ自然な感情でもない。単に「こういうとき羞恥心を感じるはずだ」っていう共通認識を、私が受け入れてしまっただけの話。だから私は、ほかの人たちが信じていることを信じないことにした。それだけ。私がどう感じるべきか、ほかの人たちが決めていいわけがない。そんなことさせるもんか。

母さん……忘れられない母さんの姿があるんだ。父はもともと、いないも同然だった。病気がちで、早くに亡くなったから。母さんが女手一つで私と兄を育てたの。財産も学歴もなかった母さんは美容技術を習ってね。町内の小さな美容室に雇われたんだけど、いくらもたたないうちにその美容室を買い取ったんだよ。特別腕がいいわけでもなかったみたいだけど、幼い私から見ても本当に誠実な仕事ぶりだった。死ぬ気で働いてやるっていう、覚悟みたいなものを感じたよ。私は母さんに似たんだ。何ごとも死ぬ気でやらなきゃ気がすまないところがね。貧しさはまるで感じずに育った。父親のいない子どもたちが弱気にならないようにって、塾でも課外授業でも何でも通わせてくれたんだ。がむしゃらで、堂々として、豪快な母さんだった。いつでもそうだった。ただ一度、ある男から「ある言葉」を聞かされたときをのぞいて。

昨日のことみたいに生々しい。私が中学一年のときだった。夜八時に塾が終わって、私は美容室に寄って母さんと一緒に帰ろうとしてた。その日もホットクを食べながら、母さんが美容室の床の髪の毛を掃いてハサミやヘアクリップを片づけるのを見てたんだ。そのとき男が一人入って来た。五十代半ばくらいに見えた。歩き方がふらふらしてて変だと思ったら、きつい酒のにおいがして。酔ってるみたいだった。ほうきを持ってた母さんは、明日いらしてくださいますかって言った。そしたらその男は、明日の朝早く出かけなきゃならないから今日散髪しないと、って言った。言葉づかいが乱暴でろれつも回ってないから、正確に話すこともできてなかった。母さんが座るように言わないうちから、どかっといすに腰かけて。瞬間、何かひやりとしたものを感じた。よくないことが起きそうな、不吉な予感みたいなもの。座ったお客さんを追い出すことはできないから、母さんは男の首にクロスをかぶせて、スプレーで水を吹きかけながら聞いた。どういたしましょう。男は短くしてくれればいいと言った。母さんが十分くらいカットしてドライヤーをかけて、できましたと言うと、男は怒鳴った。本当に、突然にだよ。これで切ったつもりか？　短く切れっつっただろ！　どのくらい短くですか？　短いと思えるくらいに切るんだよ！

男はいつの間にか敬語も使わなくなってた。母さんはまたハサミをとって切り始めた。私が見ても男の髪は十分短かった。母さんもそれ以上どれくらい切ればいいかわからずに注意深くやってた。ともかくもう少し短くして、母さんがこのくらいでいかがです？　とたずねたら、男はガタン！　と立ち上がった。人の言葉を何だと思ってんだ！　短く切れって何度言わせる気だ？　母さんは言った。お客さま、正確にお望みをおっしゃってください。それに合わせて差し上げますから。ただ短くとだけ言われてもわかりませんでしょ。丸刈りがお望みならそうして差し上げますよ。丸刈りだと？　クソッ、なんてアマだ！　男はクロスを投げ捨てて出て行こうとした。母さんは男に向かって五〇〇〇ウォンです、って言った。男はまたどなった。何だと⁉　頭をこんなにしておいて、金を受け取るだと？　こいつ、たちの悪い泥棒みたいな女だ！

たかが五〇〇〇ウォンくらい受け取らなくてもいいから、さっさとその男を帰らせてほしいと思ったけど、頑固な母さんがおとなしく引き下がるわけがなかった。母さんは男を引き止めて大声で言った。三十分の間お客さまの頭をお手入れしたんですよ。そのまま出て行っちゃだめでしょう。男は振り向きもせず出て行ってしまった。男を追って出ようとする母さんを引き止めて、私は言った。酔っぱらいじゃん、いいから行かせなよ。いいから？　いいわけないよ！　母さんは必ず金を受け取ってやるという、異常なくらい強い決意に満ちてた。そんな母さんを止めきれなかったこと、のちのちまで悔やむことになったよ。母さんは美容室を出てバス停に向かっている男の服をつかんだ。髪を切らせたら代金を払うべきでしょう、と言いながら。男が勢いよく振り返って母さんをにらんだ。赤くてにごった目が、異様に鋭く光ってた。は！　まったく、とんだイカれ女にあっちまった。過ぎたことをあだこうだと！　男はさらに声を荒らげた。このアマ、この俺に向かって何とほざきやがった？　いい度胸だこのイカれ女！　男は母さんを乱暴に突き飛ばした。そのうえバス停の前の露店でおばあさんたちが売っているほうれん草やサンチュを足蹴にしながら、ぎゃあぎゃあわめきちらして暴れた。

雑巾女！　売春婦！　男の声が通りに騒がしく響いて、何ごとかと見物人が集まった。でも誰も、この男を制止しようとしなかった。そのとき、いつもがむしゃらで堂々としていた母さんが、急激に縮み始めたんだよ。男に金を払えと要求していた母さんが、知らないうちにすっかり黙り込んでた。口を固く閉じて。目まで小さくなって、腰は曲がって。地面に叩きつけられ、靴で踏みにじられたほうれん草みたいに。生きる意志みたいなものが、母さんから全部抜け出してしまったみたいだった。私は母さんがすっかり縮んでしまったと思った。初めて見た、なじみのない、奇妙な母さんの姿だった。母さんはそそくさと店の門を閉めて、私の手をとってその場を離れた。男はどなり続けてたよ。雑巾女、売春婦！　母さんの手は震えて、足はもつれてた。逃亡者みたいに、罪を犯した人みたいに、母さんは少しも休まず前だけ見て歩いてた。母さん、どうしたの？　何がそんなに怖いの？　私はそう聞けなかった。

大人になってからも、あの日の母さんの姿は忘れられない。雑巾女、売春婦、そんな言葉がどうして、母さんを小さくしたのか。走るのがすごく速い人に向かって、こののろま！　なんてののしれば、みんなののしった人を笑うよね。勤勉な人が怠け者とののしられたら、おかしいのはののしった人じゃない？　私の母さんは雑巾じゃないし、売春婦でもない。雑巾でも売春婦でもない人に向かって、雑巾だ売春婦だとののしるほうが恥ずかしいやつだよね、ののしられた人じゃなくて。

でもそうじゃなかった。うちの母さんは雑巾じゃなかったけど、雑巾という言葉を聞いた瞬間、雑巾になった。雑巾が持つべき羞恥心、恥ずかしさを感じたんだよ。雑巾という言葉も、売春婦という言葉もそういうものなんだ。女性の性器がついている者は誰一人、雑巾という言葉がただちに呼び寄せる羞恥心から逃れられない。その女が本当に雑巾であろうがなかろうが関係ない。そもそも「雑巾みたいな女性」なんているわけないじゃない。その言葉を思い浮かべた人の頭の中にしか存在しない、つくりものの女だよ。つくられた女が、生きている女を支配してる。生きている女はつくられた女から力いっぱい逃げなきゃならない。女はみんな、そう呼ばれないために気をつけなきゃならないんだよ。自分はそんな女ではないと証明し続けながら、おとなしく振るまってなきゃならない。今だけおとなしく振るまえばいいってもんじゃない。永遠におとなしい女であり続けるだろうと、信頼されなくちゃならない。雑巾みたいなことをしたことがなくて、今も雑巾じゃなくて、これからも雑巾にならないだろうという、そんな信頼を。そうやって死ぬほどがんばっていても、誰かが軽々しくひとこと吐き出すだけで、そんな努力が一瞬のうちにくずれてしまう。

どんな女が雑巾なのかは重要じゃない。ある女が雑巾と言われれば、その女がもとから雑巾だったことになる。雑巾と呼ばれた瞬間、その女は何をしても雑巾になるんだから。あの動画を上げたやつもそう書いてた。男を食いものにして女神のふりをする雑巾女だって。私を見て、雑巾と言ってた。雑巾として扱ってもよくて、そう扱われるから雑巾になるんだ。一度雑巾になったら、誰もが近づいていい女になってしまう。私は無限の繰り返し記号の中に閉じ込められる。男たちの頭の中にしか存在しない、つくられた女をさす恥辱の名前をつけられて。それほど致命的な言葉を、ある存在を無気力にしてしまうその言葉の力を、いったい誰が彼らに与えたんだろう？　この抜け出せない地獄に私を閉じ込める力を、誰が彼らに与えたんだろう？

私はその力に屈服しない。母さんみたいに小さくもならない。生きる意志が抜け出していくのを、そのままにしてはおかない。羞恥心は私を殺すけど、怒りは悪魔を殺すんだ。死なないために私は選ぶんだ、猛烈な怒りの力を。私の体は、私のものだ。誰にも私の体を、私が望まない形で所有する権利はない。誰も私を見て雑巾と呼ぶ権利はないし、雑巾でないことを証明しながら生きろと強要することもできない。だから、私はやらなくちゃならない。抜け出せない地獄にい続けなければならないなら、あいつも地獄に落としてやるほかないんだ。

トン・ジス。私を助けて。助けて……くれるよね？

38

――ヒジュン、睡眠薬ちょうだい。
――何？　眠れないの？
――キ・ファヨンが必要なんだって。
――何する気？
――自分が飲むわけじゃないって。
――怪しいんだけど。
――うん。
――怪しいってば。
――うん、そうだけど。
――それでも渡したいの？　危険なことに使ったらどうすんの？
――危険って？
――人を眠らせるとか。
――人を眠らせたいみたい。
――ジス、真面目な話。薬剤師としての名誉がかかってるんだよ。
――一人の女の名誉はどうなるの。
――ったく……考えとく。とりあえず。

――うん。

――ジス。

――うん。

――ソラネットをこのままほっといちゃいけない。

――どうすんの？

――閉鎖させないと。

――サーバーが外国にあって難しいらしいけど？

――外国だって無法地帯じゃないだろ。国際協力捜査をすればいいんだよ。インターポールとかいうのもあるし。メドゥーサではすでに始まってる。ジケイダンを作ったんだ。

――ジケイダン？

――自らの自、警備の警、自らを守る女たちの団体。

――かっこいいじゃん。何人くらいいるの？

――知らんけど。ジスも入んな。

――私が？　私マーケティング会社のインターンだよ、死ぬ時間もないほど忙しいのに。

――いいから入る。

――……わかった。

――キ・ファヨンにも入るように言いな。

――キ・ファヨンは入らないと思うけど。

——いいから。
——……わかった。

第6章

自警団

39

メドゥーサ自警団。

自らを守る女たちの秘密グループ。

名前はやたらに大げさだった。持てるものなど何もない。ヒジュンとジスのように、もう許せないという怒りと、とにかく行動しなければという意志だけで集まった者たち。女性の体をさげすみ、嫌悪しながら売り買いし、終始一貫して女性のすべてを奪い取らずにいられないソラネットという場所を消し去らねばという、女たちの怒りが集まっていた。専門知識もなく、組織らしい組織も、資金もないメドゥーサ自警団がどんな敵と闘わなければならないのか、ジスも初めはわからなかった。

メドゥーサという名のサイトはジスも知っていた。ヒジュンがときどきそこに上がった投稿のリンクを送ってくれたから。女たちが経験している不合理を、おなかからシュワッとスッキリさせてくれるサイダーみたいな内容が多かった。地下鉄で向かいの席の男に頭からつま先までじろじろ見られ、恐怖を感じたのは自分だけではなかったこと。職場の上司や彼氏、タクシー運転手まで、男たちはなぜ女性に何か教えてやれないとああもいらだつのか、疑問に思ったのは自分だけではなかったこと。「処女じゃない女なんて無理」と発言した芸人が、国民的バラエティ番組に公然と出続けるのに納得いかないのは自分だけではなかったこと。ジスはメドゥーサの投稿と数多くのコメントを通して、そんなことに気づいていった。

とはいえ熱烈なユーザーではなかった。ときどき掲示板を読む程度だった。メドゥーサはその名のとおり、近づき難いような恐ろしいオーラを放っていた。何だか知らないが一度足を踏み入れたら抜け出すことのできないような、異端の宗教っぽいにおいがした。ヒジュンがその証拠だ。季節が秋に差しかかったある日、ヒジュンがやつれた顔であらわれた。メドゥーサを知ってから一カ月間、ほとんど眠らず入り浸っていたと言う。そしてメドゥーサについて話し始めた。四時間もの間、休まずに。やつれながらも目は爛々とし、最高に浮かれて興奮している親友の顔から、ジスはヤバそうな異端のにおいを嗅ぎ取った。

メドゥーサはほかのどこにもない、女だけの解放区なんだ。緑豊かな土地なんだよ。まあ、どこにもなかった土地が生まれたのは喜ばしいことだけど、そのぶん悲しいことでもあるな。ネットはこの上なく広大な空間だけど、女たちが歓迎されているとは言い難い。どのサイトに行っても、女たちは「おこづかいデートできる?」なんて群がってくる男どもとぶつかるんだから。「金をやるからセックスしよう」という言葉を、「中古ｉＰａｄ売ってよ」みたいなノリで吐き出してくる。女が声をあげれば「キムチ女、非常識女」と非難して、しまいには「雑《ぞう》巾《きん》、売春婦」と烙印を押して埋葬してしまう。女しか加入できないようになっている女性コミュニティでも同じだよ。実名認証して、住民登録証をスキャンして顔写真と一緒に送らないと会員加入できないところも多い。それでも男どもはどうにかして女たちの空間に入ってくるんだ。有名な女性コミュニティのＩＤが数十万ウォンで取引されてるって、知らなかったろ？

そうやって潜入した男どもが、何をすると思う？　クソリプだよ。中絶経験を思い切って告白した会員を「堕胎虫」と非難して、彼氏がコンドームをつけてくれず妊娠したようだという会員に「ハニートラップで男の人生を台なしにした」と決めつける。夫と家事を分担している共働きの会員は「稼いでるからって威勢を張るキムチ女」になる。彼氏から性行為を隠し撮りされたと知って助言を求める会員には、「むやみにセックスするやつにそのくらいの代価は当然」とコメントする。初めはどうなんだろうと思ってた会員たちも、持続的なクソリプに判断がくもってきて、そっちに耳を傾けてしまう。「うーん、そこまで言わなくても……」くらいのどっちつかずの反応に、クソリプの発想がしみ込んでくる。クソリプはそうやって効果を発揮するんだ。長い間女たちの内面を占領してきたもの、その残骸が増殖するように働きかければいい。クソリプの発想が拡散されるとユーザーたちは男の視線で女たちと自分自身を見つめるようになり、烙印を押すことに同調し始める。女たちがバカだからじゃない、ネットという空間はそういうものなんだよ。すべてがリアルタイムで瞬時のことだから、ある感情が芽生えて、育って、満開に咲いてしまうのを、個人の力ではどうすることもできないんだ。

すると何が起きてくる？　まず、告白できる雰囲気が消え去る。女同士で共有しているという信頼のもと、誰にも言えなかった経験を告白し、共感してもらえる……そんなもともとの雰囲気が消えていくんだ。判断し、点検し、非難し、断罪する。男どもの発想で互いが互いをののしる。誰かが烙印を押され、コミュニティを追い出される過程を目撃した会員たちは口を閉ざすようになり、アクセスしなくなる。コミュニティが死んでいくんだ。そうして〝爆破〟された女性コミュニティは一つや二つじゃないよ。ユーザー数三十万人超だった「がんばれパッチ」〔訳注・「パッチ」は『シンデレラ』に似た朝鮮の民話『コンジとパッチ』の登場人物で、家事をしないわがままな娘〕もそうだし、「マッシュトマト」もそう。「魔女の世界」ってコミュニティがたった二人の男に潜入されたために〝爆破〟されたのも、すごく有名だし。そうして女たちはネットから消え始めたんだ。女たちの声が消え始めた、と言うのが正確だけど。女たちはネットである程度活動を続けていたけど、声をあげなくなった。観察者として、傍観者として残ったんだ。「非常識女」にならないようつつましく、おしとやかに振るまいながらね。ところがメドゥーサのサイトが爆誕しちゃったんだな。ドドドドーン！

メドゥーサ。髪の毛が蛇で、翼の生えたギリシャ神話の怪物。自分の顔を見た相手をみんな石に変えてしまう力があるという、ものすごく恐ろしい女。このサイトはその名に恥じず、ものすごく恐ろしい。男どもの目をまるで気にしない女たちが集まるところなんだ。気にしないだけじゃない。男どもをあざけり、ののしり、攻撃までする。あざけってののしるなんて。女と男が共に生き始めてこのかた、誰の権利とされていた？　そう、男どもの権利だった。女たちは男という存在をうらやみ、男に服従し、男に感情移入することしか許されてこなかったよね？　ところがついに、男どもをののしる女たちがあらわれたんだよ。ののしる権利、それってそんな重要なもの？　って聞かれるかもしれないけど、私はこれを革命だと考えてる。「善良な女」の道徳を脱ぎ捨てることなんだから。

善良な女は天国へ行くが、悪い女はどこへでも行く。聞いたことあるよね？　メドゥーサが目指すのはそれだ。自由。どこへでも行ける自由、どこででも安全でいられる自由、どこにでも登ることができる自由。「悪女」だとか「雑巾」だとかいう烙印も、メドゥーサには別に意味がない。万が一誰かがメドゥーサを「雑巾」とののしれば、こう返す。「ああそうだな雑巾だな。で？」　こうやって小しゃくに切り返す女に、もはや「雑巾」という言葉は致命的な力を持たない。それが女の自由をしめつけるためにつくられた名だと、私たちはもう知ってしまったから。「雑巾」は現実の女にではなく、男たちの頭の中にしかいない、つくられた女に向けられた言葉だと、すでに見破ってしまったから。

どうしてそんなことができたんだろう。どうしてそんな女たちが登場したんだろう。メドゥーサがある日突然ポンッと生まれたと思う？　とんでもない。「ハーイ、おこづかいデートできる？」に疲れ果て、「キムチ女」という烙印に怒り、クソリプにうんざりした女たちが自然と集まっていったんだ。この広大なネットの領土に女たちだけの土地が必要だ、なのになぜないんだという切迫感からできあがったところ。たった一坪でもいい、男どもから雑巾とののしられずにいられるところ、堕胎虫だママ虫だキムチ女だという言葉を聞かずに自分の経験を告白できるところ、そんなところを求めていた多くの女たちの心が獲得した地なんだよ。だから誕生したんだ。どこにもなかった、女たちのための解放区が。

疲れも知らずに浮かれて興奮している親友の顔を見つめながら、イエスの復活を目撃したマグダラのマリアもこんな調子だったかもなとジスは考えた。とはいえこのたび復活したイエスは、数百匹の蛇を髪にした女の姿をしているけれど。マグダラのマリアならできるはずだ。自分を雑巾と呼ぶ者たちに、そうだ私は雑巾だ、だからどうした、と返すことができるはずだ。左の頬を打たれたら右の頬も出してやるように、自分に向かってきた烙印を、烙印を押す者たちにつき返す力があるはずだ。ほかの女性たちがマリアを根本から支え、勇気を与え、信じる力となってくれる。そんな信仰がすでに誕生したのだから。ともかくメドゥーサは不穏なにおいをプンプン漂わせながらも、妙に宗教的だった。

メドゥーサでは課題に応じて多様なプロジェクトチームを組んでおり、「総代表」と呼ばれるリーダーを置いている。リーダーと言っても、総代表はただあらゆる煩雑な仕事を引き受ける役割だ。「メドゥーサ自警団」はソラネット閉鎖のためのプロジェクトチームの名前だった。もちろん自警団が作られる前にも、メドゥーサのユーザーたちは盗撮禁止のためさまざまな活動をしてきた。隠しカメラ販売禁止法制定のためのキャンペーンを起こし、公衆トイレに盗撮禁止ステッカーを貼る運動もし、メディアが盗撮問題に関心を持つよう啓発し続けてきた。ソラネットがサーバーを海外に置いているという点を考慮し、国際請願サイト「アバーズ」でソラネット閉鎖の請願を上げ、国際的な関心をうながしもした。その後もっとも深刻な性犯罪の温床であるソラネットの閉鎖にいっそう集中するため、プロジェクトチームを組むに至ったわけだ。

ヒジュンの勧誘、というか強要により、ジスはメドゥーサ自警団に合流することになった。自警団が全部で何人いるのかは、誰も知らなかった。各自の個人情報については秘密が維持され、親睦を深めることも禁止されていた。ヒエラルキーを拒否するため、敬語も使われなかった。社会的な地位が何であれ、ここではただの一ユーザーにすぎない。自警団では小規模なチームがそれぞれ独立して動いており、各チームの活動は掲示板を通して共有される。各チームの役割分担ははっきりしていたが、必要なときはいつでも助け合った。ソラネットをリアルタイムでモニタリングし、不法行為を各種コミュニティに告発し、ソラネットのサーバーを追跡し、ソラネット閉鎖のためのSNSアカウントを管理するなど、全員が一糸乱れず動いていた。誰も指示せず、誰も命令しなかったが、各自すべきことを理解しており、一緒に次の段階へ進んでいった。一日に数十件も情報共有のための記事が上がり、激励のコメントがついた。少しでもできることがあれば機会を逃さず挑戦し、さらによい方法が提案される。ヘル・コリアのもっとも隠密な地獄に立ち向かう気概に満ちていたが、そうは言っても厳粛なだけの闘士たちではなかった。奇抜なアイデアで互いを笑わせ、小さな勝利の知らせにも国を救ったかのように大喜びした。ここでは毎日が戦争であり、祝祭でもあった。戦争と祝祭が同時に繰り広げられるこの異常な空間に、ジスは魅了されてしまった。足を踏み入れたらなかなか抜け出せない、というのは当たっていた。率直で怖いもの知らずで恐ろしいところ、という印象も実際その通りだった。そこはブラックホールだった。どこにいても感じることができなかった自由が、そこにはあったからだ。

自警団活動は祝祭のように繰り広げられたが、ジスが引き受けた仕事はまったく祝祭と呼べなかった。ジスはヒジュンと一緒にソラネットのモニタリングチームで活動することにした。

モニタリングはソラネット閉鎖プロジェクトの出発点のようなものだ。ソラネットが女性を対象にした性犯罪の温床だという証拠を探し、誰もが認められるよう記録を残すこと、それがモニタリングチームの仕事だった。暴言と侮辱、凌辱と虐待の投稿がはびこるソラネットをすみずみまで見なければならないだけに、精神的疲労度はものすごく高い。もう限界だと手を引くメンバーが多く、常に人員不足だった。

ソラネットで繰り広げられたことを記録し、非常事態に対応するためには、ソラネットへの会員加入は必須だった。会員加入不要の掲示板もあったが、「どぎついもの」を見たり、投稿してコメントをつけたりするためには会員として加入せねばならず、「昇級」手続きも踏まねばならない。ソラネットで活発に活動している者たちは「作家」と呼ばれていた。「作家」は頻繁に記事を上げたり、知人女性の隠し撮り映像を上げ続けるヘビーユーザーたちだが、ソラネットで彼らは「作品」を生産する「創作者」として優遇されていた。会員加入自体は朝飯前だった。実名認証の必要もなく、くわしい個人情報も要求されなかった。しかし「昇級」しようとすれば、一定の手続きが必要になる。その手続きに、ジスは嫌悪をもよおした。昇級案内にはこう書いてある。「肉便器掲示板に知人女性の隠し撮り映像を上げるか、投稿された女性凌辱イメージにコメントを三つ以上つけることで昇級できます」。ジスは「肉便器」の意味をヒジュンにたずねた。言葉のとおり便器だよ、女の体は便器だってことだろ、男がもらすものを受けとめる。

はらわたが煮えくりかえるとはどういうことか、ジスはこのとき理解した。肉便器という単語を考え出したやつ、まず男にちがいないが、名前も知らないそいつの想像力につばを吐いてやりたい。しかしそれは始まりにすぎなかった。チンコの家、三日一（女と乾燥スケトウダラは三日に一度叩かないと味がよくならない、の略）、瞬ビリ（見た瞬間ビリッと破りたくなる顔写真）、マン電前（女性器に入れた電球が割れる前に）、娼婦、大雑巾、おじぎ食い、不可膳、袋食い、堕胎虫……。とても口にできない単語を作り、楽しげに使っている者たちが、自分と同じ社会に生きているなんて信じられない。掲示板をおおいつくす単語は、誰がより奇抜に、より独創的に女性嫌悪を表現できるか競争しているかのようだ。想像力は言葉のゲームとなって興味津々の「遊び」を提供し、言葉を占領した男たちにつかまえられた女性の体はめった斬りにされていた。

どのみちモニタリングはしなければならず、そのためには昇級しなければならないので、ジスは肉便器掲示板を開いた。ギャラリーをクリックするなり、とてつもないタイトルをつけた投稿がつらなっていた。適当にクリックした。制服を着た女の子の脚を撮った写真だ。「仕事帰りの地下鉄で向かいに座った夜の卵」という説明の下に、コメントがずらずらついていた。俺たちの夜の卵だ、未来の娼婦だな、マジで勃《た》っちゃう。「夜の卵」はおそらく「金の卵」をもじった言葉だ。彼らの目に女子中学生は「未来の娼婦」でしかない。すべての女性を肉便器と呼ぶこの場所には、本当にすさまじい一貫性があった。ジスは目を閉じた。こんなたぐいのコメントをつけなければ昇級できないのだ。ああ、マジかよ。どうしてもコメントがつけられない。目玉がはずれそうなほど痛くなり、頭までズキズキしてきた。

私には無理だ、とヒジュンに訴えた。ねえジュン、こんな世界を知らずに生きたほうが明らかに楽だよ。誰でも簡単に入会して閲覧できるサイトだけど、何にせよ入会もせず見聞きもせずに生きていくほうがいいじゃんか。こんなもの好きなやつらの頭がおかしいにしろそうでもないにしろ、知らずに生きてちゃダメ？　これ絶対やらなきゃダメなの？　ねえ、ほかのことで世の中の役に立てばいいんじゃないの？　ヒジュンが聞いた。目と耳をふさいだまま生きられる？　この世に肉便器なんて単語があるのを知らないふりしたとして、それで私たちが安全でいられると思う？　キ・ファヨンはここに入りたくて入ったと思う？　ムホ駅交差点のあの女性がここを知らなかったからって、安全でいられた？　その女性がいつ私になるかわからないし、私たちになるかもわからない。違う？　女たちがすさまじい苦痛を強いられて初めて、その存在を知ったところなんだ。死にたい気持ちで入っていくところなんだよ。そんな女性たちがこれ以上出ないようにしなきゃ。しばらく言葉を切ってから、ヒジュンは言った。冷蔵庫にビールあるよね？　一杯飲んでやるといい。ストレッチもして。ヒジュンの言うとおりジスは缶ビールのふたを開けた。冷たいビールをのどに流し込みながら、自分が今何と闘うべきなのか実感した。相手はソラネットのユーザーたちではない。ソラネットを知らんふりしたい自分との闘いだった。肉便器という言葉にはらわたが煮えくりかえるほど怒りながらも、できればその言葉から遠ざかったほうが安全だと信じている、そんな気持ちとの闘いだった。キ・ファヨンのことを考えた。ムホ駅交差点の、名前も知らない女性のことを考えた。次は私たちの番かもしれない、という親友の言葉は真実だ。真実、不都合な真実、避けられるものなら避けたい真実。真実を前に目を閉ざすのはたやすいが、その代価は残酷だ。ジスは固く心に決めた。これは、私のための仕事だ。

本格的なモニタリングが始まった。ジスの目にはソラネットのほぼすべての投稿が犯罪行為に見えた。女性たちの体を隠し撮りしネットに流すことが犯罪でなければ、いったい何が犯罪なのだ。そんな画像を見てコメントをつける者たち、画像をあちこちに拡散させる者たちも、まとめてとっつかまえてぶち込めばすむことじゃないか。しかし法はもっと複雑だった。ジスは法的根拠を調査し判例を収集しているほかのチームの資料を読んで、法と司法府は決して女性の味方ではないと思い知らされた。

ソラネットに隠し撮り動画、違法撮影物を上げた者を処罰することができる法律は、大きくわけて二つ。まず「性暴力犯罪の処罰等に関する特例法」第十四条「カメラ等を利用した撮影」に関する規定だ。「カメラ、またはそれと類似した機能を持つ機械装置を利用し、性的欲望または羞恥心を誘発し得る他人の身体をその意思に反して撮影したり、その撮影物を頒布、販売、賃貸、提供または公然と展示・上映した者は五年以下の懲役または一〇〇〇万ウォン以下の罰金に処す」となっていた。撮影時には対象者の意思に反していない場合でも、後に対象者の意思に反して撮影物を流布させた者は罪に問うことができた。そして「通信秘密保護法」の「通信媒体を利用した猥褻行為」条項もあった。この条項は「自己または他人の性的欲望を誘発させたり、満足させる目的で電話、郵便、コンピュータ、その他の通信媒体を通して性的羞恥心や嫌悪感を起こさせる言葉、音響、文章、絵画、映像またはものを相手に到達させた者は二年以下の懲役または五〇〇万ウォン以下の罰金に処す」と規定している。

ここで問題になるのが「性的欲望または羞恥心を誘発し得る他人の身体」がどこを指すのか、という点だ。この規定のおかげで多くの者たちが処罰を免れていた。女性の体を隠し撮りしたとしても、胸や尻を撮った写真でない場合、大部分が無罪とされた。トイレで女性の膝下を撮ったものは「性的羞恥心を誘発する」という判決が下り、地下鉄内で足を組んで座った女性を撮影したものは「一般的な目の高さ」で撮影したものとして無罪判決を受けた。通りでスカートをはいた女性の全身のうしろ姿を撮影し、ネットに流した者もまた無罪だった。その画像には「知らない女の後をつけてみた」というタイトルがついていた。知らない男がついてきて自分の写真を撮っている、その状況で女性が感じるであろう恐怖と不快感は罪の基準にならなかった。またチャットを通じて受信した画像を流布させた場合、「撮影ではない」ため処罰を免れた。もっとも重要なのは、「性的羞恥心」を起こさせなければ性暴力犯罪にならないことだ。それゆえ顔が識別しづらく個人を特定できない画像、「平均的な女性」を隠し撮りした画像の場合は起訴されることもまれだった。捜査段階で警察は被害者に示談を強くすすめ、検事は起訴猶予や不起訴処分を下す場合が多かった。性暴力犯罪で刑が確定すると二十年間その事実が公開されるため、たった一度の「失敗」のために男の人生が台なしになるのはいかがなものか……と考えているのだ。加害者が被害者と恋人関係で、画像をまだ流布していない状況で示談した場合、「嫌疑なし」の処分が出ることもあった。実際罪が認められたとしても、罰金は三〇〇万ウォンだった。元彼が画像をネットに流したという状況証拠が確実にもかかわらず、「俺は流してない」と主張する男の陳述だけが証拠として認定され、起訴すらされない場合もあった。もちろん警察は男のスマホも押収せず、データ分析もしなかった。

本当にあきれる判例はほかにもあった。朝鮮族の男性がソウル都心で三日間、三十一回女性の脚ばかりを撮影して拘束された。大韓民国司法府は「被害者の姿に好感を持ち、そのような姿の配偶者を持ちたいと希望する気持ちで、その写真を大切にしまっておこうと、被害者の全体的な姿を撮影したものである」として一部無罪判決を下した。法が誰の立場で事件を見ているのか、明白に教えてくれる判決と言わざるを得ない。自分の体の一部が隠し撮りされたという事実に恐怖と脅威を感じ、不快感を持った女たちではなく、「自由奔放で開放的な服装」を見れば当然性的好感を持つものだと容認する男性たちの視線が、法を貫いていた。医大に在学中のある男性は、何と八カ月の間に五百回にわたり百八十三名の女性たちを隠し撮りしたが、起訴猶予処分が下りた。本人が反省しており、長文の反省文を作成したから、というのが検察の説明だった。その男のスマホには実の妹の写真も保存されていた。将来医者になる前途有望な人生を保護しなければ、という司法府の無意識はこれほどまでに強力なのだ。

男性たちは隠し撮りし、ネットに上げてコメントをつけ、あちこちに拡散させても大した罰を受けなかった。男なら当然好感を持つものだからと女の体を撮影し、別に他人の人格権を侵害しているわけではない、罪でも何でもない、と認識されていた。彼らはあまりにも楽に生きていた。一方で被害女性は動画がいつ、どこに出回るかという恐れに震え続け、二次、三次拡散に対しては誰にも法的責任を問えない状況で、一人で苦痛を味わっていた。資料を読めば読むほどジスのため息は増えていく。どうしようもないこのヘル・コリア、滅びるのもすぐだろう……そんな方向に頭が向かっていく。ところがそれだけではなかった。先の事例は加害者を特定することができたため、まだ告訴し、裁判を行って加害者に罰を受けさせようと試みることができた。しかし告訴すらできない場合が多かった。「招待客」と呼ばれる彼らだ。

ソラネットのモニタリングをするたびに、ムホ駅交差点の女性が思いだされた。どうやって生きているのだろうか。ヘル・コリアでどうにか生き抜いているだろうか。「招待」は相変わらず、日に何件も行われていた。地域も、対象も、曜日も選ばずに。昨日は木浦《モクポ》と大田《テジョン》で、一昨日は全州《チョンジュ》と仁川《インチョン》と蔚山《ウルサン》で、その前日にはソウルと光明《クァンミョン》で、その前々日には釜山《プサン》と水原《スウォン》と清州《チョンジュ》で、月曜も火曜も金曜も日曜も、招待は行われていた。彼女、元カノ、別れた彼女、つきあっていた彼女、女の後輩、同じ課の女性同期、勉強会の女性会員、飲み屋の向かいに座っていた女、クラブで会った女、通りすがりの女、女、女……。この社会に女の体で生まれることは呪いだ、とソラネットは言っていた。

自分の膣と子宮を取り出してしまいたい。女性であるという理由だけでこんな目にあうのなら、本当にそうしたい。そう言っていた被害女性のインタビューを思いだした。人の生物学的条件を「呪い」にし、「リベンジ」の祝祭として楽しんでいる場所、ソラネット。ジスはモニタリングをするたびに怒りの涙を流し、缶ビールを空けた。膣と子宮の尊厳のための仕事だったが、その尊厳が踏みにじられている現場を点検するのは、とても苦痛だった。それでもどうにか黙々と仕事をやり通した。動画をダウンロードし、動画とコメントが映っているモニター画面をスクリーンショットした後、関連するものを一つのファイルにまとめて保存する。

しかしジスがダウンロードした画像からは、最低限の情報がすべて取りのぞかれていた。ソラネットのように違法撮影物の流通するサイトでは、画像を上げた者の個人情報がさらされないよう、画像を上げる過程でそういう情報がすべて除去されるようなシステムが作られている、とヒジュンが説明した。一定の時間がたてば投稿が自動的に消去される「ゲリラ資料」を作るノウハウや、迂回アクセスでIPの痕跡を残さない方法などがユーザー同士で共有されているそうだ。だから誰もつかまらないんだよ。どんなことをしでかしても私たちには何もわからない。女子中学生を酔わせて集団レイプしている映像が上がっても、誰も罪に問えない。罪ではないかと問えば異常者扱いされる場所、そこがソラネットなんだ。

40

メドゥーサ自警団の活動は全方位的で、怒りは収まる間もなかったが、状況はそうたやすく変わらなかった。警察はサーバーが海外にあるという理由で捜査すら始めず、放送通信審議委員会によるサーバー遮断はまったく期待できない。徹底してベールに包まれたソラネットの運営陣は、複数の流動IPを回しながらサイトを維持していた。ソラネットは相変わらず別れた彼女をこらしめるという大義名分で裸の写真が上げられ、招待客募集が行われ、性産業の女性を相手に元を取るノウハウが掲載されていた。ソラネットは強固で、アクセス数は強大だった。ポルノの制作も流通も違法とされる韓国で、十六年間何の制裁もなく、想像し得るすべての性的暴力の投稿が百万人のユーザーから供給されてきた流通網だ。そう簡単に止められるわけがなかった。ソウル大出身とされる四十代半ばの中心運営陣は、オランダ、オーストラリアなど韓国の警察力が及ばない国の国籍を取得した後、そこでサイトのサーバーを構築し、警察の取り締まりを逃れるためすべての取引をオンラインのみで行う徹底ぶりだ。ポルノが違法なため、ソラネットは当然映像物の著作料を一銭も出しておらず、むしろ違法性売買業者と違法賭博業者たちから百万人のユーザーに広告をする対価として、一月に数十億ウォンを受け取っていると推測された。いったいどうやってつぶせばよいのか。これ以上どんな方法を試さなければならないのか、時間が経過するほど自警団はあせっていった。毎日招待客募集記事をスクリーンショットし画像を保存しているジスも、徐々に疲れ果てていった。

そんなある日、ツイッターアカウント「ソラネットしてるの?」が開設されたというニュースが伝わった。ソラネットは警察の捜査とIP遮断を避け周期的にサイトアドレスを変えており、新しいアドレスはツイッターで知らせていた。三十八万人がそのアカウントをフォローし、性暴力コンテンツを楽しんでいる。そんなフォロワーたちに「ソラネットしてるの?」とリプを送ることでさらし者にするアカウントの登場が、自警団に新しいエネルギーを与えた。驚くべきことにソラネットのフォロワーはパク・クネ大統領から地方自治体公式、高位公職者、芸能人まで実に多様だった。ジスはソラネットユーザーであると明らかにされ謝罪する有名人たちに、考えつく限りの罵詈雑言を浴びせた。一瞬にして、流行語のように「ソラネットしてるの?」がSNS上に広がったが、当のソラネットではなく、「ソラネットしてるの？」のアカウントのほうが一日で停止されてしまった。ツイートで名指しされた者たちから通報を受けたのだろう。別アカウントで再び開設されたが、また一日で停止された。「ソラネットして悪いか」というアカウントも生まれた。そのアカウントは「ソラネットしてるの？」が「私生活」を侵害する不快な質問だと主張した。そして翌日、メドゥーサの掲示板に「緊急提案」が投稿された。「世悪野《セナッキ》（世の中にゃ悪い野郎がいたもんだ）」というニックネームのユーザーが、ソラネットに対して総攻撃をしかけようと提案し、全員が歓声で応えたのだった。ソラネット総攻撃。なぜ思いつかなかったのだろうか。ユーザー百万人というサイズに圧倒されもしたし、徹底的な秘密運営から「犯罪組織とつながっているのでは」という漠然とした推測と恐れを感じたのも事実だ。しかし「ソラネットしてるの？」で気運が高まった今、ソラネットに直接なぐり込んでこの不快な質問をこれでもかと投げつけるのは非常に有効なアイデアと思われる。

「世悪野」はソラネット総攻撃の意味を次のように書いた。

ソラネット攻撃のメッセージはこうだ。「ソラネットが誰にも侵犯されない鉄の城壁だと思ってんだろ？　違うわクソども、うちらが監視してるんだよ。おまえらが何して遊んでいるか監視している女たちがいるんだよ、それも一人や二人じゃねーぞ。今後はソラネットにアクセスするたびに思い出すだろうな。おまえを監視している女たちを。犯罪者を諦めず追跡し続ける女たちを」

「脱コル（脱コルセット）」というニックネームのユーザーも記事を上げた。

ソラネットを閉鎖させなければという主張に、ソラネットのユーザーたちは答えるだろう。シコシコやる権利までうばうのかと。笑止千万。シコシコやるがいい、誰も止めん。だが犯罪はだめだと言ってるんだ。きわめて常識的じゃないか？　私たちは常識を追求しているだけだ。常識が過激な主張のように見えるなら、それこそヘル・コリアが非常識だという証拠だ。


百万ユーザーを誇る性暴力の震源地を攻撃しようという提案に、数日の間メドゥーサ全体がざわついていた。ジスにはソラネットのようなサイトを攻撃する、というのがどういう意味なのかよくわからなかった。サイト攻撃などしたことがない初歩ユーザーには、いったい何をどうしたらいいのやら。ヒジュンの家で一緒に戦闘に参加することにした。攻撃時間を待つ間にヒジュンが技術的なことを教えてくれた。

「女性コミュニティの掲示板がときどき変な記事で埋めつくされてるの、見たことない？『キムチ女は切り刻んでから食わないとな』とか、まあそんなタイトルで投稿が数百件ずつ上がってくるやつ。男性ユーザーが一斉にそんな投稿を上げてるんだよ」

「何でそんなことすんの？」

「ネットユーザーにとってコミュニティは一種の家だし、町なんだ。守らなければならない領土なんだよ。掲示板もギャラリーも全部土地なの。そこに何者かが侵入して、コミュニティとまったく関係ない記事や写真で埋めつくしてしまったら、土地を奪われたも同然なわけ。だから掲示板を埋めつくすことは侵犯であり、侵奪なんだ。メドゥーサがソラネット相手に戦争を始めるってことだよ」

「ソラネットは私たちの敵であって、その敵を討ちに行く、ってわけか」

「そういうこと。男どもはよくやってるよ。男性コミュニティ同士でもしょっちゅう争ってるけど、女性コミュニティに対しても退屈しのぎに乱入してバカ騒ぎするんだ。女だけで集まってこっそり何かやってんのが許せないんだろ。そうやっていくつかの女性コミュニティが攻撃されたよ。男どもの気にさわる投稿が上げられていたって理由で」

領土、戦争、攻撃……こんな言葉がジスの耳元をビュンビュン通りすぎていく。これまでオンラインコミュニティに入ることもなく、今ようやくメドゥーサを通じてネットのしくみをわかりかけていたジスにとっては、明らかに新世界だった。

「メドゥーサも侵略されたことあるの?」

「いや、今のところは。だってメドゥーサ怖いじゃん」

「今回のことでソラネットがメドゥーサを攻撃してきたら?」

「それはないね。DCインサイドのコメディギャラリーを攻撃したらすぐ報復戦になるだろうけど、ソラネットの場合はそうはならない。メドゥーサを討ちに来れば『僕はソラネットユーザーです』って自白することになるだろ。そこまでして闘うほど誇らしい場所じゃないから」

「でも、ジュン……怖いよ私」

「ビビるなって、楽しくやればいいの」

「私の個人情報バレたりしない？」

「あんたの個人情報バラすやつはこの手で殺す。オーケー？」

ソラネット総攻撃のためのオープンカカオトークルームが開設され、百余名のメドゥーサユーザーたちが集まってきた。特定の時間にこれだけ多くが集まったのは初めてだ。攻撃時間と方法について、熱を帯びた議論が行き来している。ユーザー百万人を率いるソラネットを攻撃するには明らかに人手不足だが、百人力の自信を持つメドゥーサたちは「それでもやってやろうじゃないか」と闘志に燃えていた。

ユーザーたちは掲示板を埋めつくす方法と、ギャラリーを塗りつぶす「チャルバン」を共有しながら攻撃時間を待った。「チャルバン」とは面白い写真や動画のことだが、メドゥーサユーザーたちは女性の体をあざ笑い侮辱する男たちの手法をまねて、男性をバカにする画像を多数保有していた。筋肉質の男性を面白おかしく描いたものや、うなだれた男性がペニスに塩をふられている絵など、そんなたぐいの画像だ。トークルームは台風前夜の、あるいは祝祭前夜の騒がしさと浮かれた空気でいっぱいだった。

——待ってろレイプ犯ども。首をちょん斬ってやる！

——メドゥーサの名できさまらを裁く！

――ところで会員登録しなきゃダメ？
――チャルバンのどぎついやつ共有よろ。私が持ってるやつ生ぬるすぎるわｗｗ
――肉便器って何？　侮辱コメントってどうやってつけんの？　うげええ、このイカれ野郎ども！！！
――目え閉じて書け。その画像上げた男に向かって言うつもりで。そしたらスラスラ書けるぞ。
――こっちのＩＰ追跡されるんじゃない？　ソラネットってバックにヤクザがいるらしいじゃん、怖いよお（泣）
――雰囲気盛り下げること言うなっつの。
――ったく、ビビんなよな。

そして夜九時、攻撃が始まった。

41

・座標
http://gallary.soranet.com/listphotoid=****
http://gallary.soranet.com/listquidlesf=****

・攻撃時間
二〇一五年十一月十二日木曜日夜九時から投稿ボタンが落ちるまで。

・方法
「おまえソラネットやってるな?」というタイトルで埋めつくし、チャルバンをアップ。

攻撃対象はソラネットでもっとも悪名高い「彼女掲示板」と「フェチギャラリー」だ。毎夜招待客募集が投稿されては、元カノをこらしめるという隠し撮り動画が投稿されるところ。「投稿ボタンが落ちる」というのは、同時に殺到する投稿でシステムが麻痺し、投稿自体ができなくなるという意味だ。ソラネットという巨大な地獄を動かすシステムが一瞬、機能を止めるということだ。それはすなわち、メドゥーサの勝利を意味する。もちろん攻撃を止めればシステムはすぐ復元され投稿も可能になるが、システムが麻痺する瞬間、ソラネットは完全に敗北するのだ。毎日数百万のアクセス数を誇るソラネットの投稿ボタンを落とすには、百余名の人員がそれこそ指が見えないほど速くキーボードを叩かなくてはならない。

九時ジャスト、ついに攻撃が始まった。メドゥーサユーザーたちは「彼女掲示板」と「フェチギャラリー」へ押し寄せた。一分一秒が急がれる。一瞬にして「おまえソラネットやってるな?」というタイトルで掲示板が埋めつくされ始めた。男たちがいやがるようなチャルバンが堂々と画面を制覇した。「彼女掲示板」の最初のページはあっという間に溢れかえり、2ページ、3ページ、4ページ、5ページと、続けて占領されていく。ソラネットの新しい領土が、メドゥーサの旗でいっぱいになる。「おまえソラネットやってるな?」という文句が、ソラネットという名をはずかしめていた。鉄の城壁のように強固だったソラネットが侵奪されていった。メドゥーサの名において、性的暴力に苦痛を受けている女たちの名において。

目標に向かって一心不乱に動くメドゥーサの力は並じゃなかった。ジスはドキドキしながらヒジュンの指さばきについて行き、一つ、二つとぎこちなく記事を上げていた。しかし一瞬でページが溢れることに胸がいっぱいになってきて、いつの間にか光の速度でキーボードを叩く自分に気づく。おまえソラネットやってるな? 女の体を肉便器と呼ぶその場所に、おまえも出入りしているな? 女が酔いつぶれてくれてありがたいとばかりに「リレー」するサイトに、アクセスしているんだろ? 不特定多数の、名前も知らないユーザーたちに向かってジスは言った。犯罪だよ、重罪なんだよ。ソラネットをやめろ、もうアクセスするな。頼むから、女たちをモノのように考える時代遅れの男になるな。女は血と肉と夢と希望を持った人格なんだって理解しろよ!

たった五分で10ページが埋まり、ソラネットの悪名高い二つの掲示板には「おまえソラネットやってるな?」というタイトル以外に何も残らなかった。「肉づきのいい彼女をめちゃくちゃにしてください」という記事が押しやられた。「毎晩やらせてくれた元カノ」の隠し撮り動画を見ようとすれば、はるか遠くに押しやられたリストを見つけださなければならない。百余名のメドゥーサユーザーがキーボード戦士になっている間、ソラネットユーザーの記事は一つとして上がってこなかった。ソラネットは沈黙した。息する音も立てなかった。鉄の城壁と信じていたソラネットが攻撃をくらう、それも女たちに占領されるとは信じ難いだろう。おまえソラネットやってるな？　で埋めつくされ溢れていくページを見て、ジスはさらに元気が出た。横に座るヒジュンの指は、躍っていた。口を固く結んでモニターをにらむ親友の顔は怖く見える。ものすごく集中しているのだ。ジスは再びキーボードを叩きまくった。しかし投稿ボタンはまだ落ちない。百余名では足りないようだ。「世悪野」がカカオトークルームに緊急告知を上げた。

——火力支援要請されたし。

メドゥーサ掲示板にも記事が上がる。

——女性向けサイトに火力支援要請されたし。女たちの力を見せてやろう！

「火力支援要請って？　どこに要請すればいいの？」

ジスがたずねた。

ヒジュンは光の速度でキーボード上の指を動かしながら言った。

「あんたが知ってる人みんなに。オンラインコミュニティの掲示板とか大学同窓会のカカオトークグループとか、高校の友だちのトークグループとか、そんなとこ。あ、キ・ファヨンにも」

ジスはキ・ファヨンにメッセージを送った。正義のための仕事に、助けが必要なんだ。キ・ファヨンにソラネットのギャラリーURLを送り、ほかいくつかのグループにも送った。ノートパソコンのキーボードを叩きながら掲示板を塗りつぶすと同時に、スマホで火力支援要請をする。攻撃に参加している全員がそうしたのか、二、三分後、「彼女掲示板」の埋まる速度が急に上がった。ジスの指も暴風を起こしてキーボードを叩きまくった。そうして五分、とうとう「彼女掲示板」の投稿ができなくなった。投稿ボタンが落ちた。システムが屈服した！「彼女掲示板」を攻略していた者たちが同時に「フェチギャラリー」に押し寄せた。二分以内に投稿ボタンが落ちた。攻撃開始から十五分以内。ジスはいすから飛び上がり、勝った！と声をあげた。ヒジュンも立ち上がってジスを抱きしめた。だから何だというのだ、ソラネットを閉鎖させたわけでもなく、招待客をつかまえたわけでもないのに、たかだか数分間ソラネットのサイトを麻痺させただけなのに、どうして涙が出るんだろう。

メドゥーサは50ページ近いソラネットの領土を占領した。まだ誰も足を踏み入れていないソラネットの領土、50ページを。隠し撮り動画が投稿され、女子中学生のスカートの中を撮った写真が上げられる、そんな地にメドゥーサの旗がひるがえった。百万ユーザーを相手に、ほんの百余名の女たちが収めた勝利だった。まもなくメドゥーサ掲示板に攻撃画面のスクリーンショットが投稿された。数多くのコメントがついた。女性コミュニティから火力支援に来た者たちの感想も上がってくる。鉄壁のような女人禁制の空間ソラネットを「おまえソラネットやってるな?」が埋めつくしたこのときを、みんな感激して迎えた。どうにか二つの掲示板を麻痺させただけだが、そして明日になればまた女性をおとしめる数百件の投稿が上がってくるだろうが、それでも今日の勝利は卵で岩を割るような、不可能に見える目標への大きな一歩となるだろう。ソラネットはもはや、誰も手を出せない場所ではない。ソラネットを監視する数多くの女たちがいる。このメッセージがどれほど強力か。ジスはヒジュンを抱きしめ、しばらく涙を流していた。トークルームも勝利の喜びで爆発していた。

——メドゥーサやっててこんなに誇らしく思える日が来るとはな。
——まさか、この程度の勝利で鼻水たらして泣いてないだろうな。
——私洟《はな》すすってるww。今日は思いっきり泣いてもいい日だから。
——明日もまた私たちの戦争が続くだろう。
——今日の小さな勝利が、明日のさらに大きな勝利をもたらすと信じる。
——クッソ、地球の果てまで追いかけてぶっつぶしてやる、ソラネット!

「身辺保護のため、このトークルームはただちに爆破する」というメッセージを最後に、突然世界は静かになった。メドゥーサの名においてソラネットをこらしめようと、光の速度でキーボードを叩いていた戦士たちも去っていく。ジスは楽しい夢を見た後の何とも言えない余韻に浸って、しばらくものも言わなかった。ヒジュンも同じく、言葉がなかった。ジスが冷蔵庫から缶ビールを二つ出し、ヒジュンに一つ渡して自分も缶を開け、ちびちび飲み始めた。十五分間の戦闘、そして勝利。ジスは今夜、自分が何だか前より強い人間になったような気がした。怒った、行動した、そして勝った。勝利した……。勝利。この単語がこんなに痛快で胸がいっぱいになる言葉だったと、今夜初めて知った。何かと戦ったこともなかったし、勝ったこともなかった。しかし今は違う。怒って行動して勝つのだ。いつか何かに引っかかって倒れて前に進むのが怖くなったとき、今日の勝利を思いだすだろう。私に充電器ができたんだよ、バッテリーが落ちてへなへなになるたびに、ものすごい動力を充電してくれる、そんなものを得られたんだよ。ジスが言った。ヒジュンが缶ビールを掲げて乾杯を求めた。

42

キ・ファヨンはジスがカカオトークで送ってきたリンクからソラネットに入っていった。ジスのSOSに何ごとかと思い「おまえソラネットやってるな?」というタイトルで埋めつくされた掲示板を見ると、胸がバクバク言い始めた。ソラネットが攻撃されている。二度と足を踏み入れたくない場所だったが、そこが攻撃されている姿はめまいがするほど気分がよかった。新しいページが作られ「流出・国ノ、女子大セフレ」などのタイトルがうしろに追いやられるのを見守りながら、キ・ファヨンは思わず歓声をあげた。
一、二分間は目で追っているだけだったが、やがてキーボードを叩き始めた。会員登録はすでにしてあり、ジスが教えてくれたとおり昇級もしていた。男性をバカにするチャルバンは上げられなかったが、ここにアクセスしているであろう数多くの男性たちに向かって「おまえソラネットやってるな?」と問うだけでも、何かすごいことをしているような気がする。
投稿ボタンが落ちるまで攻撃を止めるなと、ジスからメッセージが来た。ふとキム・セジュンもこの攻撃を見守っているだろうかと思った。セックス動画を隠し撮りして上げるくらいなら、ヘビーユーザーのうえに「作家」先生になっているはずだ。随時ソラネットにアクセスして自分の「作品」を見直し、コメントに返信しているだろう。今ここに、ソラネットにいるキム・セジュンのことを考えるなり、胸の奥から熱いものが湧きあがった。キーボードを叩いていた指を少し止め、画面をにらむ。そしてまた暴風のようにキーボードを叩き始めた。「キムチ女が警告する」。心臓が飛び出すんじゃないかというほど激しく鼓動しても、なお叩き続けた。

私こそまさしくあの礼儀知らずのキムチ女だ。
女神のふりをしてたとかいう、あの雑巾女だよ。
「身元を突き止めたらセックスさせてやる」だと?
まぬけ野郎が何をどうするつもりだ、笑わせるな。

おまえ、よく知ってるじゃないか。自分がどれほどまぬけなやつか。
悪いが私も知っている。おまえのまぬけさを私も知っているんだよ。
おまえと会った女ならみんな知っているよ。知らずに済まないじゃないか。
だからおまえは悪あがきするんだろう。
女たちに薬を盛って、侮辱して、レイプする。
おまえみたいなやつは地獄の炎に放り込まなければな。
おまえみたいなやつに罰を与えるために、地獄というものがあるのだから。
私がやってやろう。
必ずやってやる。
死ぬんじゃないぞ。すぐ訪ねて行くから。

投稿ボタンが落ちた。キ・ファヨンの投稿がアップされた。その瞬間、ボタンが落ちたというジスのメッセージが来た。それ以上の投稿はなかった。メドゥーサが撤収したソラネットにキ・ファヨン一人が残っていた。「おまえソラネットやってるな?」で塗りつぶされた掲示板の先頭に、「キムチ女が警告する」というタイトルが上がっていた。

43

「見たか？　ソラネットが攻撃くらったの」

「メドゥーサ女どもに？」

「大したもんだよな」

「大したイカれ女どもだよ」

　二人の男の会話にジスは目を覚ました。隣の席のユ・サンヒョクと、向かいのキム・ミンスの声だ。目は開けたものの、机に突っ伏したまま動かずにいた。昨夜はほとんど眠れなかった。ヒジュンのベッドが狭すぎたせいではない。異常な興奮から覚醒状態が鎮まらず、眠れなかったのだ。それでメドゥーサのサイトを開いて投稿を読み、コメントをつけながら、朝五時三十分に合わせたスマホのアラーム音にハッと驚いて出勤準備をした。同僚たちが昼食に出かけている間オフィスに残り、ヒジュンがURLを送ってくれたフェイスブックの投稿を読んでいるうちに眠ってしまった。ユ・サンヒョクとキム・ミンスがその間に食事を終えてオフィスに戻ったようだ。

　ジスは目が覚めかけた状態で二人の会話を聞いた。やはりメドゥーサのソラネット攻撃が話題だった。ソラネットを攻撃したのは昨夜のことだが、もうSNSで爆発的に反応が広がっていた。「おまえソラネットやってるな？」で埋めつくされた掲示板のスクリーンショットが、勝利の知らせのように拡散された。「#おまえソラネットやってるな？」のハッシュタグ運動もさらに猛烈になっている。ソラネット攻撃とともにソラネット閉鎖のための請願にも火がついて、関連ニュースがポータルサイトに上がり始めた。大衆の関心を呼び起こすことに、ソラネット攻撃は大いに成功したと言える。何より「ソラネット」という名が権威を失い始めたことが大きな成果だった。十六年もの間、女性への極端な、あらゆる暴力を試すように行いながらも不可侵の神聖な「兄貴」としてあがめられ続けた「ソラネット」という名が、今や何かうしろめたい日陰の存在のように、毒キノコのように書かれ始めた。

「おまえソラネットやってるな？　か。奇抜だよなあ。俺ギクッとしちゃったもん」

ユ・サンヒョクの声だった。

「その程度でビビるなよ。クソッ、ソラネットして悪いか」

キム・ミンスの声だ。

「ん？　あのツイッターアカウントおまえが作ったの？」

「だったらどうした？」

「イカれてんなあ」

二人はくっくと笑った。

「今はツイッターもフェイスブックも容赦ないぞ。ソラネットしてるなんて書いたらハチの巣つついたみたいに飛びかかられるんだから。ミンスもこういうときは気をつけたほうがいいって」

「メドゥーサが怖くてソラネットをやめるのか？　あいつらに煮え湯を飲ませてやらない

と。あそこをどこだと思って暴れやがったんだ。個人情報だらだら流されて無惨な写真をソラネットに上げられれば、やつらも正気に戻るだろ」

「いいからやめとけよ。むやみに手を出すと大恥かくぞ」

「俺は黙っちゃいられないね」

キム・ミンスのひんやりした声にハッと眠気が覚めた。煮え湯を飲ませてやると言う彼の顔に何が浮かんでいるのか、ジスは気になった。ふとキム・ミンスなら本当にメドゥーサユーザーたちの個人情報を突き止め、無惨な写真を流せるような予感がした。ジスはユ・サンヒョク以上にキム・ミンスが苦手だった。ユ・サンヒョクはせっかちで単純で、すぐにカッとなる短気な男のようでいて、実際それほど危険ではなかった。キム・ミンスは違う。何でもすぐ真に受けるユ・サンヒョクを煽ってはそそのかすキム・ミンスが、ジスは気に入らなかった。まずい状況になるとうしろに隠れて逃げる卑怯さも不快だ。平凡な二十代後半の男に見えるキム・ミンスの内面には巨大な憎悪の水路が流れているのかもしれない、ときどき漠然とそう考えることがあった。

おととい酒の席で爆弾発言をしてからは、二人はジスを透明人間扱いしていた。業務関連で意思疎通が必要なときはシヒョンが間に立った。昼食も一緒にはとらなかった。ジスはキムパプやサンドイッチを買って、一人オフィスで食べた。インターン同士の親睦などクソくらえ状態になった。同僚として仲良くしようという最初の決意は、いつの間にかお互いへの軽蔑と敵対心に変わっていった。ジスの机のほうにやって来る軽い足音が聞こえると、二人は口を閉じた。

「ほら起きて、これ食べて」

シヒョンがジスの肩をゆすって起こした。ジスは今ようやく眠りから覚めたように、ぼんやりした雰囲気を漂わせて顔を上げた。ハムエッグサンドイッチとカフェラテがジスの机の上に置かれた。やわらかなコーヒーの香りをかいでいると食欲が湧いた。ユ・サンヒョクとキム・ミンスはパソコン画面をのぞき込み、ジスのことは知らんふりをしている。ジスはサンドイッチとカフェラテを持って休憩室に入って行った。シヒョンもついて来た。

「体調悪いの？」

「ううん、眠れなかっただけ。あんたはよく寝た？」

コーヒーをひとくち飲んでジスが言った。

「そりゃもう、寝るのだけが楽しみだもん」

「そんなら起きずに眠ってなよ。いつまでも幸せに」

「でも死ぬ前に一度は恋愛しなくちゃ」

そう聞いてジスはサンドイッチから口を離した。

「シヒョンはさ、隠し撮りとかしないよね？　セックスしながらこっそり動画撮ってどこかにアップしないよね？　それなら私、つきあってもいいよ」

恋人を持ったことがないシヒョンなら、別れた彼女の隠し撮りや、彼女とのセックス動画をアップしたりできないだろう。言ってみれば今の時点で「汚染されていない区域」なわけだ。

もちろん通りすがりの女性の脚や胸を撮らなかったという保証はないが、それはどの男も同じだ。ジスの言葉にシヒョンが気を悪くして言った。

「つきあう条件がその程度なの？　隠し撮りさえしなければいいって？　僕の魅力に気づいてないんだか、それとも僕に魅力がないんだか……」

「今の私にとっちゃあ、男の魅力なんてその程度なの。女の安全を脅かさないこと。殺さず、殴らず、隠し撮りしないこと。そんな男がめったにいないんだって、痛切に感じてるとこなんだよ」

「ねえ、近ごろどうしたの？　トン・ジス、過激になったよ？」

ジスはうっすらと笑いを浮かべた。私が過激になった？　おとなしかった私がなぜ過激になったと思う？　過激にでもならなけりゃ自分の身一つ守れない世の中なんだよ、男の身にはわかるまいけど。ジスは言った。

「私が殺されるとしたら、犯人として一番可能性が高いのは彼氏か夫だもん。性暴力の半数以上が親密な関係で起こるんだし、女を殺す男の半数以上が被害者の夫や彼氏だよ。『別れよう』と言われて『殺してやる！』と襲いかかる男がどれほど多いと思う？　どうして『安全に別れられる方法』って情報が出回ってるんだと思う？　不治の病にかかったと言うとか、一億貸してくれと言うとか、ゲップやおならしまくって彼氏の愛が冷めるようしむけるとか……そういうの聞いたことない？　まあ、本当に過激な女たちは男を完全に切り離すよね。でも私はそうやって生きる自信はない。恋も愛も経験したいんだ。ただ、男を信じられない」

「ちょっとまさか、ジス、メドゥーサやってるの？」

「やってたら何？」

「ソラネットも攻撃した？」

「したら何？」

「ぶっきらぼうだなあ。ののしられないだけありがたく思えってこと？」

ジスはサンドイッチを食べながら軽く嘆いた。シヒョンという男友だちがふと、ありがたく感じられた。メドゥーサユーザーであることを明かされても、怪物を見るような目つきにならない。そんな男この世に何人もいないだろう。サンドイッチを飲み込んだジスに、シヒョンがたずねた。

「ところでキ・ファヨンのことはどうなった？　デジタル葬儀社に依頼はしたのかな」

「したみたい。でもそこも頼りにならないってよ。すごい勢いで拡散されちゃって、消してしても消してもどこからかまたあらわれるんだって。最初にアップした犯人もまだわからないし。カン・ピルジュだという証拠もまだ見つけられてないから、告訴もできない。キ・ファヨンは別の男を疑ってるみたいだけど、くわしく話してくれなくてさ」

「地獄だよね」

「それな」

「あんまり深入りしすぎないでよ。世の中がいくら地獄でも、僕らは僕らの人生を生きなきゃならないんだから」

「それ卑怯に聞こえるんだけど」

「そうかもしれないけど、しかたないよ」

「私は私の人生を生きるためにやってるんだよ。ヒマでしょうがないからメドゥーサにコメントつけたり、サイト攻撃したりしてるんだって思ってる？　ソラネットに張りついて招待客募集投稿をスクショして動画をダウンロードして……楽しんでやってるように見える？　生きるためだよ。死なずに、生きているためにやってるの。あんたは一旦死んでまた生まれかわっても理解できないだろうけど、生きようとしてやってんだってば。……サンドイッチごちそうさま」

ジスはカフェラテを持って立ち上がった。シヒョンの心配そうな視線が、ジスのうしろ姿から離れなかった。

44

「学生さん、バッカスとウルサね」

ヒジュンは顔を上げて男性を見た。口元にねばっこいものがついている気がして、ガウンの袖でさっとぬぐう。勤務時間によだれまでたらして寝るなんて、睡眠不足が限界に来たらしい。近ごろは夜も全然眠れない。ソラネット攻撃が勝利に終わり、ＳＮＳを主軸に爆発的に関心が高まったものの、まだ闘いが終わったわけではない。ソラネットへの投稿が多少減りはしたが、招待客募集投稿は相変わらず毎晩上がり、女子中学生を集団レイプした「感想文」も堂々と掲示されていた。メドゥーサによるサイト攻撃、そして八万筆に迫るソラネット閉鎖請願署名さえ無視できるとは。どうしてそんなに強気でいられるのだろうか。十六年も続いてきたアダルトサイトだ。簡単に消えるまいと予想してはいたが、ここまでしぶといとは思わなかった。ヒジュンはさらに熱心にモニタリングに集中した。小さな勝利によって自警団の雰囲気はかつてないほどにぎやかになったが、かと言ってモニタリングが楽になるわけではなかった。レイプをたくらむ投稿をスクリーンショットして該当地域の警察署に電話しても、捜査されない。この状況に怒らず耐え続けるのは相変わらずしんどかった。しかしSNSのどこを見てもハッシュタグ運動が起こっており、ソラネット閉鎖のための請願署名も増えていくので、希望を失うまいと努めた。

ヒジュンはウルサとバッカスを出してそのまま男性に渡そうとしたが、決心したように手を止めて言った。

「お客さま、私は学生ではなく薬剤師です。薬科大学を卒業して薬剤師資格も取得しております……研修期間も経て正式に薬剤師となって六カ月になります」

薬局の窓ガラス越しに通りを見ていた男性は、振り返ってヒジュンの白衣を見つめた。こいつ急にわけのわからんことを言いだしたぞ、という表情だ。ヒジュンはかまわず続けた。

「私を学生と呼びながら、私の出す薬を飲まれるのも理解できませんね。薬を調合するのも、お客さまに適切な薬をすすめるのもすべて薬剤師の仕事ですから。それにウルサとバッカスを毎日飲まれても、根本的な解決にはならないと思います。症状などをご相談くだされればありがたいのですが」

男性が言った。

「だから？　薬を出さないって？」

「深刻な疲労がおありでしょうか」

「薬を出さないのか？」

「一度病院で精密検査をお受けになるのが……」

「ったく、えらそうに説教しやがって。どうしてほしいんだよ、おかしな女だな！」

ヒジュンの言葉が終わらないうちに、男性はのしのし出入り口のほうへ歩いて行った。男性がドアを乱暴に押して出て行くうしろ姿を眺めながら、ヒジュンは今日こそ早めに寝なければと考えた。と言っても、考えただけだ。仕事を終え、家に帰って夕食をすませてベッドに入ったが、まったく眠くならない。スマホをとってメドゥーサにアクセスした。掲示板が盛り上がっている。「小唐小（″小さな唐辛子（男性器）は辛い″と言うけど、ただ小さいだけ）」というユーザーの投稿が大きな反響を呼んでいた。ソラネット攻撃のとき、トークルームでＩＤを見たことがある。何だかヘンなニックネームだな、とヒジュンは思った。小公子でも小籠包《しょうろんぽう》でもなく、小唐小か。


自警団総代表を告発する。

自警団を作る際、グッズを売って後援金を出した人は多いはずだ。メドゥーサですべての後援金の内訳が公開されなければならない。当時口座を管理していた総代表が後援金を横領したという疑惑があるからだ。これまでに総代表が公開した後援金の内訳がおかしいと問題提起した者は、クソリパーや雌イルベ虫（イルベの女性ユーザー）だと非難され去っていった。メドゥーサ草創期から大変熱心に活動したユーザーだった。メドゥーサに張りついて一日中投稿し、転載し、火力支援していた。言わば最高の功臣だったのに、追い出されてしまったのだ。

総代表は後援金内訳を再び公開し、謝罪せよ。そして静かに自決せよ。

総代表が誰なのかも、何歳で何をしている人なのかも、まったく知られていなかった。メドゥーサは純然たる匿名の空間であり、誰もそれに不満を持っていない。「自決せよ」という言葉で結ばれたこの告発文の内容を、そのまま信じることはできなかった。ただ疑惑がある、というだけの話だ。しかし何か疑惑があるのなら明らかにすべきだろう。顔を合わせずにものごとが進むオンラインコミュニティの特性上、些細な誤解から大きないさかいが起こることもある。自警団のためにもメドゥーサのためにも、すべて透明にするべきだ。すぐに「脱コル」からメッセージが来た。

――総代表告発記事、読んだ？

――さっき。

――小唐小ってユーザー、総代表を引きずり下ろそうと血眼になってるよ。こいつ何か怪しくない？

――怪しい？

――ソラネット攻撃直後のタイミングで総代表を非難するのもそうだし、あとから自警団に入ったくせにメドゥーサ草創期メンバーみたいなふりしてくるのも怪しいし。

――誰だかわかる？

――わかんないよ。個人情報は秘密維持が原則なんだから。でもずっとこんなこと続けるならほっとけないな。

――正体あばける？

――今追跡してる。小唐小がメドゥーサに書いた全投稿と、ツイッターアカウントも調べてる。どうもメドゥーサを荒らしたいみたいだし、早く止めないと。メドゥーサが爆破される前にね。

――ヤバいなそれ。

――新しい情報入ったらまた連絡する。

――うん。

六七〇万ウォンにのぼる後援金の行方を問いただす者が出た瞬間、総代表に対する信頼にヒビが入り始めた。総代表が明らかにした後援金内訳に特別疑わしい点があったわけではない。

領収書がいくつか抜けていたが、そんなことは十分あり得るし、納得できないこともない。しかし一度広がり始めた疑いはさらに大きな疑いを呼び込み、ヒビの入った個所からはちらちらと新たな疑惑が姿を見せる。「ハロー・ボンボン」という者は、総代表が以前自分を批判したある女性コミュニティユーザーの個人情報をばらしたと言い、「ルナ・ヘンザップ」は総代表がオフラインの集まりで活動費を取り立てて着服したと言った。

真実を明かせ、という小唐小の問題提起に総代表は沈黙していた。その沈黙が長くなるほど、小唐小をはじめとしたユーザーの何人かは非難を強めた。三十分前の投稿で小唐小は、総代表がメドゥーサを爆破させるためにイルベが潜入させた雌イルベ虫かもしれない、との疑いを示した。もちろんこれまで大多数のコメントは総代表に友好的だった。「脱コル」は「総代表がメドゥーサを爆破させに来たイルベユーザーなら、なぜソラネット総攻撃を止めなかったのか」と反論した。すると小唐小は「それは総代表がより大きな目的のためにほんの少しメドゥーサに献身するふりをしただけで、それほどまでに徹頭徹尾正体を隠すことができるプロの荒らしなのだ」と確信に満ちた推測を述べ立てた。そして「脱コル」も総代表とグルなのではないか、と非難の声を高めた。疑惑がさらに大きな疑惑を生む前に、メドゥーサという青々とした大地の質が変わる前に、早く真実を明らかにしなければならなかった。

夜十時をすぎて、ヒジュンは荷物をまとめ始めた。ヴェルサイユ・ハイツのこの半地下階は新しい入居者を募集するなり希望者があらわれた。周辺の新しいアパートよりも多少安い家賃のおかげだ。ヒジュンは段ボール箱にテープを貼り終え、いすに座った。机の上のメモ用紙に書かれたチェックリストを確認した。引っ越し業者選定、郵便宛先住所変更、都市ガス料金と電気代精算及び納付、インターネット移転申請、貴重品管理。住所変更によって必要となる手続きはすでに済ませて、公共料金は明日午前に精算すればいい。冷蔵庫の食料は食べ切ったり捨てたりし、ノートパソコンとパスポート、通帳などは別のバッグに入れておいた。

部屋の中を見回した。シングルベッドと本棚一つ、クローゼットとワイドチェスト、机、いすが家具のすべてだった。棚やクローゼットの中のものは、あちこちに置いてある十四、五個の段ボール箱に移してある。家の前のコンビニ店主に頼んで、もらっておいた箱だ。「アッアツラーメン」「ベストチョイス洗剤」「綿触感ナプキン」「柑橘ジュース」等々と書かれた箱に服と本、食器、掛け布団などを入れ、テープで封をした。ものを増やしすぎた、と思った。引っ越しの荷造りをしてみると、使わないものがあまりに多かった。旅行に行くたびに買って集めた記念品、流行遅れのシャツとズボン、欠けたマグカップを別にまとめて再利用箱に入れたり、ゴミ袋に捨てたりした。脚一本にヒビが入り、だんだん損傷がひどくなってきたソファテーブルは捨てようかと思ったが、廃棄に五〇〇〇ウォンかかると聞いてそのまま持っていくことにした。

ついこの間新しく設置した玄関のドアガードはもったいない気もしたが、ここに入って来る新しい入居者のためそのままにしておいた。一人暮らしの三十代会社員だと自己紹介した女性は、真っ先にここは安全かとたずねた。家の案内に来た仲介業者は、世帯数の多いアパートで道路にも近く、危険なことはないと言った。その後仲介業者を連れずに一人で家を見に来た女性に、ヒジュンは言った。防犯窓は必ず新しくするよう、家主に頼んでください。塀の横の電柱に防犯カメラをつけてくれるよう、区役所にも要請を。窓はできるだけ閉めておいてください。半地下なので誰でものぞくことができますから。女性はすべて理解した顔でうなずいた。彼女に申しわけなくなってしまった。誰かが自分の裸をのぞいた家から逃げ出して、何も知らない女性を住まわせるのが利己的に感じられた。いや、彼女は「知らない」わけではないだろう。彼女に念を押したことは女なら誰でも、この大都市のどの住居空間でも注意していなければならないことだから。誰が安全で誰が危険なのかも、実際はわからない。ここを出て新しい家に引っ越したとしても、ヒジュンが安全だという保証はない。ただこれを機にもっと注意しようと決心するだけのこと、記憶から自由になりたいだけのことだ。記憶というのは強いものだが、悪い記憶ほどそうだから。

そのときスマホのベルが鳴った。02がついた知らない番号だ。広告かローン勧誘だろうと思って出なかった。するとまた同じ番号で鳴り出した。電話を受けた。

「ク・ヒジュンさんでいらっしゃいますか?」

低い声の男だった。

「はい、そうですけど。どなたです?」

「こちらはムホ警察署です」

警察署という言葉に、ヒジュンはスマホを右手に持ち替えた。

「確認することがありますので、警察署にお越しいただけますか」

「何ですか？」

「キム・ジェミンくんを知ってますよね。ヴェルサイユ・ハイツ三階に住んでいる高校生です」

「ええ、知ってます」

瞬間、ヒジュンは黒いマスクに帽子を深々とかぶり、浴室の窓から自分を撮った者がキム・ジェミンだと気がついた。体が縮こまるようだった。

「彼がスマホで女性の写真を撮っていました。ク・ヒジュンさんのことも撮ったと自白しています。記録を見ると先月通報なさってましたね。シャワー中、何者かに浴室の窓から撮られたと。やったのはキム・ジェミンです」

「ジェミンが、本当に自白したんですか？」

「とりあえず、署までおいでください」

ヒジュンははめていた軍手をはずして机の上に放った。ジェミンが、母親の鼻炎薬を買いに来ていたあのジェミンが撮った。挨拶もろくにできず、会話するときも目を合わせられないあのジェミンが、私の脱いだ姿をこっそりのぞいて写真を撮った……。ヒジュンは冷蔵庫から水を出して飲んだ。なぜそんなことをしたのか、なぜそんなことをしでかしたのか。

キム・ジェミンは若い警察官の机の前に、うなだれて座っていた。その横で二十代半ばか後半くらいの女性二人が、ジェミンをにらんで何か話している。性暴力犯罪の場合、被害者を保護するため加害者と分離して調査するのが原則のはずだが、現場では無視されているようだった。あるいは加害者が高校生だから脅威はないと考えたのかもしれない。ヒジュンは深呼吸し、警察官に近づいた。

「電話を受けたク・ヒジュンです」

「身分証をお願いします。あ、そこにお座りになって」

身分証を出していすに座った。

ジェミンは依然うなだれて指をいじっている。警察官はゴールドメタルのスマホと、写真数枚をヒジュンに見せた。

ヒジュンに送りつけられたもののほか、シャワー中を撮った写真がさらに数枚あった。ヒジュンのものとはっきりわかるパンツとブラジャーを撮った写真もある。

「ご本人ですね？」

「……ええ」

「キム・ジェミンが撮ったと認めました。ほかにも数人の写真が出てきまして。今、身元確認中です」

「どうしてこんなことをしたと？」

ヒジュンは横に座ったジェミンではなく警察官にたずねた。警察官が答えた。

「最初は好奇心で撮ったそうです。ベランダに干してある女性の下着や、歩いている女性のうしろ姿、短いスカートをはいた女性の脚、そういうのを撮ったと言ってます。それを同じクラスの友だちがいるカカオトークルームに上げたら反応がよかったと。友だちから注目されるのが気持ちよくて、さらに強烈なものを上げてくれという要求もあったとかで。それで、主にひとり暮らしの女性のワンルームの窓を通して、下着姿で横になっていたり、入浴したりしているところを撮ったと。さらにその写真をアダルトサイトに上げると、金をやるという業者とつながったようです。胸が出ていれば一〇万ウォン、全身が出ていれば数十万ウォン、今までキム・ジェミンが受け取った金は一二〇万ウォンです。この業者も今、追跡中です。すぐつかまるはずですよ」

女の体は金になる。最古の商売が最新のデジタル技術で行われていた。

「どうしてつかまったんですか?」

「キム・ジェミンがスマホをなくしたんです。四日前に、ムホ公園で。それを公園で運動していた住民が拾って代理店に持っていってあげたそうです。ロックされていて持ち主がわからないし、バッテリーも残り少なかったから、すぐ電源が切れてしまったとかで。それでサービスセンターに任せたと。そこの修理技師が警察署に電話してきました。ロック解除してみたらおかしな写真が多くて、これは犯罪ではないかということで。それでつかまったわけです」

「玄関の暗証番号は……」

「ああそれですか。ク・ヒジュンさんの帰宅時間に合わせて、階段にひそんでいたと供述しています」

だからセンサー灯がついていたのか。ヒジュンがドアロックの暗証番号を押すとき、人気もないのに何度か階段のセンサー灯がつくことがあった。階段に身をひそめたままヒジュンの指を注視していたジェミンの意図を想像するなり、ヒジュンは苦いものがのどから這い上がってくるのを感じた。

「写真をどこに、どれだけ上げたかわかりますか？」

「調査中です。金を与えて写真を買った業者をつかまえれば、正確にどのサイトに写真が上がったのかわかるでしょう。しかしこの子の話では、ク・ヒジュンさんのことは撮っただけで、まだネットに上げてはいないとのことです。業者にもまだ写真を渡していないと」

「信じられません」

ヒジュンの言葉にジェミンが反応した。

「お姉さんのは本当に俺しか見てません！」

「それを信じろって？」

「近所のお姉さんだし、俺にも親切にしてくれるから、ためらったんです。いくら何でもこれはダメだと思って」

「それで、私の部屋にこっそり入ってきてあんなことしたの？　親切な近所のお姉さんだからその程度ですんだってこと？　ためらったってことは、自分でも悪いことしてるってわかってたんだね？　わかっててやったってことだ。君は罪を犯したんだよ。それもすごくたちが悪いやつを。逃げられるなんて思わないことだね」

横に座った女性が聞いた。

「こいつはどうなるんですか？　これ明白な性暴力でしょ？」

「性暴力として処罰され得ます。どこを撮ったかが問題にはなりますが」

そのとき警察署の入り口に、誰かが急いで歩いてくるのが見えた。キム・ジェミンの母親だった。季節の変わり目になると鼻炎をわずらい、息子のジェミンに言いつけてヒジュンの薬局に薬を買いに行かせる彼女。ジェミンを発見すると素早く近寄って叫んだ。

「約束してた勉強もしないで何してるの！　スマホ買ってくれれば勉強するって言っておいて！　何を考えてるのいったい！　そんなんで将来何になる気なの！」

ジェミンの母親の荒々しい言葉は息子に向けているというよりも、警察官とヒジュン、ほかの女性たちに向けているように聞こえた。彼女はヒジュンをつかまえて頼み始めた。

「薬剤師のお嬢さん、一度だけ大目に見てください。うちのジェミンが礼儀知らずでした。何も知らないんだもの。思春期のときってそうじゃない？　そんなに悪いことだと思わなかったんでしょ。性暴力犯だとかそんなもので処罰を受けたら、身元が公開されるんですって？　うちのジェミンはまだ子どもなの。やっと十八歳なのよ。前途ある子の人生が台なしになっちゃうわ、だから一度だけ大目に見て。ねっ？　私に免じて、一度だけお願いします。二度とこんなことないようにするから」

ヒジュンは顔をそらした。自分の写真についていたあのねばっこい液体が、皮膚についたように感じる。嫌悪を感じたし、うんざりした。二年前も今も、ヒジュン自身の前途を考えてくれる者は誰もいなかった。横の警察官が言った。

「示談なさっては？　初犯だし幼いし、告訴したところで起訴・裁判まで行かないでしょう。本人も反省しているし、大目に見てやりましょう」

ジェミンの母親の腕を振り切って、ヒジュンは警察官に言った。

「告訴します。十八歳は幼くありません。しかも悪いと知っていてやったことじゃありませんか」

「お嬢さん！　一度だけ大目に見てください、一度だけ！　頼むから、二度とこんなことがないように私がよおく教育しますから……。ジェミン！　ぼうっとしてないで早く申しわけありませんって言いなさい！　ほら、許してくださいって！」

キム・ジェミンは相変わらずうつむいて座っていた。ヒジュンは警察官の目をまっすぐ見つめて言った。

「金を与えた業者とやらも早くつかまえてください。では、これで」

警察署を出て行くヒジュンのうしろで、ジェミンの母親の声が響いた。

「ちょっとした失敗じゃない、どうしてああ頑固なの！　優しいお嬢さんだと思ってたのに人情のない人だったわ。ああ大変なことになった！　どうしたらいいの。ねえ刑事さん！本当に初犯なら起訴されないんですか？」

第7章

リベンジ

45

キ・ファヨンはスマホを出して時間を見た。液晶に表示された「9」の数字が、キ・ファヨンの視線に応答するように「10」へと変わった。まるで作戦開始の合図のようだ。準備はできた。誰の助けも求めないつもりだし、当然一人だ。金曜の夜十時十分、キ・ファヨンは木洞《モクトン》の塾街をうろついていた。通りはものすごい混雑だ。夜十時になるとそこらじゅうの建物の出入り口から、授業を終えた子どもたちが満ち潮のように溢れ出る。広い八車線のうち二つの車道を埋めた車の列が、子どもたちを乗せて発車した。夕方ごろから小雨が降っていたが、夜にはみぞれに変わった。雨に溶けているPM2・5を心配して、みんな傘をさしている。ただでさえ混み合う夜十時の塾通りは、傘のおかげでさらにごった返していた。

キ・ファヨンは黒い傘をさし、地下鉄駅と塾街の間をゆっくり往復していた。そろそろキム・セジュンが退勤する時間だ。偶然の再会を装わなくてはならない。頭の回転が速く隙のない相手だから、ともかく自然に遭遇したよう作り込まなくては。シン・ヘジュのメールが来た。今ちょうど塾長が出ました。キ先生、気をつけて。廊下を通って出入り口への階段を降りてくるキム・セジュンの足取りを推測しながら、キ・ファヨンは二十秒間その場に止まり、それから塾の建物のほうへ歩き始めた。建物の出入り口で立ち止まっているキム・セジュンの姿が見えた。みぞれが降るのを眺めては靴を見下ろして、革靴が雨にぬれるのを心配しているようだ。淡いグレーのスーツとオレンジ色のネクタイ姿で、相変わらずこざっぱりして見える。

キ・ファヨンはキム・セジュンから可能な限り遠くに離れたい気がした。しかし後戻りなどしない。キム・セジュンのほうへ歩みを移した。彼の前に立って、歩みを止めた。

「キム・セジュン塾長？」

「あ……」

キム・セジュンはキ・ファヨンを一目で思いだせなかったかのように、一、二秒顔を見つめてから言った。

「キ先生、キ・ファヨンさん」

キ・ファヨンはうれしそうに、しかし過剰にならないよう笑った。ほほえみを振りまくってのはこういうことを言うんだな、と実感した。傘をたたんで建物の出入り口にすべり込む。キム・セジュンはベージュのワンピースにカーキ色のトレンチコートを着たキ・ファヨンを、上から下へとじろじろ見ている。実に二時間かけて念を入れた化粧とコーディネートだった。

「ここで何か……ご用でも？」

「すっぽかされちゃったんです。友だちと会うはずだったのに、まだ補習しなきゃならない生徒たちがいるとか言って。十二時には終わるって言うけど、何もしないで待ってなんかいられないし……」

放っておかれる者のむなしさを表現すべく、キ・ファヨンは鼻にしわを寄せて鼻声を出した。

「お友だちも塾の講師なんですね」

「ええ、向かいの小さな塾で働いてるんです。塾長は今からお帰りですか？」

「ええまあ、いつもどおりにね」

次の言葉をどうつなごうかとしばし迷っていると、キム・セジュンが先に口を開いた。

「小腹がすいたんで何か食べに行こうと思ってたんですけど、一緒にどうです?」

「あ、いいんですか?　お腹はすいてないんですけど……よければ一緒にお酒でも」

かつて好きになった女性が、約束をすっぽかされて夜の通りをうろついている。これを放っておきはしないだろう……という計算はばっちり当たったようだ。キム・セジュンには近ごろつきあっている女性がいないようだと、シン・ヘジュから聞いていた。二人は横断歩道を渡り、塾の向かいの繁華街へ入っていった。日本酒が好きなキム・セジュンは予想どおり、「イザカヤ」と書かれた飲み屋に入った。薄暗い照明と仕切りに囲まれた座席が、二人を待っていたかのようだ。キム・セジュンは鮭の燻製と飛子のサラダを注文し、自分用にヒレ酒、キ・ファヨンのためにアサヒの生ビールを頼んだ。気まずそうにしながらも、この後の時間への期待を隠さずに乾杯を求めてくる。杯を置いてキム・セジュンは言った。

「突然マーケティング会社に就職しちゃってさびしくなりましたよ。キ先生は誠実で有能だし、うちの塾で育ってくれたらと思ってたのに」

そうそう、育てて食おうとしたんだろ、と考えながらキ・ファヨンは鮭を一切れつまんだ。

「私もさびしかったです。でもマーケティングの仕事は絶対してみたかったし、あんなチャンスは二度と来ない気がして」

「まあ、それはわかりますよ。若いんだから何にでも挑戦すべきでしょう。青春の特権じゃないですか」

「ところでシン・ヘジュ室長はお元気ですか？　お世話になったのにご挨拶にもうかがえていなくて……」

「シン室長？　ええお元気ですよ。私にとっては家族みたいな方です。塾を始めた当初から手伝ってくださってて、本当に助かってるし、ありがたいし……でもお年がね。講師にしても室長にしても、近ごろは若い人が望ましいって言われますから。四十過ぎればもう仕事がなくなるんですよ。私もこの先どうやって食っていけばいいやら心配で」

「もう、塾長ったら。留学帰りで実力もあるのに、何が心配なんです」

「そんなこと言うけどご存じでしょ？　受講生たちがいつ引き潮みたいに抜けていくかわからない、薄氷の上の商売じゃないですか。競争も熾烈だし。最近は不況だから、スペックの高い人たちがみんな塾講師の職に群がってますよ。ソウル大出身、ＫＡＩＳＴ（韓国科学技術院）博士課程出身に、アメリカ留学帰りだってめずらしくないくらいだし。そうだ、お友だちはどこの塾ですか？」

「ああ、大きな塾じゃなくて、ただの補習用の塾なんです。名前を言ってもご存じないでしょう。できたばかりのところだし」

「キ先生みたいに誠実な方なら、うちの塾にスカウトしようかなと思ったんですけど」

キム・セジュンは近ごろ塾街で噂になっている講師のことや、教授法についてのくわしい内容、受講生たちの気難しさ、行き過ぎた学校外教育、塾運営の難しさなどを、鮭をつまみに日本酒を飲んで話し続けた。ヒレ酒の入った一五センチの瓶が二本空になり、追加注文のムール貝鍋がテーブルに置かれた。

「それはそうと、キ先生は最近どうです?」

「毎日が戦争ですよ、もう」

キ・ファヨンは職場生活の悲しみと喜びとでも言うべきエピソードを長たらしくなく、それでいて人生の先輩のあわれみを誘うよう適当に作り上げた。決定事項を何度もひるがえすサイコパス上司のせいで無駄骨は当たり前だし、目立つやつが許せない同僚たちのせいで思い切り力を発揮できない……とそんな話を、先輩に助言でも求めるような口調で並べたてた。

「社会生活をしてみたら、どれだけ塾長がよくしてくださったかわかりました。会社は本当にジャングルなんです。相手をとって食わなきゃ生きられないような」

告白するように弱々しい声でどれだけよくしてくださったか……と口に出すと、腹の中の鮭がビチビチ跳ね回った。キム・セジュンはしばらく黙って日本酒を飲んでは、杯をいじっていた。今おまえの頭の中に浮かんでいるものが何であれ、それがおまえを窮地に追いやるだろう。キ・ファヨンは考えた。そう考えることが今この男と並んで座り、好感を持つふりをしなければならない不快さに耐える唯一の方法だった。見るのもいやになってきた彼の顔を見て、キ・ファヨンは口の中でぐるぐる回っていた言葉を吐き出すべきときだと気づいた。

「私、始めてみたいんです。塾長と。もしまだ私のことを想ってくださってるなら」

キム・セジュンはいじっていた日本酒用の小さな杯を置いた。本心かと聞くような顔で見つめてくる。キ・ファヨンはうなずいた。しばらくするとキム・セジュンはキ・ファヨンの長い髪をなで始めた。キ・ファヨンは彼の手をつかんだ。冷たい手だ。日本酒を飲んでもこんなに手が冷たいとは。今夜、一緒にすごしますか？ とたずねるキム・セジュンにキ・ファヨンは再びうなずくだけだ。キム・セジュンが立ち上がって酒代を払い、二人は飲み屋を出た。キム・セジュンの足取りは自然と、繁華街裏にずらりと並んでいるモーテルへ向かっていく。ちらっと見ただけでも高級そうなモーテルへ入る前に、キ・ファヨンはコンビニに寄ってガラス瓶に入ったスターバックスのアメリカーノとビタミン飲料を買った。キム・セジュンは八万五〇〇〇ウォンのモーテル代を現金で出し、エレベーターでキスしてきた。鮭だか飛子だかわからないにおいに身の毛がよだち、思わずううっとうなり声が出る。キム・セジュンはキ・ファヨンのうなり声を都合よく解釈したのか、腰に回していた手で今度は尻を触り始めた。このクソ野郎、という言葉をどうにかのどの奥にしまい込み、キ・ファヨンはちょっと待ってください、部屋に入ってから……と鼻声を出した。

部屋に入るなりキム・セジュンはキ・ファヨンに飛びかかる勢いだった。まず歯磨きを、鮭を食べたから、とキ・ファヨンが言うと、気まずそうに浴室へ入って行った。キ・ファヨンは窓ぎわに置かれた小さなテーブルの前に座り、バッグから飲みものを出した。コーヒーが入ったガラス瓶のふたを開けようとする。手がぶるぶる震えてきた。貴重な韓方薬みたいに薄いビニールで密封されているのを、まずははがさなければ。手が汗ばんでうまくいかない。どうにかビニールをはがし、ふたを開けるとタッ、と音がした。胸がぎくっとして、そのままバラバラに崩れそうだった。しばらく呼吸をととのえ、化粧品ポーチから薬の袋を出した。粉薬をガラス瓶の中に入れ静かにゆらし、ふたを閉める。オレンジ色のビタミン飲料を開封していて、右手の親指を少し切った。血が出た。舌で素早く血をなめ、同じ粉薬を瓶の中に入れゆらしていると、キム・セジュンが浴室から出てきた。ビタミン飲料のふたを閉められず、キ・ファヨンはそれをそっと口にあてて飲んでいるふりをした。

「酔い覚ましにはコーヒーがいいんですって。飲みます?」

キム・セジュンはベッドに座り、キ・ファヨンが渡した瓶を受け取って一口飲んだ。キ・ファヨンのスマホが鳴った。液晶に出た文字をちらっと読んだ。キ・ウヨン。スマホの側面ボタンを押して音を消し、キム・セジュンを見つめた。キム・セジュンはコーヒーをもう一口飲むと、すぐにキスした。自分の口の中のコーヒーをキ・ファヨンの口に流し入れている。彼が何をしようとしているのか悟った瞬間、キ・ファヨンはキム・セジュンの舌を押し出し、口を閉じるためありったけの力をふりしぼった。二人の唇の間から濃い褐色のコーヒーが流れ落ち、キ・ファヨンのうなじを伝って流れていく。キム・セジュンは口を離し、一瞬でキ・ファヨンの背後に回り、髪をつかんで頭をそらせた。手にしていた瓶をキ・ファヨンの唇の間に押しつける。キ・ファヨンは口を固く閉ざそうと必死になった。キム・セジュンは左腕でキ・ファヨンのあごを押さえ、唇をすぼめながら右手でコーヒーを流し入れた。キ・ファヨンの口が開いた。コクコク、と音がする。自分が出している音だと気づいた。

46

正気に戻ったか？　よだれをふいたらどうだ。ソラネットのポルノスターがそんな姿を見せちゃダメだろ。何だその顔？　どうしてこんなことにと驚いてるのか？　はっ、キムチ女どもは男ってものを知らんな。バカなのか、脳ミソがないのか。一度やられたら懲りそうなもんなのに、いけませんねえそんなんじゃ。学習できない生きものというか、下半身以外は役に立たないまぬけというか。利口なふりしてとっぴな行動を起こしてみせても、結局は俺の手の上だ。だからおまえは女神のふりした雑巾《ぞうきん》だっていうんだよ。復讐？　どうやって？　地獄の炎に放り込む？　そうやってよだれをだらだら垂らしながら、どうやって復讐するんだってんだ。

恩を仇で返すとはこのことだ。地方の三流大出のくせに、有名塾の集まる木洞で働かせてもらって身に余る光栄と感謝するどころか、裏切りやがるとは。キ・ファヨン先生の出身大学はどこかって保護者たちから聞かれるたびに、俺が盾になって苦労したのも知らないだろう。家庭の事情でソウル市内の大学には行けませんでしたが、実力は最高ですよ、って言って守ってやったんだ。全部自分の手柄だ、自分に能力があるからだと錯覚してるだろ。故郷を出て一人ソウルに来て、さびしくて大変だろうと世話してやった俺を拒絶したな。よくも俺を拒絶したな。そのくせ俺が買って差し上げたバッグはよくお使いになるし、スカーフもご愛用じゃあないか。フェイスブックにバッグやスカーフの写真を上げてたのは、俺に見せようとしたからだろ？　俺に当てつけようとして、わざと上げたんだろ？　俺が知らないとでも？　この俺をまぬけなカモだと思ってたのか？　パッとしないおまえなんかが、俺より立派なやつとつきあえるとでも思ってたのか？　もっとお姫様扱いしてくれるやつと出会える気がして、生意気にも俺を拒絶したのか？　このゴミ女！

そうさ、ソラネットに上げたのは俺に決まってるだろ。まぬけ扱いされカモとして財布を開けさせられて、黙ってられるわけないだろうが。だから決めたんだ。おまえがどんな女なのか、天下に知らせてやろうってな。おまえが飲んだ二杯目に睡眠薬と催淫剤を入れたのさ。酒の味は最高だったろ？　薬を混ぜると死ぬほどうまいらしいな。記憶がないだと？　本当にないのか？　嘘つけ。俺を求めていたあの顔、表情、体……どうやったら忘れられるんだ？　だから一人で見るのがもったいないほど色っぽかったのに。いいものはわけあうべきだろ？　だからわけあったのさ。兄貴たちのいるあの場所に、おまえを上納したんだよ。案の定、すぐベストを取ったな。大韓民国でチンコぶら下げてるほぼ全員が、おまえのあの姿を見たんだよ。どうだ、スターになった気分は？　雑巾中の大雑巾になった気分は？

おまえが訪ねてくると予想してたよ。メドゥーサとかいうイカれ女どもがソラネットを攻撃したあの日、おまえの顔を見たぞ。一目でキ・ファヨンが書いたものだと見わけたさ。だがおまえがあの動画を見るとは思ってなかった。まあそんなことはどうでもいい。おまえが見たところで何ができる？　俺だという証拠が一つもないのに、どうやって相手を捜しだすんだ？　え？　モーテルのロゴも消したし、所持品も片づけた。ただおまえの顔と、おまえの胸と尻だけ出るように撮ったんだから。どうすればおまえの体がいちばん鮮明に出るか角度調節しながらな。そんな注意深い作業のおかげでベスト動画になったんだ。本当のスターにでもなった気でいたのか？　だからつまらない男に復讐してやると宣戦布告したのか？　それも、ソラネットの兄貴たちの前で？　は！　恐れ入った。その勇気にまずは拍手を送らないとな。キ・ファヨン、勇気のある女だよ。その勇気がおまえをどこまで連れて行くのか、じっくり見物させてやるさ。

世界で一番悪い女がどんな女か、知ってるか？　男を食いものにするハニートラップ女？　うっかり妊娠して男の前途を邪魔するまぬけ女？　そいつらは悪いんじゃなくて、バカなんだ。世界で一番悪い女ってのはな、男に恥をかかせる女だ。男を侮辱する女なんだよ。キ・ファヨン、おまえは俺に恥をかかせた。それも二度だ。俺を拒絶し、俺に復讐してやると書いた。おまえの投稿にコメントが殺到したのを見たろ？　雑巾が「復讐してやる」なんてソラネット史上初めてだ、いったいどんなバカが隠し撮りした女から宣戦布告されるんだと、全員が俺をあざ笑ったんだ。俺がどれだけ恥ずかしかったかわかるか？　どれだけ屈辱だったかわかるか？　被害者なら被害者らしく振るまってろ！　何でそんなに堂々としてるんだ、そんなにずうずうしいんだ！　俺に恥をかかせた上に、こんなに厚かましいなんて！　女が顔を上げているのは、まだ懲りていない証拠じゃないか。キム・セジュンという男はそう甘くないってことを、教えてやらんとな。俺が受けた侮辱を十倍、百倍にして返してやらないとな。こんな女は殺してやるべきだ。そうすりゃ世の中も少しは静かになるだろう。

おまえが俺をどうしようとしているのか想像してみたんだ。そう難しいことじゃない。女どもの考えることなんて見えすいてるからな。どれだけ塾長がよくしてくださったかわかった？　塾長と始めてみたい？　魚の腐ったような顔でそんなせりふを並べ立てられて、どうしたら気づかないでいられるんだ？　まだ俺をまぬけ野郎だと思ってるのか。まったく。もう少しうまいシナリオを想像してたのに、やはりおまえを過大評価していたんだな。ずいぶん失望させられたよ。

キ・ファヨン、本当に恐れ入ったぜ。俺の手の上から抜け出せた気でいたとはな。選択するのはおまえじゃないんだ、ゲス女。おまえはただおとなしく、俺の処分を待ってないとな。おまえなんかいつでも踏みつぶせるんだ。いくら立派なふりしても、利口なふりしても、おまえは雑巾でしかない。俺の気持ち一つでなす術もなく踏みつぶされる雑巾だ、おまえはそれ以外の何でもない。そうとも、何でもない。何でもないんだよ。

さて、そろそろ興奮してきたろ？　今日はもう少しどぎついのをやってみようか。真のわかちあいと言うか、まあそんなとこだ。おまえも気にいるぞ。まずは写真を撮ろう。さあ、顔を少し上げて胸を出してみろ。オーケー。

始めるとするか。

47

ジスは両腕を天に突き上げ伸びをした。帰宅後夕飯を食べるか食べないかのうちに机に向かってもう二時間。ソラネット掲示板には休む間もなく投稿が上がり、スクリーンショットはものすごい量に、フォルダのファイルは増えるばかりだ。目がしょぼしょぼする。しばし休憩がてらメドゥーサにアクセスした。「脱コル」が投稿していた。「小唐小の正体」というタイトルだ。

情報提供があった。

「小唐小」は男性、イルベユーザーで、ソラネットのヘビーユーザーでもあるという内容だ。

私と他の数人で、小唐小の投稿をもとに彼のツイッターアカウントを捜し出し、ソラネットに上げられた彼の投稿も確認した。

私たちを怒らせた有名な「二人で喰らってレイプ犯にならない方法」という投稿を覚えてるだろう？　「コスパ二百パーセント、デリヘル女の利用法」も記憶にあるだろう？

書いたのはまさしく小唐小だ。

さて小唐小の個人情報を明かそう。

小唐小は光明《クァンミョン》市在住、二十八歳のキム・ミンスという男で、メドゥーサ爆破をもくろんで潜入してきたイルベ虫だ。「ハロー・ボンボン」と「ルナ・ヘンザップ」も小唐小と一緒に潜入したイルベ仲間と確認された。さあて、私たちはこれから何をすべきかな？

ジスはほっとした。イルベユーザーの工作のために総代表が陥れられるところだったが、幸いにも真実が明かされたのだ。そして驚いた。声をあげる女たちの口をふさごうとする、その方法の巧妙さ。とはいえ、もう女たちもやられてばかりではいない。メドゥーサという土地を変質させようとする、あらゆる侵略者に立ち向かっている。メドゥーサ自警団は再びソラネットに集中した。イルベユーザーの荒らしで泥水を浴びせられた雰囲気を変えるように、あるユーザーが提案してきた。

ソラネットの資料を送った国会議員から連絡が来た。

その議員は行政安全委員会所属で、今回の定期国会で警察庁長官を相手に質疑する予定だそうだ。

激励の献金を送ってはどうだろう。

口座　農協　356−0002−****　チン・ソンミ議員室

ジスは投稿を見るなりインターネットバンキングサイトを開き、一〇万ウォンを振り込んだ。振り込み結果を知らせる画面をスクリーンショットして、コメント欄に上げた。ジスと同様、献金を送った写真が殺到した。一万ウォン、二万ウォン、三万ウォン、一〇万ウォン、三〇万ウォン。おこづかいが少なくて一万ウォンしか出せなかった、という女子高校生に「君こそ我らの未来だ」「この先君が生きる世界は、もっと美しいはず」「メッセくれたらトッポッキおごるぞ」など数十件のコメントがついた。バックパックでラオスに旅行しようと貯めた三〇万ウォンをそっくり送った会社員には「これぞ社会人パワー」「カッコよさ爆発」「旅行会社の社員だけど、キープしておいた航空券割引してあげよう」などのコメントがついた。ソラネットを閉鎖させるため文字通り夜も眠らず、財布を開け、グッズを作って売って後援する者たちすべてが望むことはただ一つ。女にとって安全な世の中だ。

そんなことを考えていたジスは、ようやくキム・ミンスという名に目を留めた。二十八歳、光明に住むキム・ミンス。ジスが知っているあのキム・ミンスだろうか。「キム・ミンス」はとてもありふれた名前だが、年齢まで同じイルベユーザーとは。MJコミュニケーションズのインターン社員キム・ミンスが光明市に住んでいるのか、ジスは知らなかった。数日前の昼食時間に寝ながら聞いた、ユ・サンヒョクとキム・ミンスの会話を思いだす。いやいや、いくら何でもマジでイルベユーザーだなんて。ひねくれ者で何でもあざ笑うようなムカつくやつだけど、イルベまではさすがにやってないんじゃ……と不吉な予感を振り捨てた。

ジスは再びソラネットに入って掲示板を調べつつ、トイレに行って疲れた目を洗い、冷蔵庫から缶ビールを取ってきた。机の前に戻ってビールを一口飲み、「彼女掲示板」でそれを発見した。「緊急、ソウル・木洞招待客募集」。本当にしぶとく上がってくる招待客募集投稿だった。狂乱のカーニバルは今日も続いている。今度はいったいどんな変態が暴れてやがるのか、よく見て記録しておくぞとつぶやきながらタイトルをクリックした。

ギャラリー〉彼女掲示板
タイトル：緊急、ソウル・木洞招待客募集――リベンジ戦士歓迎
作成者：ピンク愛好家
作成日時：2015.11.14.01:19

この方、ご存じですよね？

前回ベストを取った国産流出ポルノスター。

この方がですよ、リベンジをしてやるとか何とかで私にケンカを吹っかけてくるじゃありませんか。

かわいいもんですよ。ここは一つ、みなさんとわかちあおうと思いまして。

今、薬が効いています。

顔を覚えられることはないのでご安心を。

二十五歳以下の方で、きっかり五名さま。一晩中リベンジしてやってください。

コメントくださったらメッセお送りします。


投稿と一緒に上がってきた写真を見て、ジスはわが目を疑った。眠そうに目を開け、胸をあ

らわにしている女。キ・ファヨンだ。右側の鎖骨の斑点が烙印のように、キ・ファヨンであることを証明していた。ああっ！　キ・ファヨン！　キ・ファヨンをレイプする男どもが募集されてるだって？　どういうこと？　どうしてまたこんなことに？　ジスは声をあげた。手がぶるぶると震えてきた。スマホをつかみ取る。キ・ファヨンに電話をかけた。出ない。また電話をかける。出なかった。ジスはヒジュンにメッセージを送った。入力する字を何度も間違えた。

――大変だ。

――何？

――ソラネットにキ・ファヨンレイプ募集の投稿が上がってる！！！

――何？　ホント？

――どうしよう、電話に出ない！

――場所は？

――木洞。犯人のやつに会ったみたい。「ピンク愛好家」、この前と同じＩＤだよ。

――睡眠薬はダメだって言ったじゃん！　まさか一人で復讐しようとしたの？　あんたが止めなきゃ。

――止めたよ！　法で解決しようって言ったんだってば。

先日ジスに会ったキ・ファヨンが薬剤師の友だちに頼んで睡眠薬を手に入れてくれと言い、ジスはヒジュンにキ・ファヨンの頼みを伝えた。ヒジュンが言った。睡眠薬なんかで解決しようとしちゃダメって伝えな。すぐにでもその変態野郎を殺したい気持ちはものすごく理解できるけど、私的な復讐をしたらかえって自分が傷つくかもしれないんだから。ジス、あんたからよく説得するんだよ。「復讐しようとして自分が傷つく」とのヒジュンの心配が現実になってしまうのかと、ジスは恐ろしくなった。自分がもっと断固とした態度で止めるべきだったのでは、という自責の念が押し寄せる。しかしのんきに自責の念にかまってなどいられない。時間がない。ヒジュンからメッセージが来た。

――ジス、よく聞きな。まずは落ち着く。それから、招待客募集投稿にコメントをつける。「俺を招待してくれ」って、男のふりしてね。それから招待主にメッセ送って、場所を聞きだすんだ。

――ああああ！　吐きそうだ!!

――正気を失うな。場所がわかれば防げるから。

――防がなきゃ。うん、防がなきゃ！！！

――そう、できるはずだよ。とりあえず私は自警団にSOSを出して、木洞へ行けるメンバーを集めてみる。警察にも通報するから、あまり心配するな。

――私も木洞に行く。

――まずは場所を聞き出すの。

――わかった。

ジスはコメントをつけようとキーボードに指を置いたが、どう書いていいかわからない。モニタリングをしていて招待客募集投稿についたコメントを数多く見てきたが、いくらたくさん見ても決して習得できるものではなかった。それでも招待客を募集している者とつながらなければならない。キ・ファヨンがどこにいるのか突き止めるには、投稿者の招待を受けるほかなかった。ジスはぎゅっと目を閉じてキーボードを叩いた。

――ラッキ〜〜〜！　今日彼女に振られちゃった二十四歳で〜す！　招待してくださったら、きっちりリベンジして差し上げま〜す！

場所がソウルだからか、リアルタイムでコメントがつき始めた。ジスもあわててコメントをつけたが、すでに三人が応募している。ジスはあせりながら待った。文面が上品すぎたかと心配になってくる。しかし幸い、ピンク愛好家からメッセージが来た。

――今どちらです？

ジスは少しためらってから、木洞近くです、と返信した。その後しばらくの間、ピンク愛好家からは返事がなかった。その間にも招待を要請するコメントがつらなった。頼む、キ・ファヨンがどこにいるのか知らせてくれ、頼む！　他のＩＤを使ってさらにどぎついコメントをつけようかと考えたとき、返信が来た。

――あなたを三人目の招待客に決めました。木洞近隣公園でお待ちください。順番が来たら正確な位置をお知らせします。

クソッ！　まだ正確な位置を知らせない気だ。ジスはヒジュンにメッセージを送った。

――ジュン、木洞近隣公園の近くみたい。でも正確な位置は知らせてくれない。

――慎重を期してってことだな。ソラネットが攻撃されてから自重してるんだろ。

――どうする？

――とにかく木洞近隣公園で会おう。

――うん。

ジスはバッグを持って大通りに出た。深夜一時を過ぎており、行きかうタクシーは多くない。カカオタクシーを使って呼ぼうかと思ったとき、ジスの前に空車が停まった。急いでドアを開け、後部座席に座った。タクシーの中は大音量の音楽がかかり、タバコのにおいもきつかったが、選択の余地はない。「今さらこの年で~青春の痛みなどあるものか~♪」チェ・ベクホの「浪漫について」が流れている。木洞近隣公園までお願いします、運転手さん、できるだけ急いで行ってください！　急かすようにそう言ったが、運転手はよく聞き取れていないらしい。音楽のボリュームを下げる気も、鼻歌を止める気もないようだ。運転手はルームミラーでちらりとジスを見た。空色の制服に白いマスクをつけており、白髪交じりの頭からしてかなり年配のようだ。ようやく音を小さくしてジスに言った。

「急いでどこ行くんだい。こんな遅い時間に、お嬢さん一人で」

「運転手さん、木洞近隣公園までお願いします。できるだけ急いでください」

「はあ、まったく。こっちは必死で稼がなきゃいけないのに木洞へ行けとはね。他のタクシーに乗ってください」

「運転手さん、お願いします！　私、ものすごく急いでるんです」

「何を急ぐことがあるんだい。ああ、彼氏が待ってるんだね？」

「早く行ってください！　乗車拒否なんてひどいじゃないですか」

乗車拒否という言葉がジスの口から出るなり、運転手の顔がけわしくなった。何かぼそぼそとひとりごとを言いながら、タクシーを出発させる。

「どの道で行きましょう？」

「おまかせしますから、できるだけ早く行ってください」

「行く道を指定したほうがお互い楽でしょうよ。任せるとか言いながら、自分が知らない道で行ったと料金を出さないお客さんもいるんでね」

「えいクソ……料金は出しますってば、いいように行ってくださいよ！」

ジスの口から大きな声が出てしまった。タクシー運転手がルームミラーでジスをにらんだ。

「えいクソ？　今、俺に言ったのか？」

運転手はウィンカーもつけずにハンドルを回し、二車線から四車線へ移動した。横の車線の乗用車がクラクションを鳴らす。運転手は路肩にタクシーを停めた。

「とんだゲス女がいたもんだ。降りろ！」

「運転手さんに言ったんじゃありませんよ！　あせってたからつい……」

「俺に言ったじゃないか。小娘が父親ほどの年の大人にえいクソ、だ？　どういう教育を受けてきたんだ。降りろ！　おまえは乗せん」

ジスは押し出されるようにタクシーを降りた。車という車が速度を上げて走っていく道路脇に、そのまま捨てられてしまった。八車線の広い道路、バス停もない区間で、とてもタクシーをつかまえられるようなところではない。その場でへたりと座り込んだ。クソッ、地獄だ……と吐くと、涙がふき出した。早くキ・ファヨンのところに行かなければならないのに、キ・ファヨンが何かされる前に駆けつけなければならないのに、車もないし、乗せてくれるタクシーもないし、怖いし心細いし、世の中はチンカスみたいだし。スマホが鳴った。シヒョンだ。

「ジス、ソラネット見た？　キ・ファヨンが……」

「知ってる」

「どうしたのその声？　今どこ？」

「今キ・ファヨンのところに行こうとしてたのに、タクシー運転手が乗せてくれなくて……どんな世の中だよ」

　ジスはスマホを握ってまた泣いた。

「場所は？　そこで待ってて」

　シヒョンは風のようにあらわれた。非常灯をつけた車を停め、ジスに駆け寄った。涙でぐしゃぐしゃのジスの顔をしばらく見つめ、とにかく乗ろう、とジスを起こして立たせた。ジスは非常灯をチカチカさせてぽつんと停まっている乗用車を見つめた。他の車が八車線道路を気持ちよく疾走する中、おしとやかに停まったまま非常事態を知らせている小さな車が、まるでジスの立場のようにちっぽけに見える。ジスの気持ちからすれば全世界に非常灯をつけたかった。ある女が、自分を破壊しにかかる男に復讐しようと立ち上がったある女が危険にさらされているのだと、非常灯をつけサイレンを鳴らしたかった。しかしまるで何ごともないかのように、無神経にも世の中は動いている。

　シヒョンの車に乗って、ジスは再び気を取り直した。ソラネットにアクセスし状況を注視する。招待してくれというコメントが殺到していた。彼らは「国産ノーモザイク流出」映像の主人公に熱狂している真っ最中だ。世の中でもっとも「汚い」女だとキ・ファヨンを叩きながら、キ・ファヨンの体に触らせてくれと頼み込んでいる。ピンク愛好家はコメントをつけた者の年齢と現在地などを確かめながら、招待可否を決めているようだ。今キ・ファヨンはピンク愛好家のものだった。キ・ファヨンの体はピンク愛好家の思いどおりに処分できるものだった。家に来た旅人に自分の妻を差し出したという古い異国の家父長のように、財布からより多くの金を出す客に女を与える買春宿の主人のように、ピンク愛好家はキ・ファヨンの体が自分のものだということに一ミリの疑いも抱いていない。

メドゥーサ掲示板も熱かった。ソラネット掲示板のリンクをつけたヒジュンの投稿にリアルタイムでコメントがついていた。木洞警察署の番号が上がり、警察署に通報する方法まで上がっていた。しかし電話をかけたユーザーたちは、警察が「自作劇」だの「いたずら」だのと決めつけ、動こうとしないと糾弾していた。ムホ駅交差点の招待客募集投稿を通報したときと、状況はまったく変わっていない。夜ごと罵詈雑言を吐きながら、缶ビールを飲みほしながら大切な仕事をしているつもりでモニタリングに耐えてきたのに、世の中は少しも変わらない。クソ野郎ども！　全員ぶちのめしてやる！　ジスが怒鳴った。シヒョンが驚いてブレーキを踏んだ。

ピンク愛好家はまだ正確な位置を送ってくれない。いつまで待てというんだ。きさまがキ・ファヨンを心ゆくまで使い倒すまで待てっていうのか！　キ・ファヨン、あんたはいったい何をしようとしてたの？　危険が迫るかもしれないのに、どうしてもやらずにいられなかったの？　キ・ファヨンがうらめしかった。さらにうらめしいのは自分自身だ。キ・ファヨンが危険なことを始めそうだと気づきながら、断固として止めなかった。止めるふりをしただけで、復讐するしかないなら、そりゃするしかないんだろう、とあまりにも簡単に考えていた。豪快に腹を決めたキ・ファヨンがかっこいいとさえ思っていた。しかし相変わらず、私たちは知らずにいた。侮辱されたと感じた男が、羞恥心を味わった男が、女にどんなことをしでかすか。私たちは相変わらず知らずにいた。ジスはパサパサに乾いた唇を舌で湿らせ、再びコメントに目を移した。招待を受けた者たちが誰なのかも調べた。「竹やり使い」という者は「キムチ女が怖いもの知らずにリベンジとは……確実に切り刻んでやらないと！　今木洞に向かって必死で走って行ってます。メッセください」と書いていた。ピンク愛好家から招待されたらしく、「場所をメッセでお送りしました」とコメントされていた。ジスは少しためらったが、竹やり使いにメッセージを送った。

——あの、僕、招待は初めてなんですけど、どうしてもうまくやりたいんです。だけどあまり経験がなくて……竹やり使いさんの腕前を、先に見せてもらってもいいでしょうか。観戦だけしてますｗｗｗ　木洞近隣公園の近くです。正確な位置を教えてくださったら、すぐ飛んで行きます！

レイプしている場面を観戦だけすると書いて指でｗｗｗを押しながら、ジスは「クソが」とつぶやいた。今ジスが願うことはただ一つ。どうか竹やり使いという男が、他人に見られながらするのを楽しむ変態野郎でありますように。二十五歳まで生きてきて、まさかこんなゴミみたいなことを祈るとは夢にも思わなかった。しかしジスはこの瞬間、心から祈っていた。竹やり使いが「観戦だけさせてくれ」という頼みを聞いてくれることを。

——いいでしょう。近ごろ酔いつぶれた女は人気があって、どのみち一度に一人ずつでは無理な気がしますし。木洞近隣公園から一ブロック裏にGSコンビニがあるそうです。そのすぐ隣の建物、トゥーヘブンモーテル402号室。三十分後に入室しろとのことなので、その時間にいらっしゃれば大丈夫ですね。僕は野球ジャンパーを着ていますww

来た。ジスはヒジュンにメッセージを送った。正確な位置を確保した。

48

カカオトークグループにジスが招待され、ヒジュンのメッセージが表示された。

木洞招待客募集事件、現在の状況は次のとおり。
正確な位置確保。木洞、トゥーヘブンモーテル402号室。
警察に通報したが今日は事件事故が多く、早くとも二十分後に到着予定と返答。
その間逃走の心配があるため自警団が出動し、招待主と招待客をつかまえる計画。

招待客撲滅を次のとおり実行する。

一　モーテル経営者に状況を説明しカギを受け取る。カギを渡さなければ奪う。――A

二　逃走に備え建物の正門と裏門を見張る。――D、E、F

三　ドアを開け、入ってただちに男をつかまえ縛る。テコンドー有段者Bと護身術講師Cを主軸にAが協力する。――A、B、C

四　男のスマホを確保する。スマホの資料をすべてバックアップする。――C

五　女性を安全に連れ出す。――G、H

六　スマホで全状況を撮影する。――G、H

七　三名の自警団がモーテルの部屋に残り、あとの招待客たちが入ってきたらつかまえ顔を撮影する。――A、B、C

＊注意事項――帽子とマスクを着用すること。各自付与されたアルファベットで呼び合うこと。

互いの個人情報を露わにする発言はしないこと。

アルファベットHの役をあてられたジスはモーテルからキ・ファヨンを安全に連れ出し、全状況をスマホで撮影することになる。腕力を用いる作戦からはずされたことは幸いだったが、状況によってはジスも戦うつもりだった。誰をどうやって殴り倒せばいいのか知るよしもなかったが、ともかく気持ちとしてはそうだった。

シヒョンは運転している間ずっと黙っていた。ジスはスマホをのぞき込むのに一生懸命だし、特に話すこともなかったのだ。やがてコンビニが見え、トゥーヘブンモーテルの看板が姿をあらわした。シヒョンはモーテル前の消防用道路に車を停めた。ジスが車で待てと言ったのについて出てくる。モーテル裏門の駐車場に行き、またコメントを見た。招待客たちが到着したかはわからなかった。ヒジュンの作戦どおりピンク愛好家と招待客たちを全員つかまえることができれば一番いいが、キ・ファヨンを安全に連れ出すことが何より重要だ。

ジスはトゥーヘブンモーテルという看板を見上げ、三階の窓で誰かがタバコを吸っているのを見て思わず体を引っ込めた。しばらくして、カーキ色の軍用パーカーを着た二人の女性が駐車場に入ってきた。帽子とマスクを着用しているのを見るに、自警団のようだ。ジスは彼らにそっと手をあげて見せると、二人も同じようにした。続けてSUV一台がモーテルの駐車場に停まった。急いで車から降りる人々の中にヒジュンがいる。ジスはほっとして涙が出るところだった。ヒジュンは手をあげジスに合図し、ジスのうしろのシヒョンを見た。ジスが状況を説明すると、ヒジュンはシヒョンに裏門に残って見張ってほしいと言った。でも男が中に入っていったほうがよいのではとシヒョンが言い、その言葉にヒジュンと一緒に来た者たちがくすっと笑った。あなたよりは私たちのほうがマシじゃないかな、という意味だろうとジスは考えた。自警団はまっすぐモーテル入り口に向かった。シヒョンとあとの二人は駐車場からモーテルに通じる裏門に残り、ジスとほかの一人はスマホを出して撮影を始める。全員整然として動いていた。

モーテルは新しく建ったものらしくロビーの大理石の床が輝いて、あちこちに背の高い花瓶が飾られ爽やかな雰囲気だった。案内デスクできちんと制服を着た若い女と男が一行を迎えた。マスク姿で押し寄せる女たちの出現に、明らかに当惑している様子だ。ヒジュンは静かに女を説得した。ある人の大切な娘が、今このモーテルの部屋で性暴力の危険にさらされている。騒ぎを起こさず静かに犯人を連れて行くつもりだ。ご協力いただけるなら、女性にとって安全なモーテルとしていくらでも広報しよう。幸い彼らはカギを渡してくれた。ヒジュンは402号室のカギを受け取った。

五人はエレベーターに乗った。誰一人言葉がない。言葉は必要なかった。救うべき女性がいて、すべきことは決まっている。ヒジュンのうしろに立っているのは背が高くがっしりした体格の、ぱっと見ただけでも頼もしそうな女性だった。おそらくテコンドー有段者だというBだ。Bの横の女性は護身術講師のCだろう。震えているジスと違って、彼らは落ち着きはらっているようだ。Bは無表情、Cは軽く手をほぐしていた。自分に他人を守れる体力と技術があったらどんなに素敵だろうと、ジスは二人を見て思う。明日からでも護身術教室に通おうと考えた。チーンという音とともに、エレベーターが四階で停まった。ヒジュンが先に出て残りがうしろに続く。402号室は廊下の一番奥だった。全員足音を立てず、山猫のように歩いた。そのとき廊下の向かいの非常階段のドアが開き、誰かが入ってきた。若い男が二人。彼らは一行を見て一瞬歩みを止めたが、また何ごともないかのように歩きだした。彼らとすれ違う瞬間、ジスがたずねた。

「竹やり使い?」

二人のうち、野球ジャンパーを着た若い男がぎくりと足を止めた。「竹やり使い」という気味の悪いIDに対して、平凡すぎて記憶に残らない顔と体形だった。

「招待客だ!」

ジスが叫ぶとBが彼らの道をふさいだ。

「おまえら、ここに何しに来た?」

「え、あの、だから……おい、走れ!」

二人はエレベーターを素通りし階段に向かって逃走した。ダダダッ、と足音はしたものの、カーペットの上なのでそう響かない。護身術講師Cが光の速さで追いかけ、ヒジュンが裏門を見張っている自警団に電話した。前を走る男はすばやく階段を降りて行き、竹やりがあとに続く。Cが竹やりのジャンパーをわしづかみにした。竹やりが手を振り回し、Cを突き離す。Cはやや後ずさったものの、すぐに竹やりの足を引っかけて転ばせた。竹やりをうつ伏せにして両手をうしろに回す。思ったより簡単に取り押さえられた。Cはポケットから手錠を出し竹やりの手にかけた。手錠は警察しか持てないとばかり思っていたが、一般人も買えるようだ。倒れたまま手錠をかけられた竹やりは立ち上がることもできない。Cが竹やりのポケットをさぐり、スマホを確保した。スマホ返してください! と叫ぶ竹やりにCが言う。騒ぐな。〃そこ〟をぶった切るぞ。Cの静かだが厳格な声に、竹やりはおとなしくなった。Cは本当にやりそうだった。悪いやつに向かって突進しみごと制圧したCを見て、ジスはなぜ女性が男性に負けてきたのかを悟った。恐れとためらいのせいだ。「負けたらどうしよう」という恐れと、「殴ってもいいのかしら」というためらいが抵抗を封じ込めるのだ。Cには相手に勝つ自信があるので恐れがなく、悪いやつは罰を受けて当然と考えるので少しもためらわない。鍛錬された肉体が与える自信と、「善良な女」の道徳を脱ぎ捨てる勇気がそれを可能にするのだ。ジスは考えた。美しくセクシーであるために女たちが流す汗と涙を、自分を守り悪いやつをこらしめられる頑健な体作りのために使うなら、この世はどうなるだろう。女たちが筋肉と護身術で武装し、いつでも男を制圧できる体を持ったらどうなるだろうか。そうなっても男たちは女を酔いつぶし、招待客を募集しながら、自分は髪の毛一本傷つかずにいられるだろうか。「ぶった切るぞ」というCの言葉が恐ろしいのは、そうする力も意志もあることを互いが理解しているからだ。女が力を持ち、抵抗する意志もあると誰もが知っていたなら、この世は少なくとも今ほど地獄みたいではないはずだ。とはいえそれがどれほど先の話か、どれほど難しいか、ジスもよくわかっていた。買春宿の主人みたいに女の体を所有したつもりの男たちが、大手を振って歩いているのが今の世の中じゃないか。友だち一人を救うにも、こんなにびくびく怖がっている私じゃないか。

一行は402号室の前に来た。確実に中にいるであろうピンク愛好家が、気配を察したのではと心配になる。カギを開ける前に、ヒジュンはドアに耳をあてて中の様子をうかがった。男の声が聞こえるような気もしたが、さだかではない。どうかキ・ファヨンが無事でいるように。ヒジュンは注意深くカギを差し込んだ。

カチャッと音がした瞬間、ヒジュンは目一杯ドアを開けた。BとCが突入した。ヒジュンも続いて入っていく。彼らの後頭部をスマホで撮影しながら、ジスも部屋に入った。何だおまえら！　このイカれ女ども！　何をする！　叫ぶ男の前に広がる室内の風景は、予想していたよりずっと凄惨だった。ピンク愛好家に違いないその男を取り押さえようとBとCが突進したが、男も侮れない。Bのヘッドロックにもつかまらず、Cの攻撃もかわしていく。Bがピンクに体当たりし、一緒にベッド脇に倒れ込んだ。Cがピンクの腕をつかみ、うしろに回そうとする。しかしピンクが膝でBを攻撃し、BがCのほうへ倒れる。三人のつば迫り合いになった。ヒジュンはどう介入したものか迷ったあげく、ピンクの頭を何度か足蹴にした。ピンクがCの腕を嚙む。痛っ！　この野郎！　Cが叫んだ。その隙にピンクが起き上がり、ドアのほうへ走ってきた。浴室の入り口から撮影していたジスは走ってくるピンクを止められず、うっかりどいてしまった。ピンクは部屋から逃げ出し、BとCが急いで後を追う。Cのほうが少し速かった。階段を降りようとするピンクに、Cがハイキックをくらわせた。ボコッ、と音が出るほど強力だった。ピンクの首がくるっと回る。後に続いたBがピンクの膝を蹴って倒した。Cがピンクの腕をうしろに回し手錠をかける。どういうつもりだイカれ女ども！　おまえたち全員特殊暴行罪で告訴してやる！　ピンク愛好家はじたばたしながらわめき続けた。悪態もバタ足も勢いを増すばかりだ。その間ジスはキ・ファヨンの腕を縛っていたベルトを外し、服を着せ、濡らしたタオルで顔を拭いてやっていた。涙が流れそうなのを必死でこらえ、手が震えないよう指に力を入れた。自警団がピンク愛好家を連れて行った後、ジスはキ・ファヨンの長い髪を結んでやりながら聞いた。

「起きられる?」

キ・ファヨンがうなずいた。

「ここを出よう」

ジスはキ・ファヨンを支えながらモーテルを出た。二人の警察官がモーテルの駐車場に到着していた。すでに手錠をかけられているキム・セジュンをパトカーに乗せて出発し、ヒジュンら自警団も警察署に向かう。ジスはシヒョンの車の後部座席にキ・ファヨンを乗せ、自分も隣に座った。病院へ行って。シヒョンがうなずき、車はすぐ出発した。ジスはキ・ファヨンの手をとった。キ・ファヨンは目を閉じた。

第8章

今日も晴れ

49

メドゥーサユーザーたちがお祭り騒ぎで激励の献金をチン・ソンミ議員に送り、送金画面のスクリーンショットを上げては互いに賞賛のコメントをつけ合っていたときだった。二〇一五年十一月定期国会で行政安全委員会所属の新政治民主連合チン・ソンミ議員が、性暴力の温床であるソラネットを放置した責任をカン・シンミョン警察庁長官に問いただした。警察庁長官はソラネット閉鎖のためあらゆる措置をとると約束した。めったに姿をあらわさなかったソラネット運営者は告知を通して、「閉鎖など愚にもつかない論理であり、コメディだ」と警察の措置を批判し、レイプ共謀、隠し撮り、リベンジポルノ投稿は運営者の責任ではないと反発した。さらに「ソラネット閉鎖を主張したメドゥーサ、それに乗せられたチン・ソンミ議員、苦しまぎれの出まかせを言ったカン・シンミョン警察庁長官、そしてこの豪華な茶番劇を垂れ流したメディアまでひっくるめて、全員がうまい汁を吸った大パーティーだ」と皮肉った。年をまたいで二〇一六年四月、ソウル地方警察庁はオランダ警察と協力しソラネットサーバーを家宅捜索、閉鎖、運営陣六十余名を在宅起訴した。二〇一六年六月六日、ソラネットの公式ツイッターがサイトの閉鎖を発表。ソラネット自らがソラネット閉鎖を知らせたのだ。ついにソラネットが爆破された！

やり遂げた、勝った。サーバーが海外にあるから、運営陣が謎のベールに包まれているから、ユーザーが百万人もいるから、背後に暴力団がいるから、だからどうしようもないと言われてきた。卵で岩を割るようなものだと言われてきた。それでもやり遂げた。自警団だけでなくメドゥーサ全体が一つの目標に向かって努力し、ついにやり遂げた。地球の果てまで追いかける覚悟でやり遂げた。祝祭のようにやり遂げたのだ。

ジスはMJコミュニケーションズのオフィスでソラネット閉鎖のニュースを知った。胸の奥底からせり上がってくるものが目頭を熱くした。これこそ勝利の感激だ。二十六まで生きてきて、一番の手柄はメドゥーサ自警団になったことだ。モニタリングのためソラネットの会員登録をした日、何も知らずに生きたほうがマシじゃないかと考えた。しかし真実から目をそらさなかったおかげで、自分が少しは強くなり、快活になり、優しくなれた気がする。女にとって安全な世の中を作るための小さな手助けができたと考えると、誇らしさで天にも昇る気分だった。この勝利の経験があれば、この先どんなことでもやり遂げられるだろう。いや少なくとも、どんな壁にぶつかってももはや黙ってはいないだろう。こんなに自分が好きになったことはない。ヒジュンにメッセージを送った。一杯やらない？　今日の感動をわかちあいたかった。ヒジュンがすぐ返信してきた。やらずにいられるか！

店にはヒジュンが先に来ていた。ジスが座るなり乾杯をうながす。

「ハヨンガ！」

「何それ？　ハーイ、ヨンガリ〔訳注・怪獣の名前。一九六七年の韓国特撮映画『大怪獣ヨンガリ』より〕とか？」

ヒジュンは痛快そうに大笑いした。

「『ハーイ、ヨンドンマンナム（おこづかいデート）、ガヌン（しない）？』って知ってるだろ？」

「知ってるっつうの、胸クソ悪いな」

「略してハヨンガ。買春を提案する男どもをあざけり、そんな文化に抵抗する意味でハヨンガ、ハヨンガっつってバカにしてやるわけ」

ハヨンガと聞いて、ジスは處容歌《チョヨンガ》を連想した。清く澄みわたる月の下、夜のみやこをそぞろ歩けば……と歌いながら舞ったという、千年前の異邦人男性。彼は妻の浮気現場を目撃すると静かに身を引き舞ったそうだが、千年後の現代大韓民国の男は若い女を物色し、「ハーイ、おこづかいデートしない？」と歌っている。そんな状況はもう許せないと、女たちがその男をあざけって「ハヨンガ」と叫ぶのだ。女たちはもう黙っていない。ためらいもしないし、恥ずかしがりもしない。

「面白いじゃん。よーし飲もう、私たち国を救った戦士なんだから」

ビールを一口飲んでグラスを置くと、テーブルの上に箱があらわれた。ヒジュンが箱を開け中身を出す。タルト。オレンジチーズタルトだった。

「発売から一カ月目の本日、売り上げ百万個に達したヒット商品。こりゃ歴史的な日を記念せよってお告げかな。マーケティングの天才トン・ジス最初の作品、タッタルトでございまあす」

ヒジュンが拍手する。ジスは感激しながらタルトを見つめて言った。

「タッタルト……このネーミング最高じゃない？　私マジで天才かも」

それを受けてヒジュンが言う。

「天才は早死にするって言うけど？」

「長生きするって。孤独死さえしなければ」

「老人ホームで一緒に死のうって言ったろ？　孤独死はないよ」

ヒジュンはフォークでタルトをひと切れ取ると、ジスの口に入れてやるように見せかけて自分の口に持っていった。孤独死しやがれっ、とジスが言った。

「本当にタッ、ってはじけるね。鬱憤も一緒にはじけ飛ぶんだったっけ？　でチーズの味を楽しみながら、自分らしさを回復させると……」

「よく覚えてるじゃん」

「マーケティングってそんなに複雑なもんなの？　おいしければそれでいいじゃん」

大げさに不満な顔をして見せるヒジュンにジスが言う。

「ジュンは優秀な薬剤師かもしれないけど、マーケティング業界に来たら飢え死にするね」

「わかったわかった、楽しく飲もう。タッタルトも出たし、呪われたソラネットも閉鎖されたし」

二人はカチン！　と気分よく乾杯した。

「やればできるってことだよね。なくせるものだったんだ」

「ホントだよ。うれしい反面、何か悔しいよな。世の中にだまされた気分っていうか」

ヒジュンの言葉にジスがうなずいた。

「それな！　ソラネット、閉鎖できたんじゃん！　毎度毎度海外サーバーがどうだの運営陣がどうだの、捜査が難しいとか言って逃げてたくせに、できたんじゃん。捜査もできるし閉鎖もできるし、全員つかまえられたんだから」

「でも中心的な運営者四人はまだつかまってない。ニュージーランドからオーストラリアへ行く空港でそいつらを見つけたのに、逮捕できなかったんだってよ。入国するのを見守るしかなかったって」

「何でつかまえられないのさ？」

「そいつらが向こうの国籍を持ってるから、その国の捜査権でつかまえなきゃならないんだけど、まだ捜査協力ができてないんだよ。起訴中止〔訳注・捜査が不可能な状況で一時的に捜査を中止すること〕の状態で旅券発給も制限してるのに、何と連中のうち一人が訴訟を起こしたってさ。自分の息子は外国で進学準備をしているし、家族全員オーストラリアで治療を受けているのに、帰国して家庭が不安定になったらどうしてくれるって」

「はあ？　自分の息子や家族の健康と未来は尊重されるべきだと思ってんだな！　韓国にいる無数の娘たちの健康と未来はどうなるんだよ！　彼女たちは生命まで危険にさらされてるのに、そんなことも本当に知らないのか……」

「つかまるまで追跡し続けないと。女の体を売って金を稼いで、買春宿の主人みたいな商売してたくせにずうずうしい。性売買業者が出す莫大な広告料を懐におさめて、いいもの着ていいもの食べていい暮らししてたんだろうな。本当にぞっとするよ」

つまみのトンカツが出てきた。ヒジュンが食べやすい大きさに切ってやると、ジスがフォークで刺してひとくち食べる。その姿を見守りながらヒジュンがたずねた。

「キム・ミンスはどうなった？　あいつが小唐小だったってこと、どうやって確認したの？」

「小唐小のツイッター見たらとんでもないことつぶやいてたんだ。『メドゥーサ女を就職させたMJコミュニケーションズを爆破させる』ってさ。私をねらって警告もしてきた。『夜道に気をつけろ、個人情報をさらされたらおしまいだぞ』なんてぬかしちゃって」

「その『夜道に気をつけろ』って、数十年前からの決まり文句だよな。聞き飽きたよマジで」

「同感。しかもあいつ相変わらず女性向けサイトを荒らして回ってるみたい。もはや伝説の荒らし男だろ。あいつが就職する会社にいちいち意見書送ってやろうかな。イルベ虫を採用する会社には不買キャンペーンお見舞いするぞって」

「ほかのインターンもいたよね？　キ・ファヨンのことを社内掲示板に上げたっていう男」

「ああユ・サンヒョク？　どうして俺が正社員に選ばれないんだ！　評価基準を公開しろ！……ってひとしきり騒いでたよ。MJコミュニケーションズがそんなことしてくれるわけないじゃん。インターンごときの異議申し立てなんて受けつけやしないよ。社内掲示板に長文の投稿をしてたけど、すぐ強制退出させられてた。あちこちで会社の悪口を言って回ってるみたいだけど、それじゃ業界全体にうわさが出て自分が損するだけなのに」

「なんか哀れだな。カン・ピルジュは？　まだしっぽを見せない？」

ジスは眉間にしわを寄せた。

「そりゃもうあいつは、私がこの会社に通う限り注意深く見張り続けなきゃならない相手だけど……。心証はあるのに物証がないんだよね。でもどうして私を採用させたんだろ？　あのとき机にいたのをばっちり見つかっちゃったのに。私が自分のノートパソコンやスマホまで調べたの、知らないわけがないのにさ。そういや前にキ・ファヨンとやりとりしてるとき、私の席に来て話があるとか言ったな……あれ何だったんだろ」

「別にあんたなんか怖くないからじゃない？　知ったところで何ができる、ってさ。あんたばかりかイ・シヒョンも採用させたじゃん。カカオトークの内容も、きっとあの程度のことは問題にならないと思ってんだよ。男にとっちゃただの遊びだから」

ジスがうなずいた。

「そうかもね。でも被害にあった女はいるのに、加害したやつがわからないなんてじれったいよ。ソラネットは閉鎖されたけど、加害者たちは今までどおり平和に暮らしてるのかと思うと、怒りで爆発しそう」

ジスのスマホからカカオトークの着信音が鳴った。シヒョンだった。


――タッタルト百万個販売、やったじゃん！　今どこ？　お祝いに一杯やろうよ。

――今やってる。あんたとはのちほどね。

――誰と？　ク・ヒジュン？

――聞いてどーすんの。それより明日の出張、気をつけて行ってきなよ。

――え？　直接「行ってらっしゃい」って言ってくれないの？

――うるせーな。

「誰？　イ・シヒョン？」

「あいつ正社員になってからずいぶんマメになってるんだ。前に『隠し撮りしない男ならつきあってもいいよ』って言ったんだけど、まだ希望を捨ててないみたい」

「隠し撮りしないかどうかって、どうしたら信じられる？」

「そうなんだよね。シヒョンは真面目な男だと思うけど、最近疑問も持つようになってきて……」

「ジス、あんた近ごろ何にでも疑問持つようになっちゃったね。いいことだよ」

ヒジュンが乾杯を求める。ジスが言った。

「シヒョンがいろいろ助けてくれたのは事実だよ。キ・ファヨンのことでは本当にありがたかったし。でもさ、それってただ一時的に善行を積んだだけなんじゃないかなって。女に対する脅威をそれほど深刻に受け止めなかった男が、はたして本当に善良な男と言えるんだろうか。女を侮辱する文化を共有したまま沈黙する男を、はたして信じられるのだろうかって……」

「イ・シヒョン、結局アウトくらったか」

「シヒョンはユ・サンヒョクとキム・ミンスからさえ学ぶことがあるって言ってたんだ。はじめは懐の深いやつだなって思ったよ。でも今は違うね。そういう理解のしかたって、実は卑怯なんだよ。冷たいやつって言われたくない小心者の態度。まあ、そうやって生きてもシヒョンは別に損しないだろうよ。でも私は違う。そんなふうに生きられない。やりたいようにやりながら生きるんだ。色眼鏡をかけているのは私じゃなくて、向こうだもん。彼らを理解しようと努力しながら、私自身が小さくなることはもうないね。代わりに向こうがかけている色眼鏡をはずしてやるよ。そんな態度とってたら周囲の人が居心地悪くなるだろうし、私はめんどくさいやつになっちゃうし、悪い女だってののしられるだろうけど。でも大丈夫、ののしられたからって死にゃあしないし」

「こうしてトン・ジスは悪い女になりましたとさ」

「もとから悪い女なんていないんだよ。悪い女は生まれるんじゃない、作られるんだ。……うわ、今の名言じゃない？　近ごろ冴えまくってるわ私」

「シモーヌ・ド・ボーヴォワールもはだしで逃げ出しちゃうね」

「どうでもいいよ、知らない人だし」

「……ジス、ちょっとは勉強しろ。無知は自慢にならないぞ」

勝利を祝うささやかな酒宴が終わった。ヒジュンは数日前からのら猫の世話をしているとかで、エサをやらなければと帰っていった。ジスは家に向かって歩いたが、酔いをさまそうとムホ公園に寄り、ベンチに腰かけた。今日のようにヒジュンと会った帰り道には、いつもキ・ファヨンに会いたくなる。初めて会ったときはうれしくて、やがて憎たらしくなって、そして今、キ・ファヨンと自分にも重なるところがあると考えるようになった。今は誰よりもキ・

ファヨンの人生を応援してあげたい。ソラネット閉鎖のニュースを伝えようとフェイスブックを開いた。キ・ファヨンのフェイスブックに新しい写真が上がっている。写真をクリックしてよく見た。

ああ、きれいだ。人間の体に描いた風景画だった。ボディペインティングをしたキ・ファヨンの体だ。全身淡い青で塗られ、脚のあたりには黄や赤の美しいサンゴ礁。胸と腹の上には黒い縞模様の魚が三匹泳いでいる。魚の目がツンと盛り上がっていた。乳首だ。ジスはプハハッ、と笑った。次の写真は青々と広がる野原だ。真っ黒な雲から雨が降り注いでいる。よく見ると鎖骨にある黒い斑点が雲になり、雨を降らせていた。陰毛が豊かな野の草となり風の動きまで感じ取っていた。その次の写真は大きな二羽の鳥だった。キ・ファヨンともう一人。キ・ファヨンのように素肌にペイントしている女性だ。キ・ファヨンは頭にきらびやかな羽毛をつけて孔雀《くじゃく》になり、もう一人は腰を曲げ腕を伸ばして駝鳥《だちょう》になっていた。駝鳥の頭が孔雀の羽毛にそっと触れており、二羽の鳥は互いの色に染まりかけている。黒い駝鳥は青に、青い孔雀は黒に、徐々に相手の色を受け入れていた。美しく魅力的な鳥たち。

キ・ファヨンと同じくらいの背丈で、手脚はさらに長く見えるその女性は、前にキ・ファヨンが言っていた高校時代の無二の親友、コ・ヨンジュにちがいない。キム・セジュンとの熾烈な法廷闘争を前にして、風のようにあらわれたのがコ・ヨンジュだった。ロースクールを卒業し、弁護士として開業して一年目だと言っていた。コ・ヨンジュはキ・ファヨンのために弁論し、裁判が終わると二人はアメリカに行った。コ・ヨンジュは国際弁護士になるための準備を、キ・ファヨンはブランドネーミストになるための勉強をするという。キ・ファヨンの隣に立っているコ・ヨンジュを見て、友だちというのは人の命を救うこともできる存在なんだ、とジスは思った。「私の悲しみを背負っていく者」とはこんなに美しいものなのかと、胸が熱くなった。写真のコ・ヨンジュはキ・ファヨンのように華麗に彩色されてはいないが、まるで影のように友だちの横に立っていた。

自分の体に加えられた暴力の感覚を洗い落とし、自分を愛するために、キ・ファヨンが選んだ方法がこれだった。ときには美しい海の中の風景で、ときには草原と雲で自分の体を彩色し、内面の風景を表現した。キ・ファヨンは魚になり、木になり、空になり、鳥になり、雲になった。キ・ファヨンは取るに足らない者ではない。何にでもなることができ、誰にでもなることができる。黄色と赤の彩色があせると、キ・ファヨンは裸のままカメラの前に立った。裸の体が持つ無限の可能性の中で、キ・ファヨンは堂々と、それでいて温かく、世界に向かって流れていくかのようだ。以前よりもさらに深く澄んだキ・ファヨンの瞳を見て、ジスは悟った。もう何もキ・ファヨンの体を奪うことはできない。誰もキ・ファヨンを侵《おか》すことはできない……。

もちろんすべてを忘れられはしないだろう。とても忘れられないことであり、すでに自分の人生の一部となってしまったことだから。けれども記憶することによって呼び起こされるのは悲しみと無気力をともなう苦痛ばかりではないことを、その記憶を抱きながらも、未来を夢見て、世界に向かって進んで行けることを、そんな力が自分自身の中にあると信じることを、サバイバーとしてのキ・ファヨンという存在が教えてくれた。

そして最後の写真。メドゥーサだ。舌をチロチロ出したたくさんのヘビを頭に載せて、黒い目と黒い爪で世界を脅かすメドゥーサがいた。自分を見た者を石に変えてしまう恐ろしい力が、キ・ファヨンのものになっていた。誰であれ、私の体を私の許しもなく見た者はただじゃおかない、そんな決意のようなものが感じられる。不気味でいて強烈なそのイメージに、ジスはものすごくドキドキした。人を生かす力と、人を破壊する力。その二つが絶妙にキ・ファヨンの中で共存していた。キ・ファヨンはもう、地獄から抜け出したのだろうか。自分の味わった地獄をそっくりそのまま返してやると言っていたキ・ファヨンはもう、地獄さえ無力化させるメドゥーサの力を手に入れたのだろうか。「雑巾《ぞうきん》」という名の代わりに、メドゥーサという名を手に入れたのだろうか。いや、結局殺されてしまうメドゥーサよりもさらにしぶとく生き残る、まだ世界に存在しない名前を得たのかもしれない。名前は存在のすべてだ。ジスはわくわくしながら待つことだろう。キ・ファヨンの新しい名前を、そしてその名が生み出す新しい生き方を……。

カアッ、と鳴く声が聞こえた。カラスの群れが松林の闇の中へと飛んでいくのが見える。スマホの通知音が鳴った。メドゥーサ掲示板に「緊急提案」が上がっている。一瞬で酔いがさめるようだった。

緊急提案〉再び火力を集結させるときだ
ソラネットが閉鎖された今日、
すでにソラネットのバックアップサイトが多数発見されている。
ソラネットに上がっていた大部分の画像や動画が
それらのサイトに載っているってことだ。
サイトだけじゃない。
ツイッター、オンラインストレージ、タンブラーにも隠し撮り映像が流れている。
私たちの勝利がどれほど小さなものだったかを
勝利したこの日に気づかされるとは、クソみたいな話だけどな。
私たちはこれからさらに大きな、以下の目標に向かって進むべきだと考える。
一　アダルトサイトとオンラインストレージ、タンブラー、フェイスブック、ツイッターなどすべてのネット空間で違法撮影物が掲示されていないか全数調査を実施させる。サーバーが外国にあって捜査が難しいとかいうたわごとは引っ込めて、国家として全力をかけ捜査させる。
二　違法撮影物が上がっているすべてのサイトを永久に閉鎖させ、撮影者と掲示者、流布者すべてを性暴力犯罪者として厳重に処罰させる。女性の体で金を稼ぐデジタルカルテルを徹底的に取り締まらせる。
三　性暴力犯罪処罰の基準を被害者の性的羞恥心ではなく、加害者の行為に焦点を当てたものに改正させる。
再び火力を集結させ第二、第三のソラネット閉鎖のために進もうじゃないか。
私は準備ができた。地球の果てまで追いかけて叩き壊してやる準備だ。
あんたはどうだ？　みんなどうなんだ？

ジスは立ち上がった。「今日も晴れ」ってわけか、と思った。風の吹くこの六月の夜、空は晴れ、月は明るい。そしてやつらは健在だ。タイトルに「晴れ」とつけ「流出」という言葉で地獄を証明する、やつらは健在だった。そうだとも、とジスはつぶやいた。地球の果てまでも追いかけてつかまえなくては。「晴れ」という美しい言葉を台なしにした者たちから、そのみにくい意味を奪い取るまで。「ハーイ、おこづかいデートしない？」などと厚かましく唱えられなくなるまで。最後まで闘わなくては。自分をのぞき見する者を石に変えてしまうメドゥーサの恐るべき力で、最後まで。ほかに方法はない。数十羽のカラスがジスの頭上で円を描き、カアカアと鳴き立てた。
女たちが先に始めたわけでは決してない。しかし一度始めれば決して止まりはしないことを、やつらはまだ知らない。男たちは女を知らない。しかし女たちはもう男を知ってしまった。そして恐れなくなった。胸に満ちてくる怒りを、恐れずに溢れさせ始めた。初夏の夜風が勢いよく、ジスの髪をひるがえして通りすぎた。ふわりと浮かぶ明るい月に、手が届きそうだ。

おとなしく生きることをやめた女たちは知っている。そう決心した瞬間から、生活のあらゆるところで世間との摩擦、体制との不和が起きはじめると。そして体制も構造も結局は人間の顔をしており、他人と、もっとも親密な他人とも、以前の平和な関係を持続できなくなると。だからおとなしく生きることをやめた女たちは、心の平穏を奪う摩擦音に耐え、身近な人との関係悪化というこの上ない居心地悪さ、最悪の場合は破局まで甘受しなければならない。ともかく、生活は危うくなる。

しかし一度闘ってみた女たちは知っている。世間の言う正解は私の正解ではない。闘った者たちだけが、自分の正解を見つけられる。私が世界に何を与え、世界から何を受け取るかは、私が決める。この小説は結局、そんな正解を見つけた女たちの物語であろう。

ソラネットの「招待客募集」に初めて接したとき、私は怒った。激しい怒りは小説を書いている間ずっと薄まらなかった。薄まるどころか、書くうちに怒りは悲しみとなり、挫折感を生み、強い嫌悪感へとつながった。ソラネットユーザーたちの言葉を、小説にそのまま書き写すことはできなかった。小説は永遠に現実について行くことができない、という言葉を実感した。数日間書けなかった。こんな衝撃的な現実を文学という名で読者に押しつけることに、はたして意味があるのだろうか。女性として私が感じた侮辱を世間に広めることが作家の役割なのだろうか。疑問が湧いた。そんな中、隠し撮り被害者自死のニュースを聞いた男性ユーザーたちのコメントが目に入った。「遺作」だなどと、「なぜかよけいに勃《た》つ」などと。私は再び机の前に座った。これ以上ためらうこと自体が贅沢だ。さらに熱を上げながら書いていった。キーボードが粉々になりそうだった。指の関節が腫れあがった。それでもやめなかった。この残酷な現実から目をそらし続ける代価が何か、コメントを見て悟ったから。

そして、世の中との不和を恐れない女たちがいた。メガリア。匿名の女性たち。まさにソラネットを閉鎖させた張本人たちだ。この驚くほど勇敢で愉快な匿名の女性たちが、百万人のユーザーを率いて天文学的な収益をあげ、女性の体を売買してきたソラネットを閉鎖させた。メガリアはすでに消え去ったが、私はそのまばゆい勝利の歴史を記録したかった。勝利の経験がすべての女性たちの血管を流れるように。さらに多くの女性たちと、長い間刻印されてきた女性敗北の物語を変えることができるように。そうして遂には私たちすべてが、各自の正解を手に「勝利した女たち」になれるように。

今私たち女性がその勝利を記憶しなければならない理由はほかにもある。ソラネットは閉鎖されたが、デジタル性暴力は日を追って知能化され、第二、第三のソラネットも依然健在だ。多くの男性がはばかりなく女性の体を隠し撮りしては流布させ、「気前のよい国産エロ」保有をうたって会員を募集するサイトは大きく成長している。相変わらず加害者逮捕は簡単ではなく、処罰は不十分で、被害者に対する二次加害と烙印もやまずにいる。

しかし健在とはいえ鉄の城壁ではない。ソラネット閉鎖がそのことを証明したのだ。一度勝った女性たちはまた勝つことができる。そしてまた勝つために、女性たちは通りにくり出してもいる。違法撮影犯罪を根絶せよという女性たちの声が、二〇一八年夏を熱く燃やしているところだ。弘益大学で男性ヌードモデルを撮影し流布させた女性に対するダブルスタンダード捜査論議〔訳注・弘益大学でヌードデッサンの授業中、男性モデルを隠し撮りした女性がまもなく逮捕されたことから、被害者が男性であれば警察は迅速に動くのかと批判された〕に触発された「違法撮影ダブルスタンダード捜査糾弾デモ」には、第四次デモ（二〇一八年八月四日）までに累計十八万名を超える女性たちが参与した。この「赤い」デモは女性被疑者に対する迅速な捜査によって触発されたが、被害者の大多数が女性である隠し撮り犯罪を傍観する政府を批判し、女性の日常を奪うデジタル性暴力カルテルを告発していた。闘いは始められ、私たちは勝たねばならない。ソラネットを閉鎖させたように、隠し撮り犯罪を根絶させなければならない。女性の体に生まれたことが呪いとならない世界へと進んで行くために、この小説が少しでも燃料の足しになればと願う。

小説を書きながら多くの人々に助けられた。すでに閉鎖されアクセスが不可能なソラネットサイトの実情を把握するのに、デジタル性暴力アウト（DSO）のソラネットモニタリング資料が大いに役立った。女性に加えられるデジタル性暴力に対面し、記録してきたDSOの献身がなければ、女性をいけにえとする男性文化を顕在化させるのは難しかったはずだ。また二〇一五年秋当時メガリアで匿名ユーザーとしてソラネット廃止運動に参与した人々が、快く自身の経験を聞かせてくれた。世界を変えた彼らの熱情に胸が熱くなるのは私だけではないはずだ。この小説が小さな献辞となることを願う。

・キム・ボファ（2011）、「性暴力加害者の『加害行為』構成過程に関する研究」、梨花女子大学修士学位論文

・キム・インミョンほか（2018）、『根のないフェミニズム：メガリアからウォーマドまで』、イフブックス

・キム・チェユン、ソ・スンヒ（2017）、「サイバー性暴力の実態と問題点」、サイバー性暴力根絶のための立法政策の改善方向討論会資料集

・キム・ヒョナ（2016）、「性暴力犯罪の処罰等に関する特例法上のカメラ等利用撮影罪に関する研究」、梨花女子大学法学専門大学院博士学位論文

・デジタル性暴力アウト（DSO）、「ソラネット：個人情報流出から集団強かんまで深刻な性犯罪の温床」、DSOホームページ資料

・ソ・スンヒ（2017）、「サイバー性暴力被害の特性と根絶のための対応方策：不同意流布、性的撮影物を中心に」、『梨花ジェンダー法学』第9巻、第3号

・チョン・ソンミ、ハ・イェナ（2017）、「デジタル性暴力の区分と実態総合分析」、デジタル性暴力根絶のための政策準備討論会資料集

・チェ・ラン（2017）、「〝イメージ搾取〟性暴力の実態と判断基準に対する女性学的考察」、聖公会大学校NGO大学院修士学位論文

・韓国女性民友会性暴力相談所（2014）、「性暴力被害を構成する〝性的羞恥心〟、このままでよいのだろうか？」、企画フォーラム資料集

・ハ・イェナ（2017）、「一度のクリック、一度の加害」、『反性暴力イシューリポート』11号

日本の読者のみなさんへ

この小説を書いた二〇一七年当時、韓国の女性たちは非常に熱い夏を過ごしていました。ほぼ十カ月あまりにわたって数十万名の女性たちが通りに出て、女性の安全と生命を危険にさらす暴力に抵抗する声をあげていたのですから。じりじり灼けつくようなソウル・光化門のアスファルトの上で真っ赤なTシャツを着て「性暴力で死んでいったあなたが、私だ」と叫んでいたその波を、私は忘れられません。

この動きは通りのパフォーマンスに終わりませんでした。全国的にフェミニズム読書会が作られ、大小さまざまな反性暴力デモが行われ、ジェンダー暴力の被害者を支持する連帯の波が起きました。真実を聞く準備のできた「耳」ができると、被害の「声」が溢れ始めました。自らが身を置く共同体内の性暴力を告発する「#MeToo運動」の始まりでした。

十代の青少年たちが教育現場での性暴力を告発し、創作過程で女性俳優とスタッフに性的いやがらせや虐待を加えた文化・芸術界の人たちが罪を問われました。スポーツ界も例外ではありません。

社会のほぼすべての領域で当然のこととされてきた性的いやがらせの慣行、なんてことのないささいなこととみなされてきた「親密さの表現」だった行動が、実際はそれこそ暴力と侮辱にほかならないという事実に今、社会が気づいていっているところです。

フェミニズム・リブート Feminism Reboot と名づけられた強力にして切迫した波の出発点には、二十代、三十代のオンラインフェミニストたちがいます。

私はこの小説を書く前、オンラインフェミニストたちの活動を記録した本の出版に携わりました。平凡なネットユーザーだった女性たち、いえ正確に言うとオンライン空間で繰り広げられる女性蔑視と性的な侮辱に耐えてきた数多くの女性たちがフェミニストとなっていく、驚くべき過程に接することになりました。

そして私を存在論的変化に追い込んだ、あるサイトがありました。

それが、ソラネットなのです。

ソラネットはあらゆる想像を超える女性虐待の現場でした。単に女性の体を持っているという理由だけで、世の女性たちがみなあざ笑われ、蔑視され、殺されていく現場でした。

女性ネットユーザーたちはソラネットで繰り広げられる性暴力を目撃し、まずは衝撃を受け、それから怒りを覚え、さらにはこの地獄を放っておいてはならないという声をあげ、そしてこのサイトを閉鎖させるため果敢に行動したのです。

平凡な女性たちはフェミニストになるほかなく、戦士になりました。女性は家父長制社会の現実に直面して戦士となるのです。

結局ソラネットは閉鎖されました。しかしソラネットを可能にしていたもの、女性に対する侮辱が必要とされる性的ファンタジー、女性の体を搾取する性産業システム、隠し撮りしネットに上げて金を稼ぐ人々に対する不十分な処罰などの課題は、依然として残っています。

それでも絶望はしません。

いまや私たちは何を変えるべきか知っており、少しずつ変えていっており、その過程をともに歩む疲れ知らずの戦士たちもいるのですから。

日本の読者のみなさんは私にとって特別な存在です。

韓国の性産業の大部分が日本のものと共有されているからです。

ソラネットとその類似サイトで消費されてきた韓国の性搾取映像は、当局の規制が厳しくなると日本のものと偽って流通され続けます。

さらに暴力的で虐待の深刻度が高い映像が、韓国ではなく日本で制作されたという理由で法の網から抜け出ています。韓国であれ日本であれ国籍や容姿に関係なく、誰しも体を搾取されてはならないという点を、私たちは覚えておかなければなりません。韓国の女性が性的搾取の対象となればほかのどの国の女性も安全ではいられず、日本の女性が性暴力にさらされたならば韓国の女性もまたそうなるほかないことを、忘れてはなりません。

女性たちが国際的に連帯するとは、そういうことではないでしょうか。本作がそのような連帯の小さな糸口となることを祈っています。

現実の怒りと絶望を踏み越えて立ち上がり、声をあげ現実を変える力を得られますよう、決して遠くない韓国から応援の気持ちを込めて見守っています。

2021年4月

作家　チョン・ミギョン

小説『ハヨンガ』の背景にあるもの

二〇二〇年春、日本でも大きく報道されたデジタル性暴力事件「n番部屋」は、「第二のソラネット」として、韓国社会を震撼させました。虐待される女性の姿を配信していたn番部屋を、多くの男性がポルノとして楽しんでいた事実は、韓国社会を生きるフェミニストに、性暴力との闘いは未だに激戦区であることを突きつけたのです。

ソラネットもn番部屋も、韓国社会ではデジタル性暴力空間であることが認識されています。デジタル性暴力というと新しい犯罪のようですが、業者が性を商品化し、搾取し、流通させ、男性たちが消費する構造は昔からの性産業と同じです。これを〝ビジネス〟ではなく〝性暴力〟と名付けたのが、本書に登場する女性たちでした。違法ではないから、男性たちの軽いお遊びだから、関わるとやっかいだから……と咎められることなく存在し続けた巨大なポルノサイトを、フェミニスト集団が閉鎖させたのは二〇一六年のことでした。

闘いの狼煙をあげたのが、本書に登場するメドゥーサ（現実にはメガリア）の女性たちです。メガリアは二〇一五年に流行した中東呼吸器症候群Ｍｅｒｓに端を発します。Ｍｅｒｓ（韓国ではメルスと呼びます）渦中、香港に渡航した女性がネット上で個人情報をさらされ、激しいバッシングを受けました。ブランド物を購入するために人々を命の危険にさらしたという理由でしたが、そのような事実はありませんでした。女性への憎しみが、デマの拡散と苛烈な誹謗中傷をもたらしたのです。その理不尽への怒りが、フェミニストサイト「メガリア」の誕生になりました。メガリアとは「メルス」+「イガリア」。イガリアは、「イガリアの娘」（ゲード・ブランテンベルグ一九七七）というノルウェーのフェミニズムSF小説の舞台となる、女性たちの領土です。メガリアはフェミニスト戦士として、女性たちの領土を取り戻すために声をあげたのです。

メガリアは、女性に求められる善良を放棄します。激しい罵詈雑言の刀を、力いっぱい振り下ろす。雑巾女と罵られたら、同じ強さの下劣さで罵り返す。相手の差別を鏡に映すことで攻撃するという手法で闘ったのです。それを「男性嫌悪だ」「加害者と自分を同じ位置に置くものだ」などと批判をするのは簡単でしょう。それでも、自分たちに向けられた侮辱語をいとも簡単に無力化し笑いに変えるパロディー／ミラーリングの高度な技術の破壊力を、日本語で暮らす私たちは今、どれほど手にしているでしょう。

「ハヨンガ（ハーイ、おこづかいデートしない？）」は、男性が若い女性に向ける誘い言葉でした。それがある時期、「ハヨンガ～」は、メガリアの女性たちの仲間内の挨拶になったそうです。それは日本語でいう「パパ活」とか「神待ち」とか、そんな性搾取言葉を形骸化させた後の世界でなければ使えない勝利のご挨拶。知的で、高尚で、野蛮なフェミニスト戦士の笑いなのです。韓国フェミニズム、ああ、惚れ惚れしちゃう。爪を隠し、笑顔で闘おうとする善良なフェミでいる必要などないことを、彼女たちは身をもって私たちに教えてくれるのです。

ところで韓国には、いわゆるAV産業は存在しません。アジアで合法的にポルノ産業がビジネスとして成立しているのは日本だけです。これはどのような意味を持つのでしょう。数年前、韓国で行われたデジタル性暴力研究会に出席したことがあります。そのときに「盗撮画像を警察に通報したら日本のAVだったことが何度かあった」という報告がありました。

n番部屋には女性警察、女性教師、幼女、痴漢、レイプ……など職業や年齢や性犯罪行為がカテゴリーに分けられ、視聴者の「嗜好」に合わせて部屋が設けられていました。それは日本のAVの模倣といっても過言ではありません。ビジネスとして合法的に制作される日本のAVは、性暴力表現が問題視されることなくカルチャー化されてしまっただけ、洗練されたn番部屋とも言えます。

日本では二〇一七年、AV出演を望まなかった女性の声がはじめて社会化されました。それまで、AV女優はお仕事だから、ファンタジーなのだからと、鑑賞されてきた日本のAVが、実は女性たちの沈黙の上に成立していた事実が露呈しました。その声は止まることなく、四年経た今も、悲鳴のような#MeTooが支援団体に日々届きます。

性暴力とビジネスの境目が限りなくグレーであり、性産業がまるで女性のセーフティネットであるかのようなまやかしの言葉で語られるのが珍しくない日本社会には、韓国の女性たちが向き合っている現実とはまた違う根深い闇があります。それでも、その闇の深さに呆然と立ちすくみながらも実感するのは、ここが、完全に地続きであるということ。韓国のフェミニストたちが見ている地平とここは、同じ。

そう、この小説は隣の国の現実の話ではなく、地続きの私たちの「領土」の話なのです。私たちの話なのです。

著者のチョン・ミギョンさんは九〇年代にフェミニスト雑誌「ｉｆ」を出版しています。もしこの社会が女性に優しいものであったのなら。女性が考えずにはいられないｉｆを詰め込んだフェミニストジャーナリズムでした。翻訳は、性暴力に抗議するフラワーデモを共にやってきた大島史子さん、監修を日韓市民運動の研究者である李美淑さんにお願いしました。私たちのつながりの根底には、それぞれがそれぞれの場で向き合ってきた「慰安婦」問題があります。日本軍「慰安婦」にさせられた金学順さんが声をあげたのは一九九一年。今年でちょうど三十年目を迎えます。この三十年間、性被害者の声に向き合い続けてきた韓国社会に比べ、その声に背き続けた日本社会はフェミ的に見れば相当な荒野です。それでも、なのか、だからこそ、なのか。私たちはこれまで以上に韓国のフェミニストの闘いの記録を、歴史を、その声を喉から手が出るほど欲しているのです。追いつきたいのです。

『ハヨンガ　ハーイ、おこづかいデートしない？』はアジュマブックスとして、強い思いを込めて出版します。アジュマは中年女性を意味する言葉で、美しい響きが気に入っています。女性たちが互いを信じ、つながれる存在でありますように。そしてこの本が、フェミニストの闘いの希望として、多くの方に届きますように。

２０２１年４月

北原みのり

訳者あとがき

本書は韓国のフェミニズム出版社・イフブックスから２０１８年に出されたドキュメンタリー小説、『ハヨンガ』の全訳である。架空の人物を通しながら、実在したウェブサイト「ソラネット」とそれに立ち向かった実在の女性たちの活動、そして勝利を描いた作品だ。

作者のチョン・ミギョンさんはこの小説を書きあげる前、『根のないフェミニズム　メガリアからウォーマドまで　근본없는 페미니즘: 메갈리아부터 워마드까지』（イフブックス、２０１８年、日本では本作に引きつづきアジュマブックスより発売予定）という本の編集に携わっていた。日本より進んだネット社会の韓国で、オンラインコミュニティやＳＮＳを通じてフェミニズムを語り、行動するアクティビストたちをオンラインフェミニストと言うのだが、彼女たちの活動を記録した本である。

彼女たちの拠点こそ今はなき「メガリア」というウェブサイトだった。本小説では「メドゥーサ」という名で登場する。

ネットを通じ性的な画像・動画を同意なく拡散する「デジタル性暴力」の温床、ソラネットを閉鎖に追いこみ、隠し撮り犯罪を撲滅するためさまざまな活動を繰り広げた匿名の女性たちのサイトだ。

メガリアのユニークな点は、女たちが集まって世の男どもをこれでもかとあざけり、汚い言葉

378

でののしるところだった。なんのことはない、オンラインで男たちが女にしてきたことをそっくりやり返して見せただけのことなのだが、韓国社会に与えた衝撃は大きかったという。男が女を（特に性的に）ののしることは褒められないまでも普通のこととされるが、一方でその逆はありえないし、あってはならなかったのだから。犬が人を噛んでもニュースにはならないが、人が犬を噛めばニュースにはなるということだろう。

＊

タイトルの『ハヨンガ』とは、作中にも出てくるとおり、男たちがネットを通じて若い女性を「買おう」とするときに使う声かけ「ハーイ、おこづかいデートしない？」を意味する韓国語の略だ。（第八章のヒジュンのように、その略語をオンラインフェミニストたちはあいさつ代わりに使う。それもまた性を買おうとする男たちへのあざけりなのだ。）

作者チョン・ミギョンさんはあるインタビューでこう語っている。

「『ハヨンガ』という書名にしたのは、これが『おまえの体は金で買えるんだろう？』と、女性をモノのように扱う象徴的な問いかけだからです。またタイトルを『問い』の形にすることで、読者に対しても問いを投げかけたかった。『あなたは、今自分が生きているこの現実社会を知っていますか？』」と。

でも例えば盗撮被害について「知ってますよ。裸とかを隠し撮りされることでしょ?」という人は、はたして本当に「知っている」と言えるのか。被害者の怒りや恐怖、痛みに寄り添わずして「知っている」と言ってよいのか。そう問いかけたかったのです。（オンライン書店「YES24」ウェブマガジン「チャンネルYES」、2018年9月27日）

ソラネットが閉鎖された今でも、これは非常に重要な問いかけだ。小説の最後で「第二、第三のソラネット」発生が知らされたように、デジタル性犯罪根絶への道のりはまだまだ遠い。

また、この問いを受け止めるべきなのは韓国の読者たちだけではない。

この小説で描かれているのは韓国社会だが、盗撮をはじめとするデジタル性犯罪、レイプドラッグ、恋人間の性暴力、二次加害、そしてすべての根底にある性差別・女性嫌悪・家父長制と、何ひとつ日本と無縁なものはない。さらに韓国とちがって日本ではいわゆるアダルトビデオの制作・流通が合法なのだが、その現場で女性たちはおぞましい性暴力、性搾取に遭っている。

このような被害があること自体は、ひょっとするとそこそこ多くの人が知っているのかもしれない。しかしその被害に遭うとはどういうことか本当の意味で知っている人、被害者の立場に立って、被害者に寄り添いながら認識している人は決して多くないだろう。もし多ければ、日本社会はとっくに変わっているはずだから。

だから世の中が変わることを願いながら、私もまた読者の一人としてこの問いを受け止めようと思う。
「私は、今生きているこの社会を本当に知っているのか」。
これ以上女性たちが「地獄」に突き落とされないために、一人でも多くの人がともに被害者の「悲しみを背負っていく」必要があるのではないか。そのためにはまず耳を傾け、彼女たちのことを「知る」ことだ。

最後に、この素晴らしい作品を翻訳する機会をくださったアジュマブックス代表の北原みのりさん、翻訳の監修にとどまらず韓国文化、特に青少年の置かれた環境についてていねいに教えてくださった立教大学の李美淑さん、何から何まで助けてくださった編集の小田明美さん、そしてこの本の出版に関わってくださったすべての方に、この場を借りて心から感謝の意を表したい。

2021年4月

大島史子

チョン・ミギョン 정미경

作家。政治学科で女性学を学んだ後「フェミニストジャーナル イフ」編集長を経て、粛宗王時代のムーダン女性の純粋にして不吉な謀反の夢を素材とした長編小説『大雨』で 2017 年第 13 回世界文学賞優秀賞を受賞。エッセイ『男はチョコレート』『私の可愛い君』などがあり、2020 年韓国文化芸術委員会文学創作基金の支援対象に選ばれた。

大島史子

立教大学法学部卒業。イラストレーター、漫画家。ラブピースクラブコラムサイトでフェミニズムエッセイ漫画「主人なんていませんッ！」を連載。

李美淑 イ・ミスク

立教大学グローバル・リベラルアーツ・プログラム運営センター・助教。専門はメディア・コミュニケーション研究。国境を越える市民連帯、社会運動とメディア、ジェンダーとメディア、ジャーナリズムについて研究。

北原みのり

作家、女性のためのプレジャーグッズショップ「ラブピースクラブ」を運営する(有)アジュマ代表。2021年アジュマブックススタート。希望のたね基金理事。デジタル性暴力などの相談窓口NPO法人ぱっぷす副理事長。著書に『日本のフェミニズム』(河出書房新社刊) など多数。

ajumabooksはシスターフッドの出版社です。アジュマは韓国語で中高年女性を示す美しい響きの言葉。たくさんのアジュマ（未来のアジュマも含めて!）の声を届けたいという思いではじめました。猫のマークは放浪の民ホボがサバイブするために残した記号の一つ。意味は「親切な女性が住んでいる家」です。アジュマと猫は最強の組み合わせですよね。柔らかで最強な私たちの読書の時間を深められる物語を紡いでいきます。一緒にシスターフッドの世界、つくっていきましょう。

ajuma books 代表 北原みのり

ハヨンガ

ハーイ、おこづかいデートしない？

2021年6月16日　初版第1版発行

著者　チョン・ミギョン

訳者　大島史子

監修　李美淑

解説　北原みのり

発行者　北原みのり

発行　(有)アジュマ
〒113-0033 東京都文京区本郷7-2-2
TEL 03-5840-6455
https://www.ajuma-books.com/

印刷・製本所　モリモト印刷株式会社

定価はカバーに表示してあります。

落丁・乱丁本は、送料小社負担にてお取り替えいたします。
小社まで購入書店名とともにご連絡ください。
(古書店で購入したものについてはお取り替えできません)

ISBN978-4-910276-00-7　C0097

ajuma books